文學心靈與生命實踐

王隆升 著

目　　錄

壹、詩人的心靈感悟

貳、生命況味的尋索

幽境與禪韻

試論王維《輞川集》的詩情、詩境與詩法

摘 要

　　王士禎說：「輞川絕句，字字入禪。」《輞川集》二十首，是王維在山居歲月中，將生命實踐落實在尋幽訪勝的靜觀自得，進而以禪入詩的傑作。從詩句裡，我們不難發現：藉由禪味的洗滌，加上恬淡的胸懷，王維描繪宏觀世界遼闊的山水意象，也把細小的世界體認入微，以禪入詩，讓自己棲身在詩意盎然的境界中。一方面形成了他沖淡而具靈氣的藝術風格，另一方面也呈現出餘味不盡的言外之意。而這更是王維所追求的人生理想。輞川二十首之景，吐露王維山林隱居心境。詩歌中的心境或有不同，含蓄溫雅的詩人本性始終如一。

　　含蓄蘊藉的韻味與雅致幽遠的藝術境界，是王維特色。當這樣的特色和禪意結合，呈顯的無疑是深邃靜謐與禪趣興味的昇華。本文試圖探討王維輞川詩中所呈現的詩情、詩境與詩法。共分為六部分討論，第一部分為前言，開啟全文；第二部分談《輞川集》的創作背景，概述輞川環境及王維與裴迪之間的交遊；第三部分談輞川詩境，分析王維詩中表現的剎那與永恆、空與寂；第四部分探討輞川詩情，以情景為中心，分析王維詩的情景交融等表現內涵；第五部分言輞川詩法，探討輞川詩的文字技巧及韻味。第六部分為論文總結。

關鍵詞：禪、王維、詩境、空寂、輞川集

壹、前言

殷璠曾說：「王維詞秀調雅，意新理愜，在泉爲珠，著璧成繪，一句一字，皆出常境。」[1]含蓄蘊藉的韻味與雅致幽遠的藝術境界，無疑是王維特色。情與景渾，自然天成，在泉成珠的潤澤與清涼、著璧成繪的畫意，讓詩歌字字句句都擁有異於常境的神韻。

王維賦詩，多得自於他家庭的氣氛與思想的薰陶，使他揮灑詞瀚的同時，流露著馥郁的藝術才華，同時也呈顯物外之趣。當他年少時，詩作中不免流露著「相逢意氣爲君飲，繫馬高樓垂柳邊」（〈少年行〉）的昂揚志氣；到了中年時，則有「蘇武才爲典屬國，節旄空盡海西頭」（〈隴頭吟〉）的人事慨歎；到了晚年，則不受凡事擾亂，而有「行到水窮處，坐看雲起時」（〈終南別業〉）的自在心境。王維的詩作之所以會有如此大的轉變，仕途上的挫折[2]，必然有重要影響，然而最大的因素，應是受到禪宗佛理的思想薰陶所致。

王維詩作收錄在《全唐詩》共計四百多首（據趙殿成箋《王右丞集》卷一至卷十五，共錄有四百七十九首）。五言、七言、絕句、律詩，亦有古詩、樂府，可謂各體均備。而《舊唐書》有言：「維尤長五言詩。」[3]而依據輞川田園麗景爲賦的輞川諸絕，更是諸

---

1 見殷璠著，《河嶽英靈集》。殷璠語見尤袤著，《全唐詩話》，收錄於何文煥編訂：《歷代詩話》（板橋市：藝文印書館，民國72年6月），頁48。

2 王維年少得志，卻因事坐累而謫濟州司倉參軍，此爲第一次不順心之事。天寶十五年安祿山陷長安，王維爲賊所獲，服藥稱瘖，被拘菩提寺。《新唐書》、《舊唐書》均有記載。

3 劉昫：《舊唐書》（北京市：中華書局，1995年3月），卷190下，頁5052。

作中的佳構。浸淫其中，既可欣賞王維吟詠之神韻，又可探得王維淡泊恬適之性情。因此，本文擬就《輞川集》二十首絕句[4]，探索詩意中呈現的情境及寫作技巧。

全文共分為六部分，壹、前言，開啓全文；貳、輞川集的背景，探討王維得輞川莊之事及與好友裴迪之間的交遊情況；參、輞川詩境：探討王維表現時間的刹那和永久，捉住空和寂的神態；肆、輞川詩情：探討王維書寫情感，將無情化為有情，表達情景交融、寄情感於萬物之中；伍、輞川詩法：探討王維運用文字技巧，表達文采，顯現詩歌自然的韻味；陸、總結全文。

貳、輞川集寫作背景

一、寫作時代

詩佛王維，生於武后聖曆二年（西元七〇一年）[5]，當時佛教已經相當盛行，而王維的母親更是位虔誠的佛教徒。因此，王維在佛教家庭成長，使他耳濡目染下，性情恬靜而淡泊。這位才性極高的作家「九歲知屬辭」[6]，並以詩名「盛於開元、天寶間。」[7]，二十一歲中進士，先後任右拾遺、監察御史、史部郎中等職。

---

4 本論文所引王維詩文，均出自於王維著、趙殿成箋注：《王右丞集箋注》（上海市：上海古籍出版社，1998年2月）一書，並標明卷數及頁數，以便查考。

5 武后聖曆二年為西元七〇一年，或有曰王維生於西元六九九年及西元七〇〇年，此依《新唐書》之說。

6 歐陽修、宋祁：《新唐書》（北京市：中華書局，1995年3月），卷202，頁5765。

7 同註3一書，卷190下，頁5052。

　　王維何時買下宋之問的別墅改爲輞川莊，各方推測不一，或以爲是開元十四年（西元七二六年），時王維二十六歲；或以爲是開元二十八年（西元七四〇年），時王維四十歲時買得的。不論何時購得，總之，王維將輞川莊加以營造，成爲自己的山水居。如果以這兩個時間點考量，恐怕以在四十歲後財力逐漸寬裕之時入住的可能性爲大，畢竟一個三十歲不到的年輕人，正擁有意氣風發的昂揚志向，是尙難體會「退隱」心境的。因此，輞川集推測應大約在四十到五十六歲（安祿山造反）之間次第完成的。譚繼山的這段話很具有參考價值：

> 有些史家認為王維購買輞川莊的時期是在開元二十一、二年左
> 右（按：此時王維三十三、四歲）……最晚也是他母親逝世的
> 天寶八年[8]以前，而他在這裡一直住到天寶十五年六月，王維被
> 安祿山叛軍逮捕以前為止……
> 自從天寶十五年六月以後，王維待在輞川莊的機會並不多，即
> 使是仍然使用，但已經不再是以前那樣可以安居的地方了。果
> 真如此……能把輞川莊視為身心獲得安息之處，可能是開元
> 二十八年到天寶十五年左右的事了，共有十五、六年間，正是
> 他從四十歲到五十六歲時期。[9]

　　這段分析，頗言之成理，將輞川生活定於十五、六年間，那麼這二十首詩也必在這期間發爲吟詠。因此，輞川集的寫作時間只能

8　或曰天寶九年。以《新舊書》之記載推論，當以天寶九年爲是。

9　譚繼山：《王維傳記》（臺北市：萬盛出版有限公司，民國73年3月初版），頁198。

推測大約在五十歲前後，至於何首先完成，何首後作成，亦無能查考。

《舊唐書》記載：「（維）晚年長齋，不衣文采，得宋之問藍田別墅，在輞口、輞水周於舍下，別漲竹洲花塢，與道友裴迪、浮舟往來，彈琴賦詩，吟詠終日。」[10]地點、人物均詳，獨缺時間。又趙殿成之注《王右丞集》，亦無標示寫作年代。如果唐詩選本選錄其中幾首詩，至少可再加一層探究。可惜天寶二年（時王維四十三歲）芮廷章所編之《國秀集》和天寶十二年（時王維五十三歲）殷璠所編之《河嶽英靈集》均不見這二十首的任何一首，究竟是還未寫成，或是已寫而未選？不得而知。

總之，王維浸淫在輞川莊中，閒暇之時，陸續完成了二十首絕句，合爲《輞川集》，其序曰：

> 余別業在輞川，山谷其遊，止有孟城坳、華子岡、文杏館、斤竹嶺、鹿柴、木蘭柴、茱萸沜、宮槐陌、臨湖亭、南垞、歌湖、柳浪、欒家瀨、金屑泉、白石灘、北垞、竹里館、辛夷塢、漆園、椒園等，與裴迪閒暇，各賦絕句云爾。（卷之十三·頁241）

二、地理環境

王維得宋之問藍田別墅，過著隱居生活。關於藍田的地理環境，《一統志》言：

---

10 同註3一書，卷190下，頁5052~頁5053。

輞川在縣（藍田）正南。川口即嶢山之口，縣八里，兩山夾
峙，川水從此北流入灞，其路則隨山麓鑿石為之，計五里許，
其險狹……

過此，則豁然開朗，四顧山巒掩映，若無路然……團轉而
南……其景愈奇……至鹿苑寺，即王維別業。[11]

而《藍田縣志》亦云：

輞川在縣正南，川口即嶢山之口，去縣八里。

兩山夾峙，川水從此北流入壩，其路則隨山麓鑿石為之，計五
里許，慎險狹，即所為區路也。過此則豁然開朗，四顧山巒掩
映，若無路然，此第一區也；團轉而南，凡十三區，其景愈
奇，計地二十里而至鹿苑寺，即王維別業。[12]

在這綿延二十里的川谷之間，隱藏著一個如同桃花源般的景
致。輞谷雖寥闊，但在王維經營下，潔淨雅麗，正滿足了他「安得

---

11 見《一統志》（和坤等纂，穆張阿監修，上海商務印書館，上海市）。另外《讀
史方輿記要》（顧祖禹，臺北市：樂天出版社，1973年）亦記載了輞川莊的景
觀：「輞谷水在縣（藍田）南八里，谷乃驪山。藍田山相接處，山狹險隘，鑿石
為塗，約三里許，商嶺之水自伏流至此。千聖洞，錫水洞諸水會焉，如車輞環
輳，自南圜轉二十里，過此則豁然開朗，林野相望。其水又自南此注霸水，亦謂
之輞川。」可參考。另《中國古今地名大詞典》輞川條亦可參考（頁1999，臺北
市：臺灣商務印書館，民國76年9月。）李浩先生《唐代園林別業考論》一書對於
輞川有詳細考證。（蘭州市：西北大學出版社，1996年。）
12 又如《陝西通志》（劉於義等監修，沈青崖等編江蘇廣陵古籍出版社，揚州市，
1986年）亦作以下描述：「村野相望，蔚然桑麻肥饒地也，四顧山巒掩映，似若
無路，環轉南凡十三區，其美愈其，王摩詰別業在焉。」《雲仙雜記》亦言：
「王維居輞川，宅宇既廣，山林亦遠，而性好溫潔，地不容浮塵。」

捨塵網，拂衣辭世喧，悠然策杖藜，歸向桃花源」（〈口號示裴迪詩〉‧卷之十八‧頁332）的心願。

除了將輞川二十景加以賦詩之外，王維其它詩作，對於輞川風光的描述亦屢見不鮮。如〈輞川柔居贈裴秀才迪〉的「寒山轉蒼翠，秩水日潺湲」；〈輞川閑居〉的「青菰臨水映，白鳥向山翻」；〈積雨輞川莊作〉的「漠漠水田飛白鷺，陰陰夏木囀黃鸝」，不僅是一片佳景的圖卷鮮活地映入讀者眼簾，也透顯著詩佛在心靈上的清澈與沉澱隱逸的自適。此外，〈山中與裴迪秀才書〉中提到華子岡一景，更是令人嚮往：

> 夜登華子岡，輞水淪漣，與月上下，寒山遠火，明滅林中……
> 村墟夜春，復與疏鐘相間……步仄徑，臨清流也。

在夜色臨照中，登訪華子岡，輞川溪水潺潺，月色在川水中游移，彷彿也有了生命的律動；而寒山中的遠火，在樹林間明滅著。這一幅大自然美景，不論山巒疊映或是林泉幽勝，都十分醉人。

而王維別墅的常客，便是經常與之賦詩、乘舟共遊的好友——裴迪。

三、王維與裴迪

據《全唐詩》載：「裴迪，關中人，初與王維、崔興宗居終南，同倡合。天寶後，爲蜀州刺史……嘗爲尙書省郎。」[13]《唐詩

---

13 清聖祖御定：《全唐詩》（臺北市：文史哲出版社，民國76年12月），冊二，卷一百二十九，頁1311。

品彙》說裴迪生於玄宗開元四年（西元七一六年），卒年無可考。[14]
據楊文雄考證結果，裴迪應生於開元九年（西元七二一年）左右[15]。
若和王維生年相較，裴迪應年幼二十歲，實可謂忘年之交。

　　王維和裴迪的關係密切，可以從王維的詩文中得到印證。王維
曾寫過九首送裴迪之詩，而文章也屢次言及裴迪。尤其從〈贈裴迪
詩〉一文中更可看出二人的友誼：

> 不相見，不相見來久。日日泉水頭，常憶同攜手。攜手本同
> 心，復歎忽分衿。相憶今如此，相思深不深。（卷之二‧頁13）

　　這份真切的思念之情，若沒有深固友誼，是無法表達出來的。
當然，裴迪與王維並非久久不相見，在詩文中，常常可以看到：
「風景日夕佳，與君賦新詩。」（〈贈裴十迪〉）、「攜手賦詩，
步仄徑……」（〈山中與裴迪秀才書〉）之情景。尤其當王維居於
輞川之時，裴迪更是時常造訪，與摩詰相互唱和。

　　裴迪詩僅存二十九首，卻有二十首是應和王維輞川詩。《唐才
子傳》載：「維別墅在藍田縣南輞川，亭館相望，嘗自寫其景物奇
勝，日與裴迪遊覽賦詩，琴樽自樂。」[16]而王維的《輞川集‧序》
亦言「與裴迪閒暇，各賦絕句云爾。」更可見居輞川時期的王裴關
係十分深厚。

14　高棅：《唐詩品彙》（上海市：上海古籍出版社，1982年）。

15　楊文雄：《詩佛王維研究》（臺北市：文史哲出版社，民國77年2月初版），頁
　　52。

16　辛文房撰、周本淳校正：《唐才子傳校正》（臺北市：文津出版社，民國77年3
　　月），卷二，頁41。

　　天寶安祿山之叛，王維被囚於菩提寺。裴迪暗訪王維，王維作
〈菩提寺裴迪來相看說逆賦等凝碧上作音樂供奉人等舉聲便一時淚
下私成口號誦示裴迪〉一詩，云：

> 萬戶傷心生野煙，百官何日再朝天，秋槐落葉空宮裡，凝碧池
> 頭奏管絃。（卷之十四・頁265）

　　在患難中，裴迪冒險探視，這分情誼令人感動。安史亂平，能
使皇帝不降罪，是因此詩之救，亦即裴迪之救也。倘若裴迪不到菩
提寺探訪王維，傳達樂人落淚之事，也沒有此詩之作。因此，裴迪
無異是幫了王維洗脫罪嫌的一大功臣，而友人的情誼至此昇華到最
高峰。

　　事件發生時，王維的朋友多冷眼旁觀，不見挺身而出，只有
這位好友伸出援手。王維感受到人情冷暖，於是以一首〈酌酒與裴
迪〉向裴迪傾吐傷感：

> 酌酒與君君自寬，人情翻覆似波瀾，白首相知猶按劍，朱門先達
> 笑彈冠，草色全經細雨濕，花枝欲動春風寒，世事浮雲何足
> 問，不如高臥且加餐。（卷之十・頁185）

　　除了相互吟詩唱和外，兩人相知相惜的情懷，隨著年歲的增
長，愈顯濃厚和可貴。由上面的詩作及敘述，可以得到印證。

四、小結

　　輞川莊的生活情趣，可以在〈積雨輞川莊作〉中尋得：「積雨空林煙火遲，蒸藜炊黍餉東菑。漠漠水田飛白鷺，陰陰夏木囀黃鸝，山中習靜觀朝槿，松下清齋折露葵，野老與人爭席罷，海鷗何事更相疑？」（卷之十・頁187）如此悠閒、無爭的生活，難怪王維對輞川山水極為厚愛。而《輞川集》正是描寫莊內二十佳景，逐一寫成的詩集。藉著五絕的精巧形成，表現輞川美景。

　　在四十歲至五十多歲這十幾年間，也正是王維生活較安定之時。生活的安寧，佳境的幽雅，摯友的造來，使得輞川詩集不僅有天成麗景呈現在外，更有誠摯真情寄於言中。上文已言，輞川集二十首的完成孰先孰後及確實寫作年代，並無事跡可查。不過，王維吟一首，裴迪亦以相同主題和一首，逐漸完成，是可以確定的。

　　總之，輞川莊有水（欹湖、欒家瀨、金屑泉、白石灘）、有山（孟城坳、華子岡、斤竹嶺、南垞、北垞）、有柴館（鹿柴、木蘭柴、竹里館）、有園（椒園、漆園），王維與裴迪浸淫其中，流連吟詠，造就了唱和詩的佳作。

參、輞川詩境

　　南朝謝赫〈古畫品錄〉曾提出象外之說：「若拘以體物，則未見精粹；若取之象外，方厭膏腴，可謂微妙也。」劉禹錫〈董氏武陵集記〉亦言「境生於象外」承續謝赫的看法。謝赫所說的「取之象外」是作者要在有限的事物中，突破這個事物有限之象，進而營造出無限的形象，來體會宇宙事物的體性和大自然的生命。

境界最早成為詩的範疇，首見王昌齡的〈詩格〉：「處境於境，視境於心。瑩然掌中，然後用思，了然境象，故得形似。」唐代所謂的「境」正是指突破有限形象的「象」，亦即司空圖〈與極浦書〉與〈司空表聖文集〉所謂的「象外之象，景外之景」。誠如葉朗先生所說：

> 「象」是某種孤立的、有限的物象，而「境」是大自然或人生的整幅圖景。「境」不僅包括「象」，而且包括「象」外的虛空。「境」不是一草一木一花一果，而是元氣流動的造化自然。[17]

唐代之後，論詩者極多，滄浪的「興趣」、袁枚的「性靈」各有其特色。直到王國維提出「境界」，承隨園論見，以補滄浪之不及，融成一片。他認為：「嚴羽《滄浪詩話》謂盛唐諸人，唯在興趣……然滄浪所謂興趣，阮亭所謂神韻，猶不過道其面目，不若鄙人拈出境界二字為探其本也。」[18]、「言氣質，言神韻，不如言境界。有境界，本也；氣質、神韻末也。有境界而二者隨之矣。」[19]於是「有境界自成高格」、「詞以境界為上」。同時他又認為言境不只是謂其景物，人心的喜怒哀樂亦是一種境界，因此能寫真景物、真感情者，便謂是有境界，否則就稱為無境界。

嚴羽《滄浪詩話》說：「羚羊挂角，無跡可尋，故其妙處，透澈玲瓏，不可湊拍，如空中之音，相中之色，水中之影，鏡中之

---

17 葉朗：《中國美學的開展（上）》（臺北市：金楓出版有限公司，民國76年7月初版），頁156。
18 王國維：《人間詞話上卷》（臺灣開明書局，民國58年12月臺11版），頁1。
19 同註18。

相，言有盡而意無窮」[20]，而王國維就此興趣說為本，加一妙悟，摻入作者的氣質風格、個性神韻而提出造境寫境，有我無我之境，可謂集大成且出新意。

綜上之論，境不只是景物而已，更有著詩人對詩歌傳達生命意義的深思時，讓讀者也能在閱讀時產生共鳴和迴響，才是境的最高表現。王國維言：「境界有二：有詩人之境界，有常人之境界」。[21]王維的詩正有詩人之境界，尤其輞川詩境而著閒遠自然的氣象，有清虛沖澹的人生，也有趣味雋永的神韻，在細細品味中，亦可發現其中的禪機、理趣。以下分為瞬間與永恆、空與寂兩部分來說明。

一、瞬間與永恆

時間是最無情，年年月月的流逝，一刻也不稍停留。但是，藝術家常常能夠在流動的時空中，捕捉最完美的一剎那、一片段，就在這瞬間的時空中，藝術家灌注了他的情性心靈，於是這一剎時就變成了終古。而詩人對於時間的某種頓時的神秘的領悟」也就是「永恆在瞬刻」與「瞬刻即可永恆」[22]的感受。在這個特別的時刻中，作者超越了一切物我人己的限囿，與對象世界（指大自然而言）完全合而為一體，凝結成永恆的存在。

---

20 見嚴羽著，《滄浪詩話》，收錄於何文煥編訂：《歷代詩話》（板橋市：藝文印書館，民國72年6月），頁443。

21 同註18一書，附錄第16則。對於王國維之「境界說」與「詩人常人之境」葉嘉瑩先生有詳細論述，可參考〈三種境界與接受美學〉（收錄於《中國詞學的現代觀》一書，臺北市，大安出版社，民國78年9月，頁121-126）、〈論王國維詞——從我對王氏境界說的一點新理解談王詞的評賞〉（收錄於《詞學古今談》一書，臺北市，萬卷樓圖書有限公司，民國81年10月，頁305-332）。

22 李澤厚：《中國古代思想史論》（臺北市：谷風出版社，民國75年），頁207。

　　對王維來說，他所追求的淡泊心境和賦與大自然瞬間永恆的意念，得之於禪宗極多，於是王士禎說：「輞川絕句，字字入禪。」[23]「禪」所表現的，正是瞬間與永恆的境界。從〈鹿柴〉的文字之中，便能體會瞬間與永恆：

　　空山不見人，但聞人語響，反景入深林，復照青苔上。（卷之十三・頁243）

　　山是寂靜的，尤其是不見人影的空山，偶有人說話聲音，這是靜中有喧；然而，寂山終究是靜山，人語只是瞬間的聲響，在人聲消失後，一切又復歸於靜。山林本是幽靜的，詩人本即無寄望有任何人聲響起，但出乎意料的卻傳來人語。於是，作者捕捉了瞬間的人聲，更表現了山的深邃與靜謐，因為山若不幽，就不會有「不見人」，只聞人聲傳來。

　　作者不僅如此，更捕捉了日光照苔痕的瞬間之景。然而，就在這瞬間的景致中，作者體會到永恆不動的靜，而達到心靈與宇宙合一的精神境界。

　　〈辛夷塢〉一詩云：

　　木末芙蓉花，山中發紅萼，澗戶寂無人，紛紛開且落。（卷之十三・頁249）

---

23 見王士禎著，〈蠶溪西堂詩序〉，收錄於葉師慶炳、邵紅編：《中國文學批評資料彙編——清代》（臺北市：國立編譯館，民國70年3月再版），上冊，頁296。

　　花開花落，似乎和詩人毫不相干，然而就在對自然的片刻領悟
之中，卻感受到永恆的存在。花兒的開落，並不是瞬間發生的事，
然而作者卻能將這時間融成一句，拉近開、落的距離。在王維觸景
之前，花兒已經有無數次的開落，在王維下筆之後，明年、後年，
甚至永無休止地，花兒仍然會無窮盡的綻放與凋謝。作者捉住了瞬
間刹那的描繪，卻也代表了無盡的永久。

　　〈孟城坳〉一詩言：

> 新家孟城口，古木餘衰柳，來者復為誰，空悲昔人有。（卷之
> 十三・頁242）

　　空間不變，卻有相差極遠的景物羅列，而時間是造成新舊並
存的最大因素。今日的古木，曾經是昔日的小樹；今日的新家，卻
是舊日的古厝。昔日居住在此的主人，已經不在了；而今日居此之
人，明日又在那裡呢？生生不息的時空轉變，讓詩人有長江後浪推
前浪，一代新人換舊人的感慨。作者的刹那情感，融入詩歌之中，
而使詩歌有著延綿不斷的意念，由瞬間趨向永恆。

　　又如〈竹里館〉寫道：

> 獨坐幽篁裡，彈琴復長嘯，深林人不知，明月來相照。（卷之
> 十三・頁249）

　　這首竹里館幽邈雋逸，正如王維之恬靜性情，世俗凡間塵慮，
在此不染一絲痕跡，尤其作者將瞬間的自然景象表達得深刻入微。
「古人不見今時月，今月曾經照古人」（李白〈把酒問月〉詩：

「今人不見古時月，今月曾經照古人，古人今人若流水，共看明月皆如此。」）多少年來，月亮一直默默的照著大地，照著人事滄桑，而此刻，詩人「獨坐幽篁裡，彈琴復長嘯」，眼中的月，是那麼的親近，陪在自己身旁。月亮本是恆久的照著，然而就在此刻，它和王維的心繫密在一起，凝聚起來。永恆的明月在王維的瞬刻汲取下，顯得更有感情，有生命。

此詩是禪家化境與詩家悟境的融合。《中國禪詩鑑賞詞典》云：

王維在〈鹿柴〉中創造如此深幽空寂的境界，……，詩中饒有象外之意、弦外之音，……
詩人已成功地創造了以一瞬為永恆，以當下包攝了過去、將來，以有限表現出無限的境界。[24]

瞬間和永恆在事物的原理上就好像大小、新舊一般，是相反、相對比的。然而，不是瞬間的累積，又怎能聚成永恆的悠長呢？王維用「心」來描繪這世界，摒棄了片刻與長遠的時空因素，把它們串在一起，用剎那間的心領神會，寄附恆久的靈性悠遠；將綿延長久的景致，寄附在頓時的生命靈動，讓詩歌的境界達到物我相交，瞬間與永恆的結合，而就在這其中，我們可以發現到輞川絕句時間的長短、空間的失存，藉著詩人心細描述的技巧，呈現出瞬刻與橫遠的境界。

24 王洪、方廣錩：《中國禪詩鑑賞詞典》（中國人民大學出版社，1992年）。

二、空與寂

《六祖壇經》說「無念為宗」，是一種無欲、無執著、無生死，具有禪意的心空境界。生長在一個佛教家庭，王維受了極大的影響，為他寫詩作畫打下了基礎，也使得他的詩歌顯現出空與寂的境界。用元好問所說「詩為禪客添花錦，禪是詩家切玉刀。」（〈贈嵩山儁侍者學詩〉）來形容王維賦詩，是再恰當不過了。

凡間的亂事，世俗的塵憂，難有自適恬靜的心靈境界，於是寄與空山寂林，尋找大自然的禪意。

〈鹿柴〉一詩云：

空山不見人，但聞人語響，反景入深林，復照青苔上。（卷之十三・頁243）

空山不是無人，而是不見著人，故而可聞人語之響。王維的一語空山，點明了境界的空靈。由於不見人，更顯寂靜。人的話語，彷彿來自另一個世界，加上一縷殘陽反照，更點明了周圍的空曠與淒情，這正是王維所追求的與凡事俗世相隔的空寂境界。就空寂境界而言，妄念本空，而塵境亦本空。空寂之心，靈知不昧，即此空寂之知，便是真性所在。王維受禪宗教義影響，時常在詩歌中顯露他的空寂之心。

除了〈鹿柴〉之外，〈辛夷塢〉也是如此：

木末芙蓉花，山中發紅萼，澗戶寂無人，紛紛開且落。（卷之十三・頁249）

　　禪家以寂爲本體、以照爲慧用，以澄淨的心靈看待人生，一切純然淨靜。花開花落是大化，也是生命的永恆。芙蓉花自生自滅，不知經歷多少寒暑，世人不知道它的存在，芙蓉也不知人世的風風雨雨。胡應麟曾有如此之歎：「〈辛夷塢〉讀之身世兩忘，萬念皆寂。」[25]更可見詩人將禪宗「一切法自性本空，無生無滅，緣合則生，緣離則滅」（〈大般若經〉）的意念融於文字之中，展現空山寂靜的境界。

　　又如〈竹里館〉云：

獨坐幽篁裡，彈琴復長嘯，深林人不知，明月來相照。（卷之十三・頁249）

　　如果說王維欲在獨坐的彈琴中，尋求心靈不悅的消解，那麼月光中的淨化，終究是靜穆中的昇華。

　　詩人獨坐在幽深的竹林裡彈琴長嘯，正是追求禪意的最佳寫照，即使沒有人知道他的存在，只有月色相伴。冷冷清清的竹林裡，雖然孤獨一個人，但他卻沈浸在這孤寂的冷月之中，體會空寂的感受。和〈竹里館〉、〈辛夷塢〉比較起來，〈過感化寺曇與上人山院〉的「夜坐空林寂，松風直似秋」、〈早秋山中作〉的「寂寞柴門人不到，空林獨與白雲期」這兩首直言「空」、「寂」的作品，就顯得不如輞川詩的境界來得高，難怪王漁洋要說「輞川絕句，字字入禪」了。

　　以禪入形成的空靈正是禪宗的本性，而王維的輞川詩正是富有

---

25 胡應麟：〈內編〉，《詩藪》。

禪意理趣的作品。在領會禪宗道理之後，芙蓉的寂寞與凋落，夕陽返照的餘光，在王維心中全是無言空寂的體現，在空寂的禪境中，沒有雜念的侵襲。有的，只是在空靈中浮現的怡然自得與充滿禪機的心境。

三、小結

清新脫俗，充滿禪機，是輞川詩之特色。在王維的筆中，能將片刻的時間、地點完全掌握，呈現出最自然的景物；對事物的觀察，有著比常人更細微的體悟，或者與萬物冥合，或者沈靜反省；而空寂的禪意，更是將輞川詩境提昇到充滿機趣神理的高妙境界。

蘇軾云：「味摩詰之詩，詩中有畫；觀摩詰之畫，畫中有詩。」（〈書摩詰藍田煙雨圖〉）畫境、詩情之外，王維詩實亦加入禪理。王維之所以能有如此清逸曠達的詩句，藉著入物、超物的筆法，凝結瞬間與永恆，達到空寂之境，除了受山水田園的陶冶外，可說是歸功於事佛的身世背景及受到禪理的影響。

肆、輞川詩情

《周易繫辭》說：「聖人之情見乎辭。」疏云：「辭則言其聖人所用之情，故觀其辭而知其情也。」首先提出文中含情之說。《詩大序》亦言：「情動於中而形於言。」劉勰《文心雕龍・明詩》言：「人稟七情，應物斯感。」[26]〈情采〉言：「五情發而為

---

26 劉勰著、黃叔琳校：《文心雕龍注・明詩》（臺北市：臺灣開明書局，民國74年10月），卷二，第六，頁1。

辭章，神理之數也……情者文之經。」[27]白居易亦提出：「感人心者，莫先乎情，詩者，根情、苗言、華聲、實義。」（〈與元九書〉）之觀照，即連至興趣、妙悟，以禪入詩的嚴羽，亦歸結爲：「詩者，吟詠情性也。」

　　詩歌，是詩人的情感流露，是詩人內心與外在世界的交流。由內在的性情和外在的景物交互共鳴，將喜怒哀樂呈現在文學作品中，藉著文字，抒發作者心念，傳達給讀者，因此，情是詩中不可缺少的要素。輞川詩中雖僅一「情」字，但並不代表這二十首詩並非言情之作，相反地，由於不明白寫情，更有深情流露其中。因此，「看似無情卻有情」是輞川詩最大特色。

一、情由境生

　　王船山在《薑齋詩話》曾有「即景會心」[28]之語。詩歌所表達的，便是呈於形象，感於目光，會於內心，作者接觸外在事物所產生的情感變化和歷程。作者本身並沒有情感的意念，然而在接觸物象之際，心中的情緒昇華，產生滿懷思緒。就如同《文心雕龍・物色》所言：「物色之動，心亦搖焉。」[29]於是藉著景物發爲詠歎，來達達情意。〈華子岡〉是最明顯的例子：

> 飛鳥去不窮，連山復秋色，上下華子岡，惆悵情何極。（卷之十三・頁242）

27　同註26一書，《文心雕龍注・情采》，卷七，第三十一，頁1。

28　見王夫之著，《薑齋詩話》，收錄於王夫之等著：《清詩話》（臺北市：西南書局，民國68年11月），頁7。

29　同註26一書，《文心雕龍注・物色》，卷十，第四十六，頁1。

　　詩中的景物是眾多的飛鳥和連綿的山脈，山延、鳥眾，本是熱鬧，有生氣的象徵。王維在觀看這種景象，本應心懷為之一闊，然而眾多的鳥卻一隻隻飛走，而山嶽亦呈著一片淒涼的秋色，面對這樣的景物，怎能不讓王維生情？於是心中的惆悵情致流洩而出。詩人的情由山、鳥所觸發，藉著蜿蜒的山徑，來表達心中的哀愁。又如〈孟城坳〉說：

　　新家孟城口，古木餘衰柳，來者復為誰，空悲昔人有。（卷之十三・頁242）

　　詩人慶祝喬遷之喜，歡樂氣氛原本應充滿孟城之地，但是環繞四周的景物，卻急速的轉變作者的心境。衰柳的映入眼簾，讓作者心情跌到谷底，而發出來者昔人的哀歎。前二句寫景物，後二句寫情感，藉著景物而產生情感正是此詩的筆法。

　　情由境生固然是隨境而生情。但是亦有可能原本即已有情之存在，只是作者不自覺而已。李贄的〈雜說〉有如下的描述：

　　夫世之真能文者，此其初皆非有意於文也。其胸中有如許無狀可怪之事，其喉間有如許欲吐而不敢吐之物，其口頭又時時有許多欲語而莫可告語之處，蓄極積久，勢不能遏，一旦見景生情，觸目興歎……訴心中之不平，感數奇於千載。[30]

---

30 葉師慶炳、邵紅：《中國文學批評資料彙編——明代》（臺北市：國立編譯館，民國70年3月再版），下冊，頁622。

　　這種情況，就好像耳目觸及外物，漾起心中一波波漣漪，使得情緒在心中起伏升落。〈辛夷塢〉是最好的例子：

　　木末芙蓉花，山中發紅萼，澗戶寂無人，紛紛開且落。（卷之
　　十三・頁249）

　　前二句寫景，後兩句寫景而實言情。在前二句所看到的是芙蓉花發出紅萼，無看之下，紅萼代表喜氣；紛紛，代表生生不息的強烈生命力。然而，連接「芙蓉花」與「紅萼」的卻是「山中」。

　　芙蓉開在平野，願意垂憐者本就不多，即使發紅萼吐新蕊，也只有高雅君子欣賞。而在叢山之中，人煙罕見，何況長在寂寂無人的深山裡，更乏人問津。芙蓉若有靈性，想必也會暗自傷心吧！

　　花開花落，本是大自然的循環現象，但詩情在「紛紛開」中緩緩升起，卻在「落」中升到最高點。此詩無「情」字之出現，卻有極深的感觸存在。王維在寫這首詩前，一定有相當時間的觀察。花開是件平常不過的事，在發滿紅萼之時，王維也未曾想到要描寫開滿山澗旁的麗景。然而就在季節的移轉，花兒慢慢凋謝的時刻，王維的心被這樣的景象觸動了心靈的感覺，觸景而生情的結果，成就這一首含蘊韻致，深情婉約的有名之作。

　　袁行霈曾說：「若沒有觸景之前感情的累積，就不曾有觸景之後感情的迸發；所謂情隨境生，也還是離不開日常的生活體驗的。……耳目一旦觸及外境，遂如吹皺的一池春水，喚醒了心中的意緒。」[31]詩人的心情，藉著感官，經由物色的媒介，傳達其中真

31　袁行霈：《中國詩歌藝術研究》（五南圖書出版公司，民國78年5月初版），頁32。

誠摯熱的訊息。除了孟城坳、華子岡、辛夷塢外,柳浪由綺樹之倒影生春風傷別之情;茱萸沜由結實花開之景,生思念友朋之情,都是情由境生之例。

二、情寄於物

王維曾有一首〈相思〉之曲:「紅豆生南國,秋來發幾枝,勸君多採頡,此物最相思。」(卷之十五・頁273)紅豆是很平常的物品,但是詩中的紅豆卻寄寓了相思的情愫,可見在詩人的眼中,能將無情之物轉換成有情之物。

情由境生是由外觸內,轉變作者心境;而情寄於物則是作者用主觀的心靈感受來省察萬物,藉著對外物的描繪,抒發自己的情感。因此在物件中附著作者自我的意念和情意。〈白石灘〉言:

> 清淺白石灘,綠蒲向堪把,家住水東西,浣紗明月下。(卷之十三・頁248)

就表面來看,白石灘、綠蒲、家、水、明月都是事物,純粹的景致,像極一幅圖畫:清淺流水,有佈滿小白石的河中悠悠流動,水邊的綠色香蒲可堪盈握,住在兩岸的少女們,在月色照人的明夜中,辛勤地浣紗。若再深一層面,這些浣紗少女,住在河岸東西兩側,照理說應像南垞所描述的「隔浦望人家,遙遙不相識。」水分隔了東西兩岸,卻又吸引了兩邊的人們,在月明時刻,不約而同的到河中洗衣。

由分到合,白石灘水扮演了最重要的角色。水原本是無色無

覺之物，但是詩人在描述中，已經不著痕跡地把和諧情緒寄託在水中。再換個角度來說，月光映照在水面，隨著水波晃漾，已誠然令人動容，再加上少女浣紗，使明月在水面跳動得更有韻律。面對這種情境，詩人的情緒一定受了感動。在感動之餘，寫下了這首詩，但作者又不願意明顯地把自己的情感呈現出來，於是將情寄於物，表達含蓄之美。

除此之外，〈欹湖〉也是情寄於物的例子：

> 吹簫凌極浦，日暮送夫君，湖上一迴首，山青卷白雲。（卷之十三‧頁246）

在遙遠的水邊，吹著洞簫；在黃昏時分，送別友人。這時，詩人回頭望湖，只見青色山脈，被白雲擁抱著。送別的時刻，總是在黃昏和入夜。此時更有淒涼的樂聲佔滿了相送之處。

前兩句的描寫和大多詩人相同，提到送別的場景，但是後兩句則和其他詩人有極大差異。一般送別詩總是在末尾寫自己的愁緒，思懷友人之情。而這首送別詩卻不是如此。王維在送別友朋後，心情當然惆悵，但是他沒有明說，反而描繪回首望山的景致，這就是他高明之處。青山白雲並不相干，但就在詩人回首的時候，眼中出現的青山白雲卻擁在一起，似乎也為兩人的相別感到同情與傷懷。

詩人將情感寄託在青山白雲之間，而由「卷」字融和了二者的關係，這種表現方式，比起直接說穿自己本身的哀愁還要來得動人心絃，也使送別之情更加悠長。

詩人在凝神觀照的狀況下，將心中的情寄在事物中，王維的心情，正如同何景明所說的：「夫詩本性情之發也。」投射在無生命

的「輕舸」[32]、「空山」[33]、「明月」[34]之中，映襯出有情天地。

三、情景交融

南宋范晞文曾說過：「景無情不發，情無景不生。」[35]清儒王夫之又特別強調：「情景名為二，而實不可離。神於詩者，妙合無垠；巧者則有情中景，景中情。」[36]王夫之的觀點本於謝榛的《四溟詩論》：

> 作詩本乎情景，孤不自成，兩不相背……夫景有異同，模寫有難易……景乃詩之媒，情乃詩之胚，合而為詩。[37]

和《文心雕龍》的「情以物遷，辭以情發」和「情以物興，物以情觀」的理論基礎比較，王夫之已經轉換劉勰說明情景交合的理論根源而從作者的創作表現加以觀察。朱庭珍更深入而言：

> 寫景，或情在景中，或情在言外；寫情，或情中有景，或景從情生；斷未有無情之景，無景之情也。又或不必言情而情更深，不必寫景而景畢現，相生相融，化成一片。[38]

---

32 〈臨湖亭〉有「輕舸迎上客，悠悠湖上來。」之句。

33 〈鹿柴〉云「空山不見人，但聞人語響。」

34 〈白石灘〉有「浣紗明月下」句；而〈竹里館〉頁「明月來相照」。

35 見范晞文著，《對床夜語》卷二，頁496，收錄於丁仲祜編訂：《續歷代詩話上》（板橋市：藝文印書館，民國72年6月），頁496。

36 見王夫之著，《薑齋詩話》，收錄於王夫之等著：《清詩話》（臺北市：西南書局，民國68年11月），頁9。

37 見謝榛著，《四溟詩話》，收錄於丁仲祜編訂：《續歷代詩話下》（板橋市：藝文印書館，民國72年6月），頁1400。

38 朱庭珍：《筱園詩話》。

　　情景相結合，互相融合，達到情景交融的境地，是作詩最高
準則。葉朗先生引張戒《歲寒堂詩話》：「劉勰云：『情在詞外曰
隱，狀溢目前曰秀。』梅聖俞云：『含不盡之意見於言外，狀難寫
之景如在目前。』[39]……其實一也。」而說：

> 梅堯臣的命題清楚地表明。「隱」、「秀」這對範疇，乃是對
> 於構成詩歌意象的「情」、「景」這兩個因素的一種規定：所
> 謂「狀難寫之景如在目前」這是「秀」，顯然是對「景」的一
> 種規定；所謂「含不盡之意見於言外」，這是「隱」，顯然是
> 對「情」的一種規定。[40]

　　葉朗所言不無道理，但是用「規定」二字來規範情景似乎太過
牽強。以秀麗之景寫隱含之固然最好，但若能以平凡事物烘托情致
亦是難得，不必一定要美物佳景，就如王維〈孟城坳〉言古木，言
衰柳，一幅古澀景象，卻把情意襯得更出色。

　　綜合各家理論，大體可以歸納出：情和景是為詩兩大要素，情
以隱為主，景以秀為佳。藉著作者的筆觸，體貼物情，達到物我情
融，情景交合的地步。王維的〈木蘭柴〉便是一首情景交融之詩：

> 秋山斂餘照，飛鳥逐前侶，彩翠時分明，夕嵐無處所。
> （卷之十三・頁244）

39　梅聖俞云：「含不盡……如在目前」此語見歐陽修著，《六一詩話》，收錄於何
　　文煥編訂：《歷代詩話》（板橋市：藝文印書館，民國72年6月），頁158。
40　葉朗：《中國美學的開展（上）》（金楓出版有限公司，民國76年7月初版），
　　頁205。

　　作者用「斂」字，使秋山捕捉日落前最後餘暉，也喚醒了群鳥的飛翔。這兩句描寫了活躍的自然景象，而在陽光映射下的翠綠山色，更顯光亮奪目，氤氳山氣也因為陽光的照射，變得薄而不清，似有若無，好像四處飄游，居無定所一般。

　　就整首而言，詩人用這二十字捕捉煞剎那的自然景致。山、鳥、餘照、夕嵐和作者的心境互相融合，而夕嵐的無處所更有禪宗「無所住」的最高境界。禪理、情感與景物的合一，在夕陽西下的時刻中，表現出恬淡自適的隱士生活。詩中的描寫不僅是景物而已，更表露了作者陶醉在如此景致的心靈與情感。

　　用象聲詞模擬聲音，是王維常運用的表現手法。〈欒家瀨〉云：

> 颯颯秋雨中，淺淺石溜瀉，跳波自相濺，白鷺驚復下。
>
> （卷之十三・頁247）

　　詩中的角色，有無生命的秋雨、石子、水波，還有生物的存在——白鷺。這是一幅生生不已的動態畫，在秋風秋雨中，水流不斷，而波浪濺起水花。在王維眼中，就像是兒童般的互相嬉戲，濺弄著，原本無意的水花在詩人營造下，變成帶有童稚之情的有情事物。這種情景已經十分熱鬧了。突然，一向悠靜閒適的白鷺絲，剎那飛起又急速下降，到底是水花嚇著了白鷺，還是白鷺要讓頑皮的水珠嚇一跳？作者沒有告訴我們，他正躲在旁邊細細品味這番景致。就在情（或者是作者賦與水波、白鷺的孩童活潑真率之情，或者是藉著水波表達作者此刻心境）景（流水、白鷺、跳波。而跳波代表的不僅是景，亦是情）交融的情況下，顯出處處生機、韻味盎

然的自然空靈。

除此之外，〈竹里館〉也是情景交融的佳例：

獨坐幽篁裡，彈琴復長嘯，深林人不知，明月來相照。
（卷之十三·頁249）

在幽靜的竹林裡，王維的彈琴，正如同伯牙的彈琴；王維的長嘯，正如同孫登的長嘯，悠揚的樂音，在清幽的夜裡，傳於山中，引起回響；而放聲長嘯，嘯聲響於山林，綿延而幽遠，此刻獨坐的王維已和自然融合為一體，世俗利祿已經拋在腦後。

離群而居，雖然別人不知道他，但是明月卻好像知道他的獨處來和他相伴。從詩中我們看到王維對於「深林人不知」是不在意的。因為人不知，才能得清靜，因此，他寧願選擇明月與他相伴（當然在詩人的意念裡，也可能是明月選擇王維而與之作陪）。由這首詩可看出詩人高曠的胸襟和高潔的情操，藉著獨坐、彈琴、長嘯的情境，寫出萬物與我合一的情感。

物我交融之際，景不僅是停滯的景，情也不是蔽塞的情，詩人的情感不是直接宣洩在文字之中，而是隱藏在風景之內，情感與景色相互契合而結為一，不必言情而情自現。

四、小結

詩歌是緣情的，寫詩填詞的義理無窮，總其大要，總不出情景二字，情自中生，景自外得。情景不僅是詩歌的兩大要素，更是評論作品的憑藉，情、景在詩歌（不僅是詩歌，文章亦是）的重要性由此可知。

　　情由境生，情寄於物，情景交融可說是詩作言情的三種方式。在情由境生時，作者是面對景物而激起心中的情感，所表現的，是詩人之情；在情寄於物時，是作者寫詩時已受到外物的感染，藉著描寫外物來寄託自己的意合，亦是詩人之情。在情景交融時，作者與物件已經融在一起。情中有景，景中有情，不僅是詩人之情，也是萬物之情。此三種方式，在王維寫來，雖無優劣之別，但情景交融的作品，卻是發揮情境深遠的極致，比情由境生，情寄於物更富深情真摯的感受。

　　在《輞川集》中，包含了這三種詩情。孟城的荒涼景象，引致了作者感慨之情；連山的秋色，喚醒了作思念之情，這是情由境生的例證；明月的浣紗、表達少女的情致；山青的卷雲，表示作者的離情，這是情寄於物的範例；而鹿柴、竹里館則是情景交融的最佳寫照。

　　至於輞川詩詩情的內容則可分為：

　　第一、思懷古人之情，如漆園之懷莊子、椒園之奠屈原。

　　第二、友朋相思之情，如茱萸沜和宮槐陌。

　　第三、思念親人之情，如華子岡。

　　第四、對大自然之情，如辛夷塢、木蘭柴、文杏館。[41]

---

41 韓晟俊將《輞川集》二十首之內容分為三類。甲類：對官場生活之厭惡——柳浪、漆園。乙類：描繪優美之景色，流露健朗之情感——文杏館、斤竹嶺、木蘭柴、茱萸沜、臨湖亭、南垞、欹湖、欒家瀬、白石灘、北垞。丙類：塑境孤絕，寫景冷清，表人生虛幻之感傷——孟城坳、華子岡、鹿柴、宮槐陌、金屑泉、竹里館、辛夷塢、椒園。言其「詩意亦互為聯繫，在結構上以『甲』為線索，貫川『乙』、『丙』組成《輞川集》」可參見韓晟俊著：《王維詩比較研究》（北京市：京華出版社，1999年4月），頁298。

綜合言之，輞川詩情高朗秀出，有著含蓄之美與溫雅淳厚之情，而且趣味澄夐，如若清流之貫達。不論是因境生情，或是情景相融，輞川集所表現的詩情都是作者最真切的性情流露。「五言絕句，當以王右丞為絕唱」的評價，王維受之無愧。

伍、輞川詩法

《瀛奎律髓》嘗言：「右丞終南別業詩，有一唱三嘆，不可窮之妙，如輞川孟城坳、華子岡、茱萸沜、辛夷塢等詩，右丞唱、裴迪和，雖各不過五言四句，窮幽入之，學者當自細參則得之。」[42]王維性情恬淡清遠，有過意氣風發的解頭登第，亦有浮沈不定的宦海波濤，但篤好佛學的涵養，使他拋棄了仕途，歸隱山林。遠離人群的山居生活，擁有如詩若畫般的背景，《輞川集》正可謂與其性情相合的雋永小品。性情與景致的融合，清幽脫俗的韻致自然流洩。前三部分已就背景、詩境、詩情加以論述，此部分則談輞川詩法。

〈孟城坳〉是《輞川集》的第一首詩。詩云：

新家孟城口，古木餘衰柳，來者復為誰，空悲昔人有。

（卷之十三‧頁242）

---

42 除此之外，施補華《峴傭說詩》亦曰：「輞川諸五絕，清幽絕俗。其間『空山不見人』、『獨坐幽篁裡』、『木末芙蓉花』……尤妙，學者可以細參。」說法相近，亦可參考。《峴傭說詩》之語，見王夫之等著：《清詩話》（臺北市：西南書局，民國68年11月），頁915。

　　這是一首吟詠過去、現在、未來之時空變化，表現人生無常的詩作。孟城有華胥氏、女媧氏之陵，夙稱三皇舊居地，散佈古城遺址。在古蹟之中懷想昔人，用「新家」和「古木」相對，「來者」和「昔人」相對，使遺事浮現在前，加深孟城的幽靜景致。由新家起句，承接古木句，而以來者轉折，繼以昔人續之。

　　《輞川集》既是組詩，〈孟城坳〉排序為首，或有一定意義。此詩首言「新家」，可見是王維遷居至輞川的居所。面對昔日為宋之問詩酒嘉宴的所在，引起王維「後人之視今，猶如今人之視古」的喟嘆。

　　幾株衰殘的古柳，彷彿揭示著前人的命運，也似乎向今人傾吐舊日繁華。也許，面對飄忽不定的人生境遇，終究是發為吟詠的詩意主題，然而，王維面對今昔的強烈對比，卻以「空悲昔人有」去理解歷史的循環悲感。因為，「黃樓夜景，為余浩嘆。」[43]後人既會在後世為我而悲，我又何必為前人而悲呢？王維用佛理化解漂泊人生的哀感，也是一種看透官場的表現。

　　如果說，〈孟城坳〉是一首「達者之詞」[44]，從變中以見常則〈華子崗〉是一首「從常中以見變」之詩：

飛鳥去不窮，連山復秋色，上下華子岡，惆悵情何極。
（卷之十三・頁242）

43　此為東坡〈永遇樂〉詞中之句。東坡由夢盼盼之事而在情感糾葛中解脫，體悟人生若夢之理也說明了人生在遭遇困境之時有能擺脫自怨自艾的淒清悲懷，創造一個外在環境雖然惡劣，內在心緒卻能由悲抑轉為寧靜，也是心靈的昇華與超越。可參見拙著：《宋詞的登望藝術與境界》（臺北市：文津出版社，民國87年9月），頁286~頁287之分析。

44　徐增著，《唐詩解讀》，卷三。引自林繼中：《棲息在詩意中——王維小傳》（保定市：河北大學出版社，2000年10月），頁279。

　　飛鳥來去、行人上下，都是一種「常」；但自古以來的飛鳥與人群，也僅只是「似曾相識」而已，這其中已經過多少代謝與更替？東坡〈赤壁賦〉云：「自其變者而觀之，則天地曾不能以一瞬；自其不變者而觀之，則物與我皆無盡也。」所說的也是這個道理。

　　只是，王維的勘破人事代換，也許只是對於官場的揮別與捨棄，卻尚未對於人生「忘情」。飛鳥翩翩，卻是離遠之象；無邊秋色，又惹起心頭之悲。悲情的層層遞進，如同層層秋山般纏繞著。飛鳥言其眾，但「去」字一出，別離之意已生，而「眾」的意象破滅，將作者的心境映襯出來，加上使用入聲韻，有短促淒清之感，更加添本詩作者的愁緒。用「上下」為第三句轉折，正代表作者心情的起伏情緒，而「不窮」與「何極」的前後呼應，使悵恨更深。

　　在輞川莊中，文杏館居於最高處。〈文杏館〉一詩云：

文杏裁為梁，香茅結為宇，不知棟裡雲，去做人間雨。
（卷之十三‧頁242）

　　此詩首二句相對，後二句相對，為上聲七麌韻。「文杏」和「香茅」曾出現在〈長門賦〉和〈吳都賦〉之中，可見此詩運用典故。文杏的名貴和香茅的芳香，讓這地處輞川莊最高的館閣，氣質更加雅致。高館，擁有雲朵的陪襯與遊入，而這些雲朵，總在不經意間流洩到閣館之外，成為沛然甘霖。一種神話般的瓊樓玉宇，在人神的境界中佇立著。

　　「不知棟裡雲，去作人間雨」，運用擬人化手法。以「文杏」、「香茅」引起，轉到雲雨之變化，發出人生如夢，即使有富

貴名利，亦終歸空無的喟歎。

　　落雲成雨，是最平常不過的事，然而作者卻言「不知」，其實王維是知道的，倘若真的不知，又怎會賦此詩呢？詩人的觀察極為敏銳，從文杏名貴之樹被裁為館梁開始，引起變化無常的聯想，就好像高空棟雲，居然會成為人間之雨，流露了佛教哲學的色空思想，王維的情境，也反映在這梁宇雲雨之中。

　　〈斤竹嶺〉一詩描寫的是一幕清幽之景：

　　檀欒映空曲，青翠漾漣漪，暗入商山路，樵人不可知。
　　（卷之十三・頁243）

　　此首和前三首相同，以兩個對比句為引起，第三句為轉折。密竹掩映，樵人忽隱忽現。此詩生動地描繪出進入蒼鬱暗幽之竹林，循著清幽之流水向深山走去。「檀欒」和「青翠」點出一片綠意；「空曲」、「漣漪」點出徑旁溪中之律動；而「暗」字，不僅點出了竹林之「密」，更說明了深山之幽靜。同時，「樵人」正代表一個離開俗世，怡然自得的人物，而此處的樵人，正是陶醉在幽山中的王維。

　　〈鹿柴〉一詩，描寫幽靜中的喧嘩，和陶淵明「結廬在人境，而無車馬喧。」所表現的喧鬧中的幽靜雖然不同，卻同樣具有字句之外的自然與韻味：

　　空山不見人，但聞人語響，返景入深林，復照青苔上。
　　（卷之十三・頁243）

詩眼在「空」，「空」指的是寂靜、幽靜，因爲依然有人語響，依舊有陽光照著青苔。另一方面看，只聞人語，不見人蹤，更代表空幽境界，一字二義，兩層並寫，讓詩歌生命闊展開來。

詩作首句寫見寫靜，次句寫聞寫動；兩句合看，呈現空山的深幽。「不見人」，卻聞「人語響」，是靜中寓動；而後兩句則寫景，是動中有靜。而夕陽斜照，「成了生動的彩色電影放映機，斜暉所過，交織而爲深碧淺紅，相映成趣的畫面。」[45]就色彩而言，是淺中見濃；就空間來說，是遠而復近。

〈鹿柴〉描繪一幅入夕轉夜的圖景，〈木蘭柴〉則捕捉黃昏時分，絢爛的色澤：

秋山斂餘照，飛鳥逐前侶，彩翠時分明，夕嵐無處所。
（卷之十三・頁244）

詩人在斜陽映照中渾然忘我。「秋山」、「飛鳥」、「彩翠」、「夕嵐」，這四個名詞分別置於各句之首，而由下承之字來修飾、裝扮；「斂」、「逐」動詞的展現，發出動態美。

首句言景，次句言物，三句又言景，末句言景而物「似有似無」。整首四句均由二一二句式組成，「名詞──動詞──名詞」的書寫形式，是王維最常運用的方式。和前幾首不同的是，木蘭柴的四句都是相等地位，沒有所謂的引起、承接、轉折、收尾。雖然如此，卻也表現王維的詩工，藉著簡單的直述，將秋山在夕陽殘照下表現出一種澄清淨美的幽深趣味，表現得十分引人入勝。

---

45 黃師永武、張高評：《唐詩三百首鑑賞下》（臺北市：黎明文化事業公司，民國79年11月），頁708。

〈茱萸沜〉一詩云：

> 結實紅且綠，復如花更開，山中儻留客，置此茱萸杯。
> （卷之十三・頁244）

王維用「紅」和「綠」如此艷麗的色彩，照綴在山水幽深的景致裡，在輞川詩中唯此一首。本詩重在「留客」，同時對於客人的重視、接待之心，亦可由「置此茱萸杯」看出來。此詩用字多為平凡之字，但在平凡之字句中，作者對朋友盡地主之誼的心意卻極為深刻。

又：本詩用上平聲十灰韻，與〈宮槐陌〉、〈臨湖亭〉同韻，是輞川詩集使用最多的韻部。

〈宮槐陌〉詩說：

> 仄徑蔭宮槐，幽陰多綠苔，應門但迎掃，畏有山僧來。
> （卷之十三・頁245）

首兩句先言景，第三句轉為動態，末句言作者意念。和茱萸沜相同，可看出主人對客人的重視。「畏」字的出現，乍看之下似乎唐突，實際卻是此詩最佳處。以「畏」承接[46]迎掃，更加重迎接高僧前來的在意心情，和茱萸沜不同的是：前首寫「山中儻留客，置此茱萸杯」是採「若P則Q」的方式——如果留客山中，則以茱萸

---

46 承接之意，即王世貞《全唐詩說》所言：「篇法圓緊，中間增一字不得，差一意不得。」

茶相待；本首寫「應門但迎掃，畏有山僧來」，先言行動，再說原因。同樣有客造訪，表達方式不一，可見寫作者能靈活運用字句，營造不同的敘述方法又能與主題契合無間。

〈臨湖亭〉和前二首不同之處，在於前兩首一爲假設，一爲友朋到訪前的準備。而此首是寫朋友到來，作者接待的情狀：

> 輕舸迎上客，悠悠湖上來，當軒對樽酒，四面芙蓉開。
> （卷之十三・頁245）

選景設色，如同圖畫開展，藉著擬人手法，輕舸就是作者的化身，欣喜於故人造訪。王維筆下的芙蓉，也善解人意，彷彿爲友朋相聚而開。對於本詩氣氛的營造，作者的描繪筆法活潑生動而可愛，唯一可惜的是「上」字重覆出現，讀來較爲平淡。不過，這也正說明王維並非刻意修辭鍊字，必用字字精美之句。如此一來，更可見作者淳樸、恬靜，不拘小節之個性。

一意蟬聯，未嘗間斷的章法，加上平聲「來」、「開」的韻字，喜悅之情，貫穿全詩。

〈南垞〉詩云：

> 輕舟南垞去，北垞淼難即，隔浦望人家，遙遙不相識。
> （卷之十三・頁246）

平廣遠曠的山水空間，開闊的氣象躍然紙上。由南垞而北垞、難即而遙遙，有限的文字中，透顯著無限的延伸意義。景色的延伸，模糊的效果，蒼茫的遼闊，焦聚在放收之間，自有分寸。作

者用恬淡的筆調、勾繪出浩瀚遼遠的湖水：而又以「淼難即」引出「隔浦」、「遙遠」二句，頗有「浩浩湯湯，橫無際涯」之態勢。「遙遙」的疊字運用，使「遙」再深一層，拉長南北距離，於是隔浦「望」人家，而「不相識」。而運用「去」、「難即」、「望」、「遙遙」等字，將「遠」的意象表達極為透澈。

〈臨湖亭〉是迎客之詩，〈欹湖〉則是送客之詩：

> 吹簫凌極浦，日暮送夫君，湖上一迴首，山青卷白雲。
>
> （卷之十三・頁246）

此詩暗用《楚辭》典故：「望夫君兮未來，吹參差兮誰思？」[47]。前兩句書寫送別者以吹奏表達送行之意念；後兩句書寫行者之不捨與眷戀，猶然回顧。首句以「吹簫」為起，帶領讀者走入作者的送別情境，而「送」、「迴首」的依依不捨之情，作者沒有明說，卻寓於青山與白雲之間。「卷」是本首詩眼，把作者心情注入此字，捨不得、依戀的感情、藉著卷字感染讀者。山雲雖美，卻為詩意抹上沉重的一筆。

〈柳浪〉一詩，亦是書寫別離：

> 分行接綺樹，倒影入清漪，不常御溝上，春風傷別離。
>
> （卷之十三・頁247）

---

47 洪興祖注：《楚辭補注》，《楚辭・九歌・湘君》（臺北市：長安出版社，民國76年9月），頁53。

　　古代送別時，往往折柳相送，長安城東的灞陵御溝，是相別之處。詩人藉著柳叢而發爲吟詠。「春風」是沒有生命的，但是詩人藉著移情作用，將別離之情寄託在春風中，於是春風就像是有感情的生物，對於離別也暗自神傷。

　　用「綺」字形容柳樹，是與眾不同之處。清波倒著柳影，一幅美景宛在目前。柳的意象，總代表送別。本詩中作者有沒有別離之情？不能確切明曉，也許在前兩句的描寫綺麗之後，突然聯想到柳代表別情，而寄予柳浪：千萬不要和京城的柳枝一般被送別者攀枝折條。不過，若用另一角度看，也許是作者用反襯手法，兩相對照下，更顯出柳浪的美好。如果是解成前者，則作者有傷別之情；若解爲後者，則是純粹歌詠浮世而居在山間的柳樹，與眾不同，沒有離別傷感。之所以造成雙重解釋，在於第三句的轉折，需由讀者自己感受詮釋。

　　《輞川集》中最生動靈活的景象，在〈欒家瀨〉中表現得最爲豐富，石壁激流的具體可感與白鷺的上下，構成活潑的圖象：

　　颯颯秋雨中，淺淺石溜瀉，跳波自相濺，白鷺驚復下。

　　（卷之十三・頁247）

　　詩人寫雨，寫水，寫浪，構成　幅美麗的畫面，末尾一句白鷺的上下飛動，使畫面更爲活躍。詩人只用二十字就寫出極有聲色之詩歌，不愧精鍊高手。「颯颯」和「淺淺」都是狀聲詞，一則寫雨聲，一則寫水流聲，這兩組疊字非但沒有狂風暴雨的形象，反而在急速中有柔態。詩人的心也許和白鷺是一樣的，秋雨急水濺波先是驚嚇白鷺，然而明白了雨驟而不狠，水急而不狂的情況之下，又慢

慢回到原處，欣賞自然之美。而跳波相濺，則採擬人化手法，更顯萬物的律動之美。

好一幅與世無爭的圖畫，而圖畫中呈現的不僅是生物，更有動態美感，大自然的奧秘，在於無憂無慮，無悲無喜，作者運用細膩觀察，不著一絲移情痕跡。因此，這是一首音樂性極高，且有纍纍節奏韻致之詩：颯颯有風雨，淺淺有韻律；「瀉」、「濺」、「驚」、「下」運動了生機之盎然。

〈金屑泉〉一詩，是王維所追求的清淨境界，隱含著道家思想：

日飲金屑泉，少當千餘歲，翠鳳翔文螭，羽節朝玉帝。
（卷之十三・頁247）

在輞川詩中，此詩較無特色可言，畢竟，華麗的修飾語，總和一般所認同的王維恬淡自然的詩風不類。不過，王維採用了誇飾筆法。乘翠鳳之輦而來，羽蓋毛節，好似仙人儀衛般。《文心雕龍・夸飾》言：「使夸而有節，飾而不誣，亦可謂之懿也。」[48]這首詩的誇飾，沒有李白「黃河之水天上來」（〈將進酒〉）的雄壯誇飾，也沒有杜甫「哭聲直上干雲霄」（〈兵車行〉）的悲悽誇飾，而是自然可愛的誇大。

金屑泉想必是澄美甘淨之泉，若掬飲有提神之效是說得通的，若說每天飲之，會有千歲壽命，可能性微乎其微。至少王維尋到這獨厚的泉水，也沒有進水樓台先得「壽」[49]。可見作者有誇大之意。

---

48 同註18一書，《文心雕龍注・夸飾》，卷八，第三十七，頁6。
49 《舊唐書》言「乾元二年七月卒。」年六十一歲，頁5053。

〈白石灘〉云：

清淺白石灘，綠蒲向堪把，家住水東西，浣紗明月下。

（卷之十三・頁248）

此詩有清濯纓斯之意，藉著明月下之浣紗，景益清切。作者藉著「白石」和「綠蒲」說明灘水清澈淺白，用「水」分開東西，而又藉著明月時分的浣紗，將分者合而為一。「浣紗明月下」不只是作者眼中之景，更顯出明月中倒影隨著少女浣紗動作起伏漾盪的律動美。整首詩一氣呵成，首尾相鎖，自成高格。

「清淺」是雙聲字、「綠蒲」是疊韻字，在上下句的連繫中，呈現和諧的音韻美感。三、四句進一步描寫月光之下的白石灘，淨境呈現。

〈北垞〉詩云：

北垞湖水北，雜樹映朱欄，逶迤南川水，明滅青林端。

（卷之十三・頁248）

北垞的遠望，逶邐的川水在山群中轉折，作者的目光也由近至遠飽覽湖光山色。此詩以逶迤明滅之字，曲盡叢林長流景色。藉著清流的一明一滅，襯托出山林的重深，因此「明」、「滅」二字是此詩之眼，使得色彩分明而有層次。運用句法除第一句是二一二句法，將動詞置中，表現互映景象外，餘三句均為二二一句法。

〈竹里館〉以「獨坐」為題，寫淡逸怡然之情：

　　獨坐幽篁裡，彈琴復長嘯，深林人不知，明月來相照。
　　（卷之十三・頁249）

　　用彈琴來寄託情懷，無知音人，卻有知音月。「深林人不知」
和「明月來相照」一反一正，一不知一知的對比，襯出明月的光輝
如同知音。而明月正是王維越出凡間塵世的象徵。

　　此首有聲有色、有明有暗、首句寫靜、次句寫動。獨坐幽篁，
是一種視覺的形象；彈琴復而出嘯，則是具有雙重的音響效果。
「深林」二字，顯出幽邃脫俗之境地，同時也透露著詩人以隱者自
居的自豪；末尾則寫月光灑落，爲這片幽寂而清冷的黑夜，溶進些
許暖意。

　　詩歌的鏡頭，由人爲起，繼之以幽密的竹林，進而移向天宇
的明月，最終又回到平地，一種隱逸之士孤高脫俗的心靈，彷彿覩
見。

　　〈辛夷塢〉一詩云：

　　木末芙蓉花，山中發紅萼，澗戶寂無人，紛紛開且落。
　　（卷之十三・頁249）

　　「開」、「落」是本詩的重心所在。作用藉著「且」字，把時
間的距離由遠拉近，甚至加以摒棄，同時用「紛紛」二字映襯，更
添悵意惆緒。一意蟬聯，抒寫芙蓉的居處及開合，章法圓緊，脈絡
一貫，在輞川諸絕中，與竹里館、鹿柴並列爲最佳者。

　　作者的體物深刻，在這首純淨的詩中可得到印證，眼前的畫
面，有山有水有人家，卻少了人的陪襯（其實作者正在一旁觀察，
只是沒有明寫而已）。這種情況下，作者沒有加入自己的任何心

情，仍然描寫花開花落的狀況。我們不能說王維作詩時沒有一點感動，因爲沒有感動，就不會寫這首詩，只是王維在寫這首詩時，運用了冷靜的觀察，下筆時沒有露出一絲自己的傷感於詩中。這樣，我們所看到的好像是純粹寫景，實際上作者已經與芙蓉合一而又超出物外了。

〈漆園〉一詩說：

古人非傲吏，自闕經世務，偶寄一微官，婆娑數株樹。

（卷之十三・頁250）

《史記・莊子列傳》記載：「莊子蒙人也，名周。周嘗爲蒙漆園吏。」[50]王維此作，一則有翻案意味，一則有自詠意味，認爲自己並非傲吏。「偶寄一微官，婆娑數株樹」是亦官亦隱的悠游自在。

此詩寫不交權責，不求名利，即使爲小官，也自由自在，盤旋起舞之情狀，但比起輞川其它詩作，不論在描寫或是情境方面，都略遜一籌。

〈漆園〉一首，王維以莊周自喻，而〈椒園〉則是王維將自己置身在《楚辭》的氛圍裡。莊騷前後出現，多少也表達了作者在輞川的恬淡生活，不啻是超越塵世的紛擾，在詩意裡尋覓清淨：

桂樽迎帝子，杜若贈佳人，椒漿奠瑤席，欲下雲中君。

（卷之十三・頁250）

---

50 見《史記・莊子列傳》。郭璞詩亦言：「漆園有傲吏」見郭景純〈遊仙詩〉七首之一。李善注：《文選》（臺北市：華正書局，民國79年9月），頁306。

　　此詩是輞川詩中用典最多之首。〈湘夫人〉有：「帝子降兮北渚」，〈湘君〉有「樂方洲兮杜若。」而「椒漿奠瑤席，欲下雲中君」是由〈東皇太一〉的：「奠桂酒兮椒漿」及〈九歌〉之篇名「雲中君」所引得的。因此本詩有《楚辭》追求清淨襟懷的鮮明色彩。

　　「桂樽」、「杜若」、「椒漿」的名詞大量出現，顯現奠祭之誠心，物品之豐盛，而欲「下」雲中君之句，更更可愛淳樸真摯之表現。「迎」、「贈」、「奠」的目的，在尾句的「下」表達出來，亦是通篇一意之筆法。

　　凡是詩文，固然不是重視章句即能工巧，然而捨棄章句之法，卻又無法呈現最完整的情意。也就是說，詩文固然首重情境，然而詩之章法、字句亦不可偏廢。

　　王維的詩歌突破語言媒介的局限性，將語言的啟示作用作最大的發揮，喚醒讀者頭腦中對於聲色樣態的豐富聯想和想像。《輞川集》中有緊密的承接，鮮明的對仗；有綿長、跳動意象的疊字，有明、暗題之典故運用；有生動活潑的字句，亦有含蘊深致的文辭，嚴整的結構、多樣的句式，適切的字韻和優美的辭采，使得輞川詩法豐富而靈活，輞川二十景也因為王維的賦詩而展現動靜剛柔，虛實濃淡的姿態。蘇東坡言：「味摩詰之詩，詩中有畫。」誠非虛美之讚。

　　輞川詩之所以能夠在幽靜諧的氣氛中，迸出一片靈動活潑的生機，達到出神入化的境界，固然得之於己身受佛道之影響，而有靈明的自在心境，同時藉著精巧的詩法，將景物情致轉變成鮮活的詩句，更加添輞川詩的清新脫俗。

陸、結論

王維的《輞川集》，有許多渾然自成的情境在其中，閱讀詩句，我們不難發現：王維以恬淡的胸懷與禪味的洗滌，讓自己棲身在詩意盎然的境界中。皮述民先生說：

> 王維把自己禪修的體驗，寫進了《輞川集》中，一方面形成了他沖淡空靈的藝術風格，一方面呈現出裊裊不盡的言外之意，為他的詩歌美學，創造出所謂「以禪入詩」的新境界。[51]

詩人的心比起凡人來總是較細密的。而王維和眾多詩人比較起來，更是心細如絲，即使是微弱的聲響，佈苔的幽徑，都能得到王維的青睞。在王維眼中，有情世界的風（如〈柳浪〉的「春風傷別離」）、雲（如〈欹湖〉的「山青卷白雲」）、水（如〈欒家瀨〉的「跳波自相濺」）、月（如〈竹里館〉的「明月來相照」）都是通人性的。就在作者的筆觸之下，一個個展現了它們的生命律動，呈現了詩歌各種不同的情感。

綜觀《輞川詩》的主題和心境，有孟城坳、華子岡的惆悵與慨歎；有茱萸沜、宮槐陌、臨湖亭的迎賓之情；有文杏館、斤竹嶺、金屑泉的遊仙思想；有椒園、漆園的思懷古人；有欹湖、柳浪的送別之情；有木蘭柴、南垞、欒家瀨、白石灘、北垞的桃源仙境；更有鹿柴、竹里館、立夷塢的高妙空寂境界。世俗的爭嚷亂、功名利

---

51 皮述民：〈神遊輞川——《輞川集》二十景點析述〉，《王維探論》（臺北市：聯經出版事業公司，民國88年8月），頁197。

祿，在這裡尋不著一絲痕跡，有的，只是作心境的轉換。

　　宋之問爲唐初傑出詩人，嘗居於輞川，卻未曾就輞川發出吟詠。到了王維之時，以慧眼購得此地，加以清整，並將一處處鮮明動人的景致，用含情的筆調記錄下來。詩人的憐景，惜景之心燦然表出。

　　中年的詩作，是王維最有價值的詩，而輞川詩作，更是王維近五百首詩的精華所在。評論者對《輞川集》「清幽絕俗」、「字字入禪」、「一唱之歎、不可窮之妙」的佳評，的確不是虛傳之辭。

　　輞川歲月中，王維的生命實踐落實在尋幽訪勝的靜觀自得，以禪入詩，用或爲瑰麗或爲天然的文字，表現奇特的比喻與遼闊的山水意象，將宏觀世界的氣魄與寬廣收束在短小精緻的篇幅之中；另一方面，在自然的觀察中，細膩下筆，把微小的世界放大，體察大自然的生機與意趣；除此之外，更以音響而空、寂、閑、靜的禪趣，置靜意於喧動之中，呈現一個真中有幻、動中有靜、寂處有音、冷處有神的悠遠境界，而這也正是王維所追求的人生理想：

　　……對聲音的感覺特別敏銳之外，還同他的生活經歷、世界觀和美學理想緊密相關。……他采取了半官半隱的生活態度，長期隱居在風景幽美的輞川別墅裡。他把山水林泉作為求得「淨心」、悟解禪理的精神樂園，把探求大自然的美和致趣作為自己的人生想。[52]

---

52 陶文鵬：〈傳天籟清音，繪有聲圖畫——論王維詩歌表現自然音響的藝術〉，《名家解讀唐詩》（濟南市：山東人民出版社，1999年1月），頁283。

　　總而言之，《輞川集》是王維的精心之作，藉著輞川二十首之景，吐露他山林隱居心境。詩歌中各首的心境或許不同，但含蓄溫雅的詩人本性自始自終未曾改變。輞川詩的境界、情感，雖然不能說是首首極高、極深，但至少都屬佳品之類。在「由來征戰地，不見有人還。」（李白・〈關山月〉）的邊塞詩和「情人怨遙夜，竟夕起相思。」（張九齡・〈望月懷遠〉）的哀怨情愁之外，王維的《輞川集》，提供了最好的選擇，猶如清新雋永的小品，充滿理趣禪機，讓讀者在品味中，洗滌紅塵心事，擁有自然恬淡的心境。

發表於《華梵學報》，第八期，九十一年九月。

衝突與和解

試論王安石與蘇東坡之情誼

摘 要

本文以宋朝熙寧、元豐至元祐初年為時代背景，並以東坡和王安石詩為主要線索，輔以史料之記，探討兩人「相敬互重→鍾山相見」的友誼發展，並揭櫫新法為兩人衝突與對立之主要因素。文分七部分：一、前言：概述讀史引致的寫作動機；二、從王安石談起：檢示眾人評論荊公之言；三、王安石與蘇東坡：討論兩人存有的交惡或友善關係；四、圓融看待世界：掌握〈題西林壁〉作為東坡領悟片面非全部的關鍵，亦是化解兩人衝突的重要因素；五、衝突的和解：從〈次荊公韻四絕〉論綰合雙方的真誠友誼及相逢恨晚之慨；六、對王安石的懷傷：〈西太一見王荊公舊詩，偶次其韻〉言東坡睹詩懷人的心緒；七、結論：提出論文的心得與總結。

關鍵詞：王安石、蘇東坡、衝究與和解

壹、前言

　　打開宋人的歷史，積弱國勢、奸佞當道、外患紛擾、變法之爭，殘酷的政治鬥爭與苦難的生活底層，教手執史書的後人觸目驚心，爲之長歎。而把焦點縮小，談論蘇軾，還是很難從新法舊法、貶謫復職的政治風雨中掙脫。似乎對立、意見衝突、敵非我是劍拔弩張氣氛，在九百年後依然承續。

　　持平之論，是一件偉大的工程。許多爲東坡與王安石立傳者（不論是否均爲史實或接近史實）如林語堂的《蘇東坡傳》、洪亮的《蘇東坡新傳》、門冀華的《文壇巨擘蘇東坡》……；梁啓超的《王荊公》、姜穆的《王安石大傳》、王明蓀的《王安石》……，即使是以公正立場論述，也不免透顯些許爲之立傳者更勝一籌的人格或風範[1]；或者說，當王安石與蘇東坡碰觸在一起，激起的常是

1　爲王安石、蘇東坡作傳，或述其行誼者，存有的使命感或多或少會影響客觀的判斷。以林語堂《蘇東坡傳》爲例：「蘇東坡具有卓越才子的大魅力……他的才華和學問比別人高出許多，根本用不著忌妒；他太偉大……他活在糾紛迭起的時代，難變成政治風暴中的海燕，昏庸自私官僚的敵人，反壓迫人民眼中的鬥士。一任一任的皇帝私下都崇拜他，……」（臺北：遠景出版社，民國66年5月，原序，頁415。）把東坡人格提昇至神格化的境界；而王安石則是「熱衷社會改革，自然覺得任何手段都沒有錯，甚至不惜清除異己。……實行的手段必然日漸卑鄙。……」（頁7）這對於兩人之評價，是否有天壤之別？相反的看法，如孫光浩的《王安石洗冤錄》、《王安石冤屈新論》明確以書題揭示作者觀點，並言：「荊公創始新法，……一展鴻志也。竭盡所能，力革前朝積廢之風，振興國勢，……奈何滿朝百官苟安成習，……更嫉荊公創制新法，……」（臺北：文史哲出版社，89年4月，頁57）稱揚王安石之大功，就當朝的批判，爲王安石抱屈，並以嚴厲口吻指責「阻礙」新法者；「蘇軾至黃州後，……其行事風格依然故我，東坡二字，是否向御史臺示威？抑或向神宗譏諷之？更或對荊公以及新法嘲笑耳？皆有可能也。」（頁62）認爲東坡行事「自以爲是」、自稱「東坡」是一種「示威」行爲。諸如此類看法均有偏差。

火花，「分」的導因和結果常是作者關心的目標，而對於兩人的「合」卻很可惜的只是一筆帶過。

歷史留下兩人「和平共處」的資料太少，固然是主要因素，但另一個原因是：「各護其主（蘇或王）」的心理作祟，就算沒有嚴重到誓不兩立，也似乎沒有必要為昔日的政敵關係清楚解套。孫光浩的《王安石洗冤錄》、《王安石冤屈新論》更是崇王抑蘇，把《宋史》對王安石的論述大加檢示，並以梁啟超之言為佐，認為王安石「受史實污衊」[2]，並批判東坡人格有差：

> 荊公學貫古今，氣度恢宏，禮賢下士，……對蘇軾昆仲二人優渥倍至，……蘇氏兄弟不但未予回饋，竟然反噬，……可言不敬至極。……荊公創制新法，力圖強盛宋朝，以禦北疆。不愛爵位、貨財、女色，潔身自好，修身律己。而蘇軾對酒色財氣，無一不好。甚至酗酒狎妓，曠廢職守，無所不為，……

情緒性的批評並無助於事情的解決，卻可能引起另一種對立。王蘇之間的關係難道必然要受到政治立場的左右嗎？又或者非得要分出品格的高低，不能兩者皆稱賢嗎？基於這樣的想法，本文將以王安石與蘇東坡「相敬互重（立場不同『道不同不相為謀』）鍾山相見」的過程與結果為討論重心，檢示兩人交流之記載，呈現兩人情誼。

---

2 孫光浩：〈荊公修為〉，《王安石洗冤錄》（臺北：臺灣學生書局，民國85年11月），頁116~118。

貳、從王安石談起

　　雖然有對《宋史》的「失真」提出質疑（如清代趙翼《二十二史劄記》、顏元《宋史評傳》、蔡上翔《王荊公年譜考略》及梁啓超的《王荊公》評傳，然本文無意涉及這是否偏頗或歪曲史實的爭論）的意見，但從中尋找行誼，《宋史》仍不失為研究王安石的重要史料。

　　《宋史・神宗本記》曾載：「王安石入相。安石為人，悻悻自信，……青曲、保甲、均輸、市場、水利之法既立，而天下淘淘騷動，慟哭流涕者接踵而至。」[3]在王安石看來，新法貝有振衰起蔽的作用，認定改革責無旁貸；而史家記載，卻揭露「王安石與新法」、「新法與民怨」的因果一續。談王安石，便無可避免地談到新法。

　　中國歷史上大規模的變法，有商鞅變法、桑弘羊鹽鐵論、王安石變法及戊戌變法。這其中，又以王安石的變法歷時八年時光為最久。但，這些變法很巧合地都是未竟全功，半途夭折，由此或可看出，要實施新法、改變舊有制度，誠非易事。王安石在宋神宗熙寧二年（西元一〇六九年）實行變法之前的仁宗嘉祐五年（西元一〇六〇年），即已嶄露頭角；神宗熙寧七年（西元一〇七四年）六月離開相位，出佑江寧府；次年二月，被召還京師，出任宰相。熙寧九年（西元一〇七六年）十月，自請去職，再次離開相位。並於元豐二年（西元一〇七九年）退隱「澗水無聲繞竹流，竹西花草弄春

---

3 脫脫：〈神宗本紀〉，《宋史》（臺北：鼎文書局，民國83年6月）冊二，卷十六，頁314。

柔。茅簷相對坐終日，一鳥不鳴山更幽。」[4]的鍾山，「泊復相，歲餘罷，終神宗世不復召，凡八年。」[5]

在哲宗元祐元年（西元一〇八六年）四月去世。這其中，「新法」的良弊，幾乎牽繫了他毀譽參牛的大半人生。勵精圖治、大刀闊斧，雖然依舊無法改變末朝積弱不振的局面，然而這一頁變法時代，不可否認地，為未來帶來巨大衝擊。如果他不變法，文學的地位也許會更高、也許不會有迎合和排擠的大起大落、也許蘇軾就沒有扣人心弦的人生風景（東坡的在朝離朝、升遷謫居，有太多原因起於新法和皇帝繼承、用人……之間的糾結）。太多的「也許」，可以憑空想像，卻改變不了既成的歷史事實。隨人亡而政息，王安石去世，所有曾掛上改革之名的法令也迅速地陪葬，新法的短壽，想是王安石始料未及的。

平也而論，積弊已深的局勢，能有登高一呼的領導者赴湯蹈火地力圖革心，形勢該是一片大好，同時，政治評價也理應不差，但《宋史》一方面說他「議論高奇，能以辨博濟其說，果於自用，慨然有矯世變俗之志。」[6]，另一方面，也有如下記載：

> 又令民封狀增價以買坊場，又增茶鹽之額，……由是賦傜愈重，而天下騷然矣。（卷三二七，頁一〇五四五）呂誨論安石過失十事，司馬光答詔，有「士夫沸騰，黎民騷動」之語，安石怒，抗章自辨，……且口「今姦人欲敗先王之正道，以沮陛下之所為。」（卷三二七，頁一〇五四五）

---

4 王安石：《王臨川全集》（臺北：世界書局，民國77年10月），卷三十，頁166。
5 同註3，冊十三，卷三百二十七，頁10551。
6 同前註，頁10541。

> 安石與光素厚，光援朋友責善之義，三詣書反覆勸之，安石不
> 樂。（卷三二七，頁一〇五四六）

> 安石性強忮，遇事無可否，自信所見，執意不回，……罷黜中外
> 老成人幾盡，多用門下儇慧少年。（卷三二七，頁一〇五五〇）

《宋史》敘述中呈現王安石的個性，也對新法造成的民怨點出
問題的根本。一幕血淋淋的畫面，甚至還導因於王安石的新措施—
—開封居民為逃避保甲法而「截指斷腕」，更以東明民眾投設助役
錢之弊，而說其「彊辯背理」[7]。除此之外，又批他的剛愎自用與排
除異己，並且對皇上的憂慮以為是杞人憂天：

> 於是呂公著、韓維，安石藉以立聲譽者也；歐陽修、文彥博，
> 薦已者也；富弼、韓琦，用為侍從者也；司馬光、范鎮，交友
> 之善者也，悉排斥不遺力。（卷三二七，頁一〇五四七）

> 禮官議正太廟太祖東嚮之位，安石獨定議還僖祖於祧廟，議者
> 合爭之，弗得。（卷三二七，頁一〇五四七）七年春，天下
> 久旱，饑民流離，帝憂形於色，……安石曰：「水旱常數，
> 堯、湯所不免，此不足招聖慮，但當修人事以應之。」（卷
> 三二七，頁一〇五四七）

---

7 同前註，頁10546。又如「蘇東坡的心胸大寬，王安石的心地則過窄。……王安
  石……算得上是一位棺木雖然早已蓋了，然而論卻未定，頗具爭議性的人物；無
  論是官守或者是私行，莫不有可議之處。……」、「既急圖近功又好名重利……
  從不採納異議不說，對他人亦不假辭色……早已知其子患失心症且無藥可治。長
  此以往非但有辱家門，同時也有損自己官譽，……」的批判也太過情緒化。

　　由於呂惠卿向神宗皇帝訟說王安石「盡棄所學，……罔上要
君。此數惡力行於年歲之間，……」使得「上頗厭安石所爲，……
安石之再相也，屢謝病求去，……上益厭之，……」因而被罷爲鎮
南軍節度使、同平章事、判江寧府。[8]

　　對王安石的「負面評價」（此處所指，並無涉及筆者個人主觀
情感，純粹以史書所載判斷。）尚且散見於〈司馬光本傳〉、〈范
鎮本傳〉之中。[9]如果只取《宋史》言論，固然有一家之言，並未
公正看待王安石的合理質疑。檢示他家言論，楊慎對王安石多所批
評，曾引劉文靖及宋子虛詠王安石之詩，說「兩詩皆言宋祚之亡，
由於安石，而含蓄不露，可謂詩史矣。」[10]劉宋兩人以詩「含蓄」
表達看法，而楊慎則以強烈口吻「指責」——王安石是宋朝之所以
亡國的「罪魁禍首」。而〈蘇堤始末〉條更是明白指出蘇王治潁湖
水之政績優劣，說明王蘇用人及事功之差異：

　　　東坡先生……杭湖之功尤偉。……安石……聽小人……之言，

8　同前註，頁10549。而王安石爲神宗所厭，或許並非事實。楊希閔《熙豐知遇錄》
　　嘗引一段神宗與安石的對話，透顯神宗「小人漸定，卿等且可以有爲」、「自
　　卿去後，小人極紛紜……」對王安石的依賴與信任。有關王安石之論述，尚可參
　　考《歷史月刊》中多篇文章，如王琳祥：〈蘇軾與王安石〉，《歷史月刊》（臺
　　北：歷史月刊雜誌社，民國87年11月），頁120~125。俞允堯：〈王安石與定林
　　山莊〉，《歷史月刊》（臺北：歷史月刊雜誌社，民國83年9月）頁10~13。江澄
　　格：〈從更廣的角度看王安石〉，《歷史月刊》（臺北：歷史月刊雜誌社，民國
　　88年3月），頁130~135。

9　〈呂公著本傳〉說呂公著言對青苗之看法，「安石怒其深切，……安石亦怒，誣
　　以惡語，……」（卷三三六，頁10773~10774）、〈范鎮本傳〉指「安石用喜怒爲
　　賞罰。……疏入，安石大怒，持其疏在手顫，自草制極詆之。」（卷三三七，頁
　　10788）

10　楊慎：〈詠王安石〉，《升庵詩話》。收錄於丁仲祜：《續歷代詩話》（板橋：
　　藝文印書館，民國72年6月），冊下，卷十一，頁1016。

用鐵龍爪濬川杷，天下皆笑其兒戲，……糜費百十萬之錢穀，
漂沒數十萬之丁夫，迄無成功，而猶不肯止。……視東坡杭湖
潁湖之役，不數月之間，無糜百金而成百世之功。[11]

又如王士禎也有「王介甫狠戾之性，見於其詩文。」[12]之評；
而袁枚〈書王荊公文集後〉亦言王安石「是乃商賈角富之見，心術
先乖，其作用安得不悖？」[13]；王夫之《宋論》也說「允爲小人，
無可辭也。」[14]

這樣的批判似乎太過放大王安石所能掌控的局勢，況且以結
果論英雄也有失公允。雖然一致看法，均趨向於變法和削弱國勢之
間有極大關連，但沒有人知道：若變法成功，宋朝或許躍爲強盛之
朝抑或者奸人當道更甚？（郭沫若認爲「宋之亡，亡於司馬光等
人。」和楊慎的看法大相逕庭）

雖然眾家對王安石多有貶抑，但沒有人能否認王安石在文學、
經學、及政治上，擁有一席之地，然而他受爭議性的行爲與人格，[15]卻

---

11 同前註，〈蘇堤始末〉，頁1085~1086。

12 王士禎《香祖筆記》中，對王安石有強烈批判，甚且說他「無一天性語」。周錫
　復認爲主因在於王安石批評小人之詩（如〈遊城南即事〉）表現過強烈的怒氣，在
　標舉「神韻說」的王士禎看來，是「有乖於『怨而不怒』的儒家詩教」。周錫復之
　語見：〈前言〉，《王安石詩選》（臺北：遠流出版事業股份有限公司，民國77
　年7月），頁8。

13 袁枚：〈書王荊公文集後〉，《小倉山房文集》，收錄於王英志編：《袁枚全
　集》（上海：江蘇古籍出版社，1993年9月），冊二，卷二十三，頁388。

14 王夫之：〈王安石以桑弘羊劉晏自任〉，《宋論》，收錄於《船山全書》（長
　沙：嶽麓書社，1996年10月），冊十一，卷六，頁155。

15 王安石爭議性的存在，不僅在於人格上的特質、在於新法的內容恰不恰當與執行
　上是否偏差，也存在於新學──學術上三經新義的論辯、理學問題核心中的道。
　如：二程與朱熹認爲王安石不知格物致知、克己復禮，但清人陸心源說王安石是
　合經濟、文學、藝術爲一的經世大才。可見迥異或分歧的看法，在評論王安石
　時，各言其是。

造成兩派意見，展開不同時空的對峙。蔡上翔《王荊公年譜考略》一書中蒐集多家評論，爲他「澄清」不少攻訐[16]，吳澄也說「公負蓋世之名，遇命事之主，……臣以至公至正之心，欲堯舜其君。」而梁啓超《王荊公》且言「其良法美意，往往傳諸今日，莫之能廢；其見廢者，又大率皆有合於政治之原理，……」[17]

其實，《宋史》的「官方說法」並非全然以「負面」描寫王安石的爲人，「安石未貴時，名震京師，性不號華腴，自奉至儉，……世多稱其賢。」[18]正可看出他勤簡尚樸的一面；而《續建康志》亦說他即使是晚年，以退朝宰相的身份在鍾山築居，也未嘗大興土木，把官場威赫不可一世之習氣延伸至家居生活：「築地於白門外七里，……所居之地，四無人家，其宅但庇風雨，又不設垣牆，……」[19]

陸九淵〈荊國王文公祠堂記〉的評論或許可說是對王安石尊重與肯定、歎息與摘失的中庸之言。[20]記中寫出王安石之「志」及「弊」，雖陳「新法之議，舉朝譁譁」卻也肯定王安石「自信所學，確乎不疑」的執著。而其過失在錯用小人沒有認清奸佞者狡詐心態，而值得推崇者，則是改革弊端的勇氣與魄力。這確是愷切之言。

---

16 蔡上翔：《王荊公年譜考略》（臺北：洪氏圖書公司，民國62年）此書在立場上多肯定王安石之功，並極力爲之辯護。如收錄明人陳汝錡《甘露園長書》中，東坡、朱熹等人對王安石批評的反駁等資料。

17 梁啓超：《王荊公》（臺北：中華書局，民國67年）。

18 同註5，頁10550。

19 見李壁《王荊公詩注》，〈牛山寺壁二首〉詩下引李雁湖引《續建康志》之語。（臺北：商務景文淵閣四庫全書本）卷四，頁221。

20 陸九淵：〈荊國王文公祠堂記〉，《陸九淵集》（臺北：里仁書局，民國70年1月），卷十九，頁233。

參、王安石與蘇東坡

相對於王安石在《宋史》中引諸不少爭議評價，東坡則是「博通經史，屬文日數千言，……器識之閎偉，議論之卓犖，文章之雄雋，政事之精明，四者皆能以特立之志為之主，而以邁往之氣輔之。……至於禍患之來，節義足以固其有守，皆志與氣所為也。」[21]一個極受推崇之人。

王蘇之所以初始交流，同朝為官固然是主要原因，而在文學範疇中早負盛名、粹然為大家的共同點，猶是不可忽視的因素。算起來，在以歐陽修居文壇領袖的宋代文學活動與政治圈來說，同為文士的王蘇互動，應是極其自然之事。無法判斷東坡是否曾受到父親〈辨姦論〉的影響，而對王安石有先入為主的反面印象，但就歐陽修的一番好意來看，顯然蘇洵反而「不近人情」的拒絕了。（該說蘇洵有「慧眼獨具」的工夫，能「未卜先知」？還是說王安石與東坡交惡的肇因，都是蘇洵惹的禍？）

在《王臨川全集・應才識兼茂明于體用科守河南府福昌縣主簿蘇軾大理論事制》中，王安石對東坡初生之犢不畏虎的年少風發是有所稱讚的：「爾方尚少，已能博考群書，而深言當世之務，才能之異，志力之強，亦足以觀矣。」[22]沒有「新法」介入兩人之間，純粹以文品及人品論述，是無關愛恨情仇的，但這塑造出相互推崇的框架結構，卻在政治現實中瓦解。當對新法的相異看法逐漸發酵，衝突引爆，一發不可收拾！相敬如賓的禮教在權力的機器運轉

---

21 同註31書，〈蘇軾傳〉，冊十三，卷三百三十八，頁10818~10819。

22 同註41書，〈應才識兼茂明于體用科守河南府福昌縣主簿蘇軾大理評事制〉，《臨川文集》，卷五一，頁313。

中失了分寸，批評與意見也接踵而來。提出評論並非是一種背叛，但就算是好友，就算是肺腑之言的建議，聽來都會格外刺耳。一般人無法忍受「扯後腿」，王安石也是芸芸眾生中的一員，又如何強求他虛心接受？更何況他有新法並無不當的自負！於是王蘇之間的關係似乎也陷入劍拔弩張的局面中。

王蘇的交流，《蘇文忠公詩編註集成》與《宋史》記載如下：

	《蘇文忠公詩編註集成》	《宋史》	其它
嘉祐五年	八月，……時王安石名始盛。歐陽修勸宮師與之遊宮師曰：「是不近人情者，鮮不為天下患。」作辨姦論。（冊一，卷二，頁五一五）	《王安石傳》蘇洵曰：「是不近人情者，鮮不為大姦慝」。作辨姦論以刺之。（冊一，一冊一三，卷三二七，頁一〇五五〇）	
熙寧二年	二月……王安石已專政……盡變宋成法以亂天下。……安石素惡公議論異己，仍以殿中丞直史館抑置官告院（冊一，卷五、六頁五九〇一六〇四）	《蘇軾傳》還朝。王安石執政，素惡其議論異己，以判官告院。（冊一三，卷三三八，頁一〇八〇二）	
熙寧三年	二月，子由力詆新法，安石怒，將加以罪。」（冊一，卷六，頁六〇八）	《蘇轍傳》「以書詆安石，力陳其（青苗法不可。安石怒，將加以罪，……）（冊一三，卷三三九，頁一〇八二三）	

熙寧四年	正月，王安石欲變亂科舉，……公以為變改無益徒為紛亂，以患苦天下上議學校頁舉狀。」（冊一，卷六，頁六一四～六一五）	《蘇軾傳》：「安石欲變科舉、興學校，……軾上議曰：『……無乃徒為紛亂，以患苦天下邪？』……」（冊一三卷三八，頁一〇八〇二～一〇八〇三）	
熙寧四年	曰：「求治太急、聽言太廣、進言太銳，……」既退言於同列，安石不悅。命權開封府推官，將困之以事（冊一，卷六，頁六一六～六一七）	《蘇軾傳》曰：「『但患求治太急、聽言太廣進言太說，……』軾退，言於同列，安石不悅。……命權開封府推官，將困之以事。」（冊一三，卷三三八，頁一〇八〇三～一〇八〇四）	《欒城後集，亡兄子瞻端明墓誌銘》：「『臣竊意陛下求治太急、聽言太廣、進言太銳，……』介甫之黨皆不悅，命攝開封推官，意以多事果之。」（卷二二）
熙寧四年	二月三月上神宗書（冊一卷六，頁六一八～六二四）	《蘇軾傳》：「時安石創行新法，軾上書論其不便。」（冊一三，卷三三八，頁一〇八〇四）	

| 熙寧四年 | 以齊桓公專任管仲而霸；燕噲專任子之而拜，事同而功異為問。「安石滋怒」（冊一，卷六，頁六二六） | 《蘇軾傳》：「軾見安石贊神宗以獨斷專任以『……齊桓專任管仲而霸；燕噲專任子之而敗，事同而功異。』為問。安石滋怒，使御史謝景溫論奏其過，窮治無所得。軾遂請外，通判杭州。」（冊一三，卷三三八，頁一〇八〇八） | |
| 熙寧四年 | 會詔舉諫官翰林學士兼侍讀，范鎮應詔舉公，安石懼疾，使謝景溫力排之，誣奏公過。……光曰：「安石素惡軾……以姻家謝景溫為鷹犬，使攻之。」（冊一，卷六，頁六二六～六二七） | 《范鎮傳》：「（范鎮）舉蘇軾諫官，御史謝景溫奏罷之；……其後指安石用喜怒為賞罰，……安石大怒，持其疏至手顫，……安石雖詆之深切，人更以為榮。……蘇軾往賀曰：『公雖退，而名益重矣！』」（冊一三，卷三七七，一〇七八八～一〇七八九） | |

元豐七年	七月……，抵金陵，往見王安石於蔣山。安石以修三國志為託。（冊二，卷二十三，頁九一一）	《蘇軾傳》：「道過金陵，見王安石，……言西夏用兵、東南數起大獄事。」（冊一三，卷三三八，頁一○八○九）	邵博《聞見後錄》：「東坡自黃岡移汝墳，舟過金陵，見王安石於鍾山。」
元豐七年	八月……，數見王安石於蔣山。論西夏用兵、東南大獄事。和安石池上看金沙花過酴釀架盛開詩。……九月五日作王安石書。（冊二，卷二十四，頁九一三～九一七）	《蘇軾傳》：「道過金陵，見王安石，……言西夏用兵、東南數起大獄事。」（冊一三，卷三三八，頁一○八○九）	
元豐年間		《王安石傳》：「冕居金陵，又作字說，多穿鑿傅會。」（冊一三，卷三二七，頁一○五五○）	《王安石遺事。蘇軾調謔篇》有「竹鞭馬為篤」、「坡者土之皮。」之載。

　　王蘇倆人，最大的衝突，發生在熙寧二年。「時王安石方用事，……知先生素不同已，……以論貢舉法不當輕改召對，又為安石所不樂，未幾，上欲用先生修中書條例，安石沮知。秋，……以發策為安石所怒。冬，上欲用先生修起居注，安石又言不可，……」[23]為維護自己的權力與地位，當擁有建議、主導甚至決定權時，常理而言，的確不太有人會把和自己政治立場相異的高士

23　王水照：《蘇軾選集》（臺北：萬卷樓圖書公司，民國82年3月），頁439~440。

謀臣找來共事的。而東坡既然常和王安石唱反調，遠離當時現場的我輩，又怎能苛責王安石「阻撓」東坡的仕宦升官之途？只是，在這一段文字中，王安石似乎失了分寸，不滿的情緒根本模糊了事件的本身──為國舉才，是無關黨派與立場的啊！王安石新法實則真為國家著想，然而，在能讓賢德為朝奉獻的關頭，卻讓私人恩怨掌控一切。

熙寧年間的交惡，在元豐時期得到緩和。當衝突造成傷害，冷卻不失是好辦法。東坡的自請外調，看來是一種明確的抉擇。同時，最大的收益是遠離是非圈，終日紛擾也隨之淡化，不必費心理會與爭辯別人的中傷；而避免和王安石針鋒相對，沉澱情緒之際，也有新的了悟。

黨爭的迫害，對東坡來說正是一種考驗。誠如葉嘉瑩先生云：「一個人，要訓練自己在心情上留有一個空閑的餘裕。你不但不被外界的環境打例，而且你還能夠觀察，能夠欣賞，能夠體會。」[24]把一場災難想成訓練的過渡，有助於對人生的參透。這對王蘇的和解，是否也起了間接作用？

陷入黨爭的蘇東坡，隱退鍾山的王安石，都在政治風暴的歷練中飽嘗艱辛。烏臺詩案中被誣執的東坡，在曹太后、蘇轍、范鎮、張方平等人的說項下，固然讓危機有了轉變，但也許王安石「豈有聖世而殺才士者乎」[25]的一言之定，更具有關鍵作用。化解了冤獄，是否也化解了封鎖的（或者說「創造了」）友誼？

---

24 葉嘉瑩：《蘇軾》（臺北：大安出版社，1991年2月），頁127~128。
25 周紫之：《詩讞》跋記載，「王文公曰：『豈有聖世而殺才士者乎？』當時讞議以公一言而決。」收錄於《古今詩話叢編》（臺北：廣文書局，民國60年9月），冊三，頁34。

畢竟，政治並非人生的全部，挺身相救的王安石如果還記恨於東坡對新法的「阻撓」與「批駁」，大可明哲保身，和詩案保持距離，但仗義直言，不但拯救東坡，也開啟另一段惺惺相惜的交遊。

肆、只緣身在此山中──圓融看待世界

謫居五年的東坡奉旨，將至汝州任團練副使。盧山一遊〈題西林壁〉[26]之作，是遊山觀感的總結。在讚美山色的奇美之外，更從大自然中尋得更深的感觸與體悟；人們常懷有自我的主觀意識，以至於忽略了事物的真實面，如果能從自我的認識界跳脫，才能了悟事件的原貌。即是在美感享受外，更有心靈的領悟：

> 橫看成嶺側成峰，遠近高低各不同。
> 不識盧山真面目，只緣身在此山中。

東坡從此行觀察造訪中，引領出認識事物的道理：從不同的角度看待山色，只能看到山的不同局部，因為置身山中，便無法看透整體。所以，身在局中之人，是無法看清事物的真相和全貌的。局部形象並不等同總貌，也就是說，人的認識會因為認識條件的限制，而具有局限性。

身處在山中，反而無法看出山的全貌；片面，即無法看清真實。同樣的道理也揭櫫在〈石鐘山記〉中：「事不目見耳聞，而臆

---

26 蘇軾：〈題西林壁〉，《蘇東坡全集》上冊，（臺北：世界書局，1998年6月），卷十三，頁157。

斷其有無可乎？」[27]

　　蘇軾在仕宦之途中，已對新法的精神實質有更清晰的了解，也看到新法雖有弊病，卻又有可取之處。[28]

　　事實上，王安石是聰明人，不會愚笨地製造所有引起民怨的「改革」。但問題在於，制度或法令雖好，卻有很大的問題產生在執行的技巧或方向。東坡曾在〈上神宗皇帝書〉中以「惟商鞅變法，不顧人言，雖能驟至富強，亦以召怨天下。」[29]之言，陳述新法將亂國之憂。但經過政爭與黨禍、詩案等政治生涯中的衝擊，可見東坡已調整看待事情的態度與面向。[30]亦即，在參透人生和社會的深層意義之後，對於主客觀世界有更徹悟的自在境地，亦即劉揚忠所言：「從而以曠世和達觀的態度獨立於世，成功地構築起心理調適和精神防禦的思想堡壘……」[31]

　　於是，這趟盧山之行，更對王蘇交誼的復合具有催生作用，如同陳師新雄說「五年的黃州之貶，磨去了鋒芒，對事理觀察更為圓融，過去對新政的爭論，不也是各人站的立場不同，而有不同的

27　同前註，卷三十三，頁361。

28　可參考王水照：〈調赴汝州〉，《蘇軾》（臺北：萬卷樓圖書公司，民國82年1月），頁99。

29　同註26，下冊，卷十一，頁333。

30　東坡曾於〈與章子厚書〉中云：「深感自悔，……追思所犯，真無義理，與病狂之人、蹈河入海者無異。」（同上註，頁357）。；而〈與滕達道二十三首〉也言：「某到此時見荊公甚喜，時誦詩說佛也。……蓋謂吾濟新法之初，輒守偏見，至有異同之論。雖此心耿耿，歸於憂國，而所言差謬，少有中理者。今聖德日新，眾化大成，回視向之所執，益覺疏矣。」（言荊公事，見〈與滕達道二十三首〉之總論，同上註1書，卷四，頁108；言對新法看法之改觀，見其十八，頁111）。此雖為應酬文字，是否為東坡自悔之詞，雖有存疑，然東坡不只一次言己所執之偏，卻也可見東坡抱持的是容受新法或荊公之誠摯態度。

31　劉揚忠：〈清通曠達的東坡居士〉，《崇文盛世——宋代卷》（臺北：書林出版有限公司），頁64。

觀點與意見嗎？誰又真能賞握國家富強的全般政局呢？有了這層體悟，才孕育了是年八月在金陵謁見王安石，宋代兩大詩人拋開政治異見，談詩論文的和洽場面。」[32]

有了更客觀的認識，也才有東坡與安石間衝突的和解。

伍、從公已覺十年遲──衝突的和解

元豐七年（西元一○八四年），蘇東坡赴汝州，途中經過金陵。拜訪當時已經罷相的王安石。王安石親自至江邊迎接他。兩人相談十分投機，而東坡尚且毫不諱言地責備安石不該連年在西方用兵，並在東南因大刑獄而激起民怨，違背了祖宗仁厚的作風。此時的王安石已經歷盡滄桑，遠離政治風暴圈，胸襟也開闊許多，面對東坡的指正，並未有不悅。同時，還盡論古今文字，閒適談論禪語。一個可稱之為昔日政敵的人，卻讓王安石有：「不知更幾百年，方有如此人物！」[33]之讚嘆！

《西清詩話》又載，「元豐中，王文公在金陵，東坡自黃北遷，日與公游，盡論古昔文字，……東坡渡江至儀真，和遊蔣山詩寄金陵守王勝之益柔，公亟取讀，至『峯多巧障日，江遠欲浮天。』乃撫几曰：『老夫平生作詩無此二句。』」[34]又說王安石在

---

32 陳師新雄：〈從蘇詩的名篇看蘇軾的一生〉，《慶祝莆田黃天成先生七秩誕辰論文集》，頁343。

33 《黃天成先生七秩誕辰論文集》，頁343。
　　胡仔：《苕溪漁隱叢話前集》（臺北：世界書局），卷五引蔡條：《西清詩話》，頁233。

34 同上註。

鍾山時，「以近製示東坡，東坡云：『若「積李兮縞夜，崇桃兮炫
晝。」自屈宋沒後，曠千餘年無復離騷句法。乃今見之』安石曰：
『非子瞻見諛，自負亦如此，然未嘗為俗子道也。』」[35]既然將最
自負的作品讓東坡過目，表示希望得到東坡的品評。以東坡個性而
言，是直率無隱的，並不會因此而在文學評鑑中作違心之論，否
則，他也不會在與友相見時，猶然不忘和王安石論西夏用兵及東南
大事。相信王安石應該知道這一點。也因此，不見得必然自認為出
色作品在東坡眼中必是佳作，（當然，如果東坡對王安石的詩作當
場大加批判，而王安石不悅，或許不會被記錄下來？或者又被大肆
批評？）而王安石之所以把自負的作品給東坡品鑑，可說是認定好
友行為，表現善意，並且也接櫫蘇子與一般「俗人」不同──頗具
自負的佳作，總要有知音來賞，而東坡正是這擁有高度鑑賞能力的
人。

　　就算不是「一『詩』泯千愁」，但「文人相輕，自古而然」的
「鐵律」並未在王蘇之間成形，反而讓這原本就應該說是以歐陽修
為中心的「文學師兄弟」重新在友誼中復合──其實，蘇王本來就
未曾在文學上對立，卻讓政治立場的不同阻絕了大半人生。

　　東坡與荊公同遊鍾山，連日暢談，並為詩唱和〈次荊公韻四
絕〉[36]：

　　青李扶疏禽自來，清真逸少手親栽。
　　深紅淺紫從爭發，雪白鵝黃也鬥開。（其一）

35　同註33，引《潘子真詩話》。另《何氏語林》卷九亦記載此事。
36　同註26，卷十四，頁161。

斫竹穿花破綠苔，小詩端為覓愷栽。

細看造物初無物，春到江南花自開。（其二）

甲第非真有，閒花亦偶栽。

聊為清淨供，卻道對人開。（其四）

　　這三首以「開」、「栽」為韻的絕句，是唱和王安石〈池上
看金沙花數枝過酴醾架盛開〉[37]而作的。「故作酴醾架，金沙祇漫
栽。似矜顏色好，飛度雪前開。」描寫的是：作者刻意為酴醾花而
搭了架子，沒有想到春天一來，無心種下的金沙花卻茂盛地直攀爬
到酴醾架上，似乎是想要炫耀自己的姿容，伸展到酴醾前燦爛開
放。和另一首描繪「酴醾一架最先來，夾水金沙次第開。」是相同
的詩境。雖曾有荊公為詩目的在「以詩寄意」[38]的說法，但詩中所
呈現即景而詠的恬適心情與略帶幽默的語氣，回歸文學討論，似乎
不必要牽涉到政治上的風風雨雨。

　　抒情寫景，是這三首次韻詩的主要內涵。雖然紀昀曾說〈次
荊公韻四絕〉是「東坡、半山，旗鼓對疊。」[39]之作，趙翼也說：
「『春到江南花自開』，覺千載下，猶有深情，何必以奇驚雄驚見
長哉！[40]但紀昀卻也有「似應別有佳處，方愜人意」、「細看造物
初無物，太腐氣」的批評。而〈次荊公韻四絕其三〉和另三首次韻

37　同註4，七絕兩首：卷二十八，頁156；五絕一首：卷二十六，頁121。

38　曾慥，《高齋詩話》云：「公薦進一二寒士，位侍從。初無意於大用。公去位
　　後，遂參政柄。因作此詩寄意」。然此詩與另一首七律、兩首七絕為同題之作，
　　都屬即景賦詩，不必與政治糾葛。

39　紀昀：評《蘇文忠公詩集》，卷二十四。見曾棗莊、曾濤：《蘇詩彙評》（臺
　　北：文史哲出版社，民國87年5月），頁1039。本文下段引紀昀之語亦見此。

40　見趙翼：〈蘇東坡詩〉，《甌北詩話》，收錄於郭紹虞編選：《清詩話續編》上
　　冊（上海：上海古籍出版社，1999年6月），卷五，頁1195。

詩有明顯不同。除了是東坡唱和荊公另一首〈北山〉[41]詩作之外，
更是一種對生命流程中的錯失而引致的慨然之歌。時間流逝中對個
體生命的沉思，讓東坡自覺已失去十年與王安石共處的機會；而就
王安石來說，就算以具備一個老者智慧的了悟，從暴風中脫離，卻
也付出了沉重的代價，那些曾有的叱吒風雲、神采風貌已不復存。
然而，另一方面，政治立場的隔絕，幾乎封閉了王蘇往來的交流。
空白的交誼，終於重新接續，這十年的等待，也正代表雙方雖礙於
政治原因而斷緣，卻有無形心靈是相知相惜的。

　　王安石詩云：

　　北山輸綠漲橫陂，直塹回塘灩灩時。
　　細數落花因坐久，緩尋芳草得歸遲。

　　江南的雨後初晴，把詩意的情境蘊得更深更美。而北山將綠水
從高處潑灑下來還漲上了斜坡。筆直的河溝和曲折的水塘，正動盪
著波光粼粼；躑躅在落英繽紛之中慢慢尋訪，沉醉在花與綠的邀約
中，任誰都會因而遲晚回家的時間。這寧謐的氛圍，看來正如雷啓
洪所說：「這位幾經宦海浮沉的政治家，息影田園後，已經把滿腔
愛國憂民之情轉而傾注到山川草木中來了。」[42]

　　王安石詩中描寫的是北山中的水塘和遊憩的樂趣，「但見舒閑
容與之態耳」[43]，詩作前兩句寫景、後兩句言情中又自有春景融於

41　同註37，頁156。

42　雷啓洪：《不畏浮雲遮望眼──王安石作品賞析》（臺北：開今文化事業有限公
　　司，1993年7月），頁83。

43　葉少蘊：《石林詩話》，收錄於何文煥：《歷代詩話》（板橋：藝文印書館，民
　　國72年6月）一書，卷上，頁240。

圖畫裡，雖本於王維〈從岐王過楊氏別業應教〉「興闌啼鳥喚，坐久落花多。」而來，「似乎沒有王詩靜謐、超脫，但實際上卻顯得更為從容、恬靜。」[44]東坡的和詩則捨棄相近的情境或內涵，以晚輩身份表示對王安石身體狀況的關心，表達追陪相從之願，及對王安石之敬慕。因而為詩云：

騎驢渺渺入荒陂，想見先生未病時。
勸我試求三畝宅，從公已覺十年遲。（其三）

這首詩意思是：彷彿看見您健康無病無恙的奕奕神采，騎著驢兒在渺無人煙的荒原小丘之間閒逸漫遊；您曾勸我在金陵落戶，和您比鄰而居，我早就應該要該要追陪相從卻已經遲了十年。一說「十年遲」即指熙寧七年前王安石當政時，早就該和平共處；一說指王安石從熙寧七年至元豐七年退隱的十年中，早該相從追陪。不論如何，都流露出「相隨恨晚」的遺憾，為了彌補這「從公已覺十年遲」的憾事，東坡有了這樣的行動——〈上荊公書〉曾說：「某始欲買田金陵，庶幾得陪仗屨，老于鍾山之下，既已不遂，今來儀真，又二十餘日，日以求田為事。然成否未可知也，若幸而成，扁舟往來，見公不難也。……秋氣日佳，微疾想已失去。伏冀順時候為國自重。」[45]東坡的關切也得到王安石的回應，〈回蘇子瞻簡〉除回應東坡對秦觀的推薦也有「宋相見，跋涉自愛」[46]的關懷。

44 陳友冰、楊福生：《宋代絕句賞析》（臺北：正中書局，民國85年8月），頁95。吳曾的《能改齋漫錄》則說此詩之句，雖本於王維詩「坐久落花多」，但「其辭意益工」，猶勝原作一籌。
45 同註29，頁353。
46 同註4，卷73，頁466。

　　東坡「從公已覺十年遲」難道只是應酬文字嗎？想來不是，
而是流露真情的感慨之悟。對受過政治迫害的蘇東坡而言，多次面
對貶謫之苦，雖然已經造就出自適的情緒與應對，「喜——悲——
曠」的體悟，作爲東坡自我調節的機制與內涵，固然用輕鬆態度面
對悲傷，但畢竟每個人所抱持的生活態度並不相同，甚至東坡也曾
有「中秋誰與共孤光？把盞淒然北望。」的落寞。而罷相的王安石
呢？從至高地位陡落，離開政治漩渦的中心加上多病之身，就算是
名義上的歸隱田園，在金陵半山園中遊歷，並且與李公麟，米芾等
畫家同結交誼，又怎能擁有絕對的泰然處之？「傷痕累累的人生
孤舟卻擱淺在如此遙遠的地方，怎麼也駛不進熟悉的港灣了。」[47]
「堯桀是非時入夢，因知餘習未全忘。」〈杖藜〉一詩[48]正透顯王
安石未嘗對政治忘情。

　　有了悟，就不會沉溺在挫折與痛苦之中。東坡親自體驗，用感
同身受的心情和王安石在金陵邂逅，詩作唱和、騎驢漫遊鍾山，相
聚的心靈契合，更只差了一步就成了毗鄰而居的隱士。「同」（文
學），讓王蘇結識：「不同」（政治立場），讓兩人幾成對立；又
因「同」（仕宦生活，看盡政治），而讓雙方和解。這段衝突與和
解的緣起與過程，即是——緣起→問題的形成與對立→問題的緩和
→問題的選擇→問題的化解：

47　引自余秋雨：〈江南小鎮〉，《文化苦旅》（臺北：爾雅出版社股份有限公司，
　　民國81年11月），頁152。
48　同註4，卷二七，頁149。

	王安石	蘇東坡
緣起	※為歐公同門並以詩文著稱。實踐梅、歐的文學革新運動。	※為歐公同門並以詩文著稱。和王可說是以歐為領袖的文學集團中之佼佼者
問題的形成與對立	※與三蘇之間意見衝突 ※主張行新法	※針對新法，向神宗進言「求治太急、聽言太寬、進人太銳」 ※對新法多所批評
問題的緩和	※罷相遠離是非 ※烏臺詩案王言「儺有盛世而殺才士者乎？」而救蘇軾 ※晚年參佛心境調整	※政治翻滾的磨練、體會 ※貶謫、詩案、心理調適
問題的選擇	※親迎舊友	※拜訪問安
問題的化解	※共談文字、禪理、詩歌 ※相遊山林 ※邀請為鄰	※「從公已覺十年遲」可看出對王安石的敬重 ※以詩為和 ※相遊山林

有體在新法上，兩人看法的差異在：(一)改革思想理論基礎不同——王安石尚法家，以變法度、易風俗為刻不容緩之事；而東坡則是服膺儒家，逐漸導民以德，和王安石的急切心態和行動不同。(二)改革重點不同——王安石的理財制度主張取財於民以富國，而東坡則主利民為先，對青苗、均輸法多所批評。(三)教育不同——王安石廢除明經科，廢除原有進士科考試項目，改以經義論策；而東坡則認為專以經義論策而罷詩賦，將使知識成為偏執一方。[49]

---

49 關於王蘇對新法的不同意見，可參見周偉民、唐玲玲：《蘇軾思想研究》，〈北宋社會的時代思潮與蘇軾〉（臺北：文史哲出版社，民國85年2月），頁9~16。而王水照亦言東坡在長期的地方官任上，對新法有進一步認識。他認為，「新法的

「新法」無疑是製造雙方誤解及心結的最大原因，但，兩人對政治和人生面更臻成熟之後，對立已不復見，取而代之的是：在文藝創作與思想對談中，取得對衝突的調和與宣洩，也泯棄了官場上的恩怨；加上兩人同時具有理想被踐踏、有志不能伸的政治生涯，更能相互體會成與敗中所交揉的生命情境。

陸、何人送我池南──對王安石的懷傷

東坡途經金陵，無疑是一種雪中送炭的行動。如果不是抱持尊重的態度，他大可不必去探望曾經是自己仕宦之路的「阻礙者」，反過來說，如果王安石仍舊對東坡深具敵意，對東坡「扯新法後腿」仍懷恨在心，又會如何？在紛擾不寧的宋代社會裡，對退朝或貶謫者避之惟恐不及，怎會把自己投身到糾葛而複雜的人事鬥爭中？再者，元豐八年（西元一〇八五年）三月，神宗崩殂，由年僅十歲的哲宗繼位，並由英宗高太后臨朝聽政，舊法派的司馬光又重回中心主導地位。於是新法被逐一罷除──七月，廢保甲法、十月，廢方田均稅法、十二月，廢市易法、保馬法。被歸屬為舊法派的東坡也在元豐八年（西元一〇八五年）自登州被召還京，任起居舍人，元祐元年（西元一〇八六年）三月，起為中書舍人（記錄天子言行）、翰林學士（起草辭令）、知制誥（起草詔敕），同時兼任侍讀。入京的東坡，發現實施十幾年的新法，並非全無績效──

精神實質只不過是用裁抑少數豪強兼併勢力的某些利益的辦法，……」；同時，「他又看到新法雖有流弊又有某些可以『便民』的地方。」可參考同註28一書，頁99。

事實上東坡本來也並不反對新法，他只是認為「變什麼法」、「該如何變」才最重要。黃仁宇先生也說，王安石的新法「企圖以現代金融管制方式管理國事，其目的無非都是想藉由經濟力量支援國防軍備，以應付來自遼和西夏的威脅。」[50]卻功敗垂成，對王安石來說無疑是重大打擊！即使是誦詩說佛的隱居生活，但對眼見新法實行卻又看到它一一落幕的情景，也不禁有在書院讀書，時時以手無撫床而嘆，「予老病篤，皮肉皆消，為國憂者，新法變更盡矣！」[51]之慨了！

罷黜新法的戲碼仍舊持續，二月，罷青苗法、三月，罷免役法，而王安石也未到新法全廢，就在四月憤懣辭世。六月，詔考試不得引用字說，十一月，恢復詩賦取士，而新法至此盡廢。

對東坡來說，重回政治中心，對於新法有更深體悟，如前所言，在〈與滕達道書〉中明言：「某欲面見一言者，蓋為吾儕新法之初，輒守偏見，至有異同之論。雖此心耿耿，歸於憂國，而所言差謬，少有中理者。……若變志易守，以求進取，固所不敢，若譊譊不已，則憂患欲深。」表達自己對於新法所抱持的觀點是有所偏差的，不應該為反對而大加撻伐。在以舊法「馬首是瞻」的時代裡，東坡又一次「不合時宜」地「挺身而出」，為逐漸弱勢的新法說了公道話。東坡這番言語，對自己的仕宦生涯卻暗藏著危機，如果為求明哲保身、平步青雲，就算只是對新法部份認同，也不必賭上政治盤局。但東坡對新舊黨爭的怨仇交織不以為然，寧可直言敘真。

---

50 見黃仁宇：〈北宋大膽的試驗〉，《歷史月刊》（臺北：歷史月刊雜誌社，民國81年5月），頁92。

51 孫望、常國武：《宋代文學史》（北京：人民文學出版社，1996年9月），頁203，引1976年8月9日《光明日報》：〈新發現的一封王安石家信〉。

　　而新法的實際催生者不安石之死，不免讓曾經在這場爭鬥裡立場相異的東坡有深沉感嘆。東坡在七月「奉敕祭西太一宮，……見王安石題壁猶存。次韻。」[52]而王安石剛剛去世，於是睹詩思人而寫了〈西太一見王荊公舊詩，偶次其韻二首〉：

秋早川原淨麗，雨餘風日清酣。
從此歸耕劍外，何人送我池南？
但有尊中若下，可須墓上征西。
聞道烏衣巷口，而今煙草淒迷。[53]

　　第一首描寫面對秋意動人的原野之晨，本該是心靈也如雨後的陽光，甜暖沁人，然而最悲傷的事卻在最美麗的圖景中被喚醒了記憶，好友凋逝的感慨油然而生。東坡不直寫王安石的逝世，而以無法為自己送行表出，想必不願將好友與死亡的連繫昭然若揭吧！然而這樣卻反而讓傷懷更深──也許那天，我有返家歸田的自適，那時，又有誰能分享我的恬淡與安詳？

　　第二首之意，原是曹操志在死後能讓人在其墓碑刻上「漢故征西將軍曹侯之墓」，而東坡反用典故，他認為只要有酒喝，又何必一定要擁有征西將軍的頭銜！東坡更進一步說明理由，王安石一過世，門庭便冷落許多，這便是政治現實，既是如此，又何必汲汲於名利的追求呢？

52　王文誥：《蘇文忠公詩編註集成》，（臺北：臺灣學生書局，民國76年10月），冊二，卷二十七，頁939。
53　同註26，卷十六，頁186。王安石題詩，指的是〈題西太一宮壁〉。

　　王安石因新法而被推向權力中心、暫居歷史的前臺；卻又因新法而退出決策中心，政事就是如此，該在其位，便行其事。長江後浪推前浪，總有一天，有另一批主政者在政治舞臺上展露身手。

　　《墨莊漫錄》云：「王安石爲相，……忽覺偏頭痛不可忍，……已而小黃門持一小金杯藥少許賜之……蘇軾自黃州歸金陵，安石傳此方，用之如神。」[54]而《何氏語林》也說：「王荊公在鍾山，有客自黃州來。公曰：東坡近日有何妙語？客曰……作成都聖像藏記千餘言，……公展讀於風簷，喜見眉鬚曰：子瞻人中龍也。然有一字未穩……日勝日負，不若如人善博，日勝日貧耳。東坡聞之，拊手大笑，以公爲知言。」[55]可以感受到「金陵」對王蘇友情而言，具有重大意義！雖然《蘇軾文集。制敕王安石贈太傅》中東坡敘寫王安石之人格、地位的文字，是一種官樣文章，但或許仍可作爲王蘇友誼的註腳：「具官王安石，……屬熙寧之有爲，冠群賢而首用。……進退之美，雍容可觀。……寵以師臣之位，蔚爲儒者之光。」[56]

柒、結論

　　鬱忿不見了，胸襟擴大了，而憤恨少了。

　　過去的種種恩怨，終會被時間掩埋，然而，這，需要大智的澈悟。

54　曾敏行：《墨莊漫錄》，卷五。轉引自同註2一書，頁116~117。
55　曾敏行：《何氏語林》，卷九。同上註，頁117。
56　同註29，《外制集》上卷，頁603。

人的主觀意識和外在的客觀世界，是否一定要處於對立狀態？當有心去突破困境，找尋生命中的慰藉與超脫，克服原有的晦暗感受與心理障礙，常能讓築構隔閡的高牆瞬間墜落。那麼，對於曾經與自己有嫌隙的對方，又何必以激憤哀痛的生命情調來面對？事情有真相，但卻也有時無關孰非。放開了心，泯滅千愁，舊離也可成新友──就算曾是好友，但在一場場風波之後的重新回歸，更值得珍惜。「亦知人生要有別，但恐歲月去飄忽。」東坡知道這個道理，王安石也應該明白才是。

失落的時空無法補構，但斷線的友誼卻可以續約。周遭的現實，已經造就東坡安然自處的本領，或者說，他已參透人生而涵養出寬和大度的氣量，難道王安石就不能把禍福榮辱置之度外，海涵一切，非得要做悲劇性的執迷？另一方面，王安石拋棄新法造就的成見，願意挺身上告肺腑之言，助東坡離獄的寬宏，東坡又如何能不心懷感念？

不可否認，官場生活，總要依賴自己對於週圍環境的預測敏感度，再談生存發展。對這樣的原則，東坡似乎並未在意，也正因為如此，才有另一段友誼的重生。罷相的王安石早已非當朝紅人，根據經驗法則，孤獨、落寞，是生活寫照，同時，為「門庭冷落車馬稀」的場景霸佔。加上「新法」這個本身無罪的名詞為王安石帶來太多負面評價，胸懷矯世變俗之志無法再伸，但友誼的潤澤，不啻是尋求慰藉的最好方法。

討論王安石與蘇東坡的情誼，可以得知：

(一)王蘇「結識→交惡→續緣」的過程，從熙寧二年（一〇六九年）至熙寧四年（一〇七一年），由於對新法抱持的看法相異，兩人互為「政敵」的衝突之後，直到元豐七年（一〇八四年）

的十三年間，少有交流。

(二)對東坡而言，烏臺詩案、遊歷廬山所感悟對人生及事物的全面觀照；就王安石來說，晚年參佛學禪，調適心理狀態。對於兩人復合，有一定的推波助瀾之效。

(三)相似的政治遭遇（居高位、遭陷排擠、離朝、慨歎空有大志），歷經政治風暴，從險境中掙脫，讓兩人在不同立場中又有相類的生命情境。[57]有這樣的過程與經歷，對於重逢的知惜也更厚重。

(四)新法可說是造成兩人情感撕裂的「罪魁禍首」，抽離了「新法」的作祟，兩人並沒有交惡的成份。甚至少有嚴肅對談的場面，多的是論詩言文的詼諧之趣[58]。

---

57 王蘇兩人的生命歷程之中，頗有巧合，附記於此：

	王　安　石	蘇　東　坡	
出生	天禧五年（西元一〇二一年）	景祐三年（西元一〇三六年）	差十五歲
登第	慶曆二年（西元一〇四二年）	嘉祐二年（西元一〇五七年）	同為二十二歲登第（差十五年）
去世	元祐元年（西元一〇八六年）	建中靖國二年（西元一一〇一年）	享年六十六歲（差十五年）

58 《西清詩話》言：「王文公見東坡醉白堂記云：『此乃是韓白優劣論』。東坡聞之曰：『不若介甫虔州學記，乃學校策耳。』二公相誚或如此，然勝處未嘗不相傾慕。元祐間，東坡奉祠西太一宮，見公舊詩……注目久之曰：『此老狐狸精也。』」而《古今詞話》也說「金陵懷古，……諸公寄調〈桂枝香〉者三十餘家惟王介甫為絕唱，東坡見之嘆曰：『此老乃狐狸精也。』」王安石之〈題西太一宮壁二首〉及〈桂枝香〉歷來評價均高，東坡之嘆應是嘆其可觀，「老狐狸精」該是「謂其無所不能之意，乃極傾慕語」。看似奚落與嘲弄，實際上卻是擊節讚賞。而顧棟高輯《王安石遺事‧蘇軾調諧篇》云：「東坡聞荊公字說新成，戲曰：『以竹鞭馬為篤，不知以竹鞭犬，有何可笑？』公又問曰：『鳩字從九從鳥，亦有證據乎？』坡云：『詩曰鳲鳩在桑，其子七兮，和爺與孃，恰是九個。』公欣然而聽，久之始悟其諧也。……東坡嘗舉坡字問荊公何義？公曰：『坡者土之皮。』東坡曰：『然則滑者水之骨乎？』荊公默然。』之載，也呈現對文字不同論點中即使嚴肅，也有詼諧的一面。另李一冰：《蘇東坡新傳》，（臺北：聯經出版事業公司，1998年7月），卷十三，頁511~518。對兩人交誼及談論詩文之趣，亦有記載，可參考。

　(五)泯滅仇恨，如果沒有度量與寬容，又能如何？有容，德乃大；有量，才能不問過去的是非恩怨，或者退一步自身的我執。當然，這是王蘇雙方共同領悟才擁有的復合友情。

　王蘇之間既已泯滅深仇，身爲後輩的我們，是否必定要在討論中面紅耳赤，揚此抑彼？若是要澄清古事記載之誤，爲受屈者平反，是件好事，但爲了突顯受屈者的「是」而認定對方的「非」，則又過當。畢竟，當事人是無法控制後人的敘寫與批判的。

　脫離了權力圈的限囿，朋友反而更近了。這句話，或許在檢示石安石與蘇東坡的交誼之際，最值得讓人深思。

發表於《千古風流——東坡逝世九百年紀念學術研討會論文集》，紅葉文化出版公司，九十一年。

苦難與超越

由〈定風波〉一詞談蘇東坡的生命抉擇與意境

摘 要

　　神宗元豐二年七月，東坡在湖州刺史任內被如同雞犬般驅趕著，陷入困境。著名的烏臺詩案，把一個清亮之士示眾。三個月後，東坡來到黃州。黃州雖苦，卻是大難之後的喘息安撫之地，對東坡而言，擁有生命中最真實的況味，也成全了一個嶄新的人生階段。東坡以一種曠達的懷抱，將自己從人生的挫折中超脫出來。黃州對於東坡而言，有了這麼特殊的意義。而透過〈定風波〉一詞，最能理解東坡超脫思想。在虛實相間的筆法中，一個昂然不屈、不與人流俗的正直之士燦然表出。是故，本文討論東坡於貶謫黃州所作之〈定風波〉一詞的深刻意義及東坡展現的生命情境。

　　本文分為七部分。壹、前言——黃州，一個新的人生階段：以東坡身陷烏臺詩案的牢籠，卻能在政治中開拓人生意識為出發點。貳、抉擇——一蓑煙雨任平生：分析東坡的「不覺而覺」與「一蓑煙雨任平生」的獨特性，並顯現其生命中遭遇困窘險惡與威迫，卻不為弱柔的修養與操守。參、超越——也無風雨也無晴：說明風雨撲面而來，東坡自有勇氣承擔；當風雨驟去，斜照相迎，也不會歡喜忘形的自適超脫。肆、哲理與反思：探討東坡在黃州以禪悟之心面對挫折。伍、人生觀的學習與領悟：探討定風波一詞所呈現的意義。陸、結論——生命的堅持：以東坡對於自我生命本質的認清與堅持為結。

關鍵詞：東坡、生命情境、黃州、曠達與超脫、順境與逆境

壹、前言——黃州，一個新的人生階段

每個人生命中，總有最值得品味的事件與最深刻依戀的所在。詩詞作品，對於故鄉所繫之愁，即使是千百年之後的咀嚼，依舊讓人刻骨銘心。然而在這些文學作家的生命情境中，仕途上的起落與政治上的複雜糾纏，正是致使他們不得不在人生驛站中多點佇足的主因。

胡曉明曾說：

> 中國古代知識分子，與他們生存的時代的最顯著力量——政治——之間，歷來有一種緊張狀態。此種緊張狀態，遂造成……無數詩人現實生命的坎陷與心理人格的焦慮。[1]

在這種政治憂患中，文學創作扮演著那一種功能？有些文人，面對政治壓抑或紛擾不已的世局，因而發憤著述，將個人的不幸遭遇和國家衰敗破碎的命運牽繫在一起，藉著詩歌創作，既是情緒的發洩，也是與世俗險惡對抗的一種方式；另外一些人，則是試圖在文學中尋找慰藉，排解生命衝擊，有的因而獨善其身或失卻生活動力，有的藉此心性涵養，化解悲情，求取心靈安頓，曠達自適，進而圓融觀照世界。不管如何，在蹭蹬與困頓的生命歷程裡，狂憤與慨嘆、自覺與反省，往往形成迥然不同的文學風格。

文人的多思與多情性格，東坡亦無可避免的擁有，尤其面對許多不愉快的經歷，他著實飽滿著比其他人還深切的掙扎與痛苦。

---

1 胡曉明：〈養氣〉，《中國詩學之精神》（南昌：江西人民出版社，2001年，9月），頁121。

生活的挫折，常引領他在面對現實之外，用反省與思考，並藉由文學創作，對人生或宇宙世界的現象加以體會發抒。對東坡來說，他的憂患，並非只是單純的指向政治或社會所帶來的風雨或矛盾，而是牽繫著對整體人生的反思，「人生到處知何似？應似飛鴻踏雪泥。」（〈和子由澠池懷舊〉·前集·卷一·頁二）[2]、「世事一場大夢，人生幾度新涼？」（〈西江月·黃州中秋〉·上冊·卷一·頁二一二）、「人生如逆旅，我亦是行人。」（〈臨江仙·送錢穆父〉·下冊·卷二·頁三五二）有別於一般作品對於事件本身的特定指向，東坡之作多是對於人生整體與歷史時空的詰問與感嘆。但是在感慨與厭倦的情緒之後，他猶可以在困頓中冀求希望、在憂患裡追尋消解，讓深沉的人生憂慮裡，竟也奔迸曠逸而達觀的心胸。「水方瀲灩晴方好，山色空濛雨亦奇。欲把西湖比西子，淡妝濃抹總相宜。」（〈飲湖上初晴後雨〉·前集·卷四·頁四三），什麼樣的西湖景色最動人？不論是晴抑雨，無一不美、「黑雲翻墨未遮山，白雨跳珠亂入船。捲地風來忽吹散，望湖樓下水如天。」（望湖樓醉書〉·前集·卷二·頁三〇）烏雲縝密地織錦天空，瞬間大雨傾盆而下，一時天地變色；然而急雨一過，天又歸於青藍，晴雨皆宜，「吾安往而不樂？」（〈超然臺記〉·前集·卷三二·頁三四九）他不斷地開拓人生智慧，爲撕裂的心靈填補傷口、也爲封閉的世界尋找出口。

　　舒亶、李定、王珪、李宜之……，這些基本上可以稱爲是文化人的官吏，爲宋朝的歷史留下一個驚心動魄的記號。邪惡的動機

---

2 本文所引東坡詩文均出自於楊家駱主編：《蘇東坡全集》（臺北：世界書局，1998年，6月）一書；詞則出自曹樹銘校編：《蘇東坡詞》（臺北：臺灣商務印書館股份有限公司，1998年，6月）一書。均標明卷數及頁碼，方便查考。

掩飾著不負責任的誣陷，把東坡推向一個臨深淵履薄冰險象環生的
困境。神宗元豐二年（西元一〇七九年）七月，東坡在湖州刺史任
上被捕入獄，一場生死的劇情上演著。東坡身陷其中，毫無反撲之
力，只能如雞犬般被驅趕著，一個廟堂之士，已失去了應有的尊嚴
與對待。蹭蹬的仕宦生涯，當屬這次的囹圄之難打擊最爲深刻了！
經歷三個月的牢獄之災，終於免於一死，獲得赦放，既而遭到貶謫
的命運。黃州的生涯雖然清苦，卻因爲是大難之後的喘息安撫之
地，對東坡而言卻能擁有生命中最真實的況味，爲東坡成全了一個
全新的人生階段。蔡秀玲說：

> 談東坡的人生觀，黃州時期是重要關鍵。……對於人生，他認
> 爲是長久的持續，而非短暫的存在，別離與聚合，憂愁與喜悅
> 都是相對的，因此不須沉浸於一時的悲哀與別離。……貶謫黃
> 州時，……他將佛老思想融入他的生命中，換言之，在面對挫
> 折時，他已能以一種曠達的懷抱，將自己從人生的挫折中超脫
> 出來了。……〈定風波〉，最能表現這種思想與態度。[3]

　　黃州對於東坡而言，有了這麼特殊的意義；而透過〈定風
波〉，彰顯著一個「不屈服，不從流，而昂首闊步，毫無畏懼的抗
直之士。」[4]是故，本文將討論東坡於貶謫黃州三年所作的〈定風
波〉一詞的深刻意義及東坡展現的生命態度。

3　蔡秀玲：〈論蘇東坡的人生觀〉，《臺中商專學報》第二十九期（1997年6月），
　　頁243。
4　陳師新雄：《東坡詞選析》（臺北：五南圖書出版公司，2000年9月），頁114。

貳、抉擇──一蓑煙雨任平生

王文誥《蘇文忠公詩編註集成・總案》說:「元豐五年三月七日,公以相田至沙湖,道中遇雨,作〈定風波〉詞。」[5]緣事而來的感情,總是最為真實。東坡自己在詞作之前,以小序交待詞的創作動機與緣起,並且清晰地表明詞作情感的指向:「三月七日沙湖道中遇雨。雨具先去,同行皆狼狽,余獨不覺。已而遂晴,故作此詞。」也就表明了這闋詞就時間順序與當時情狀為──「雨具先去→行沙湖道中(行沙湖道中→雨具先去)→遇雨→同行狼狽、余獨不覺→已而遂晴→作詞」。

〈定風波〉云:

> 莫聽穿林打葉聲,何妨吟嘯且徐行。竹杖芒鞋輕勝馬,誰怕?一蓑煙雨任平生。　料峭春風吹酒醒,微冷。山頭斜照卻相迎。回首向來蕭瑟處,歸去,也無風雨也無晴。(下冊・卷二・頁二三四)

「穿林打葉聲」所代表的,是客觀的存在。「莫聽」,表達了東坡認為外物不足以縈繞於身,這種「莫聽」──對襲來風暴的消解態度,延伸成「何妨吟嘯且徐行」的自適與灑脫。而「何妨」甚且還暗示著一種挑戰而不服輸的性格;「吟嘯且徐行」則是呼應詞序中「同行皆狼狽,余獨不覺。」以凸顯東坡的個別性。

---

5 王文誥:《蘇文忠公詩編註集成・總案》(臺北:臺灣學生書局,1987年10月)。

在東坡身上，總看不到對於雨的哀愁。驟雨急來，本是自然現象，無關心情、也無關緊張、狼狽與否，畢竟生命中有太多的事是無需去憂慮與心急的，憂煩並不會改變事情的發生或結果。生活在人世間，生命的遭遇無疑也是一種風雨陰晴。葉嘉瑩先生就說：「從宗教來說是一種定力，從道德來說是一種持守。……無論是在大自然的風雨之中，還是人生的風雨之中，都需要有一份定力和持守，才能站穩腳步，不改變你的品格與修養。」[6]無疑地，從風雨中平凡不過的人生事件，我們清晰地看見東坡灑脫而自適的定力與持守。

東坡在詞的開頭，即運用十分強烈的「穿」和「打」等字眼營造氣氛，描述一種「困境」。「穿」有穿越、穿透、穿插、穿過等意義；而「打」則包含了打擊、打破、打敗、打斷等意義。一個「穿」字的現身，已經足夠引領讀者想像眾人躲避的「狼狽」的模樣；進而加入「打」字的雙重爆發，讓遭受攻擊的生命情境更加不堪！然而，東坡獨異於人，用「莫聽」的態度，去面對一個風風雨雨的世界。

穿林打葉，代表風雨的襲來，但不為所動的心情，猶然自適；生命中的困窘險惡與威迫，修養與操守並不因此而弱柔。然而，衝擊擾身，如果只是以「莫聽」的態度面對，是否是麻木與消極？如同駝鳥心態般，選擇逃避？「莫聽」只不過是掩耳寬慰的一種方式，解決了耳畔的聲響，卻阻擋不了眼前的風雨。又或者說，如若只是一味排拒外力的侵犯，卻不知所措，甚至用抵抗的態度，在泥濘的環境裡奔逃，試圖得到逆境的消解，終究有失足的危險！挫折

---

6 葉嘉瑩：《蘇軾》第九講（臺北：大安出版社，1991年2月），頁124-125。

的恐怖往往不在於挫折的艱難，而在於自己本身精神上的頹圮與自信的喪失，因而自亂陣腳。

但是，東坡選擇的不僅是「莫聽」，他在「莫聽」的同時，也開啓了另一扇門，引領自己走向自適而達觀的道路。

「何妨」代表一點也不勉強地，能夠將挫折轉化為考驗與反省，甚至以欣賞的眼光來看待，這是何等心胸！一點也不受外界的——除了老天突如其來的驟雨之外，還得加上同行狼狽所引起的不安定感。——影響。既然不可改變的是現狀，何不用心靈去寬解為外物繫心的束縛？因此，「徐行」以定心，「吟嘯」而自得，如同〈南歌子・送行甫至餘姚〉所言：「我是世間閒客，此閒行。」（上冊・卷一・頁二〇三）一個閒逸灑脫的形象歷歷在目。

人生，總是在習慣中被呵護著。然而，習慣於習慣，卻有可能是一種可怕的耽溺現象。習慣於在風雨中被保護、習慣於車馬的代步，終究只能被拘執在一方角落。當官久了，總有揮之不去、頤指氣使的慣性，也少不了吆喝一聲、群僕代勞的傲氣。如果，人生總是不斷地要求，從不知足，一旦情勢不變，便難以適應。但東坡並不眷戀這耀武揚威的生活（其實他本來也就不是），於是，即便是無馬可騎，也有竹杖芒鞋輕簡裝備的快意。

東坡在離開黃州到汝州赴任時，曾有「芒鞋青竹杖，自掛百錢遊。可怪深山裡，人人識故侯。」（〈初入廬山〉・前集・卷一三・頁一五六）詩句，可見東坡喜歡清簡的穿著芒鞋遊走山林之間。「竹杖芒鞋」，是一般平民百姓的行步裝扮，或是閒適之時所穿；而「馬」則是官人或者欲辦急事時的交通工具。照理說，論速度，人行不如馬行；論舒適，騎馬無步履之累。如果能夠選擇，想必眾人多擇馬而怯步。但東坡卻獨好穿著芒鞋，在黃州的土地上烙印。

　　芒鞋固然是輕盈的，然而，在一個穿林打葉、暴風來襲、雨水灑落的濕漉之地行走，卻會變得拖泥帶水，一不小心還會濺濕衣裳。那麼，東坡這樣的選擇，是否意味著什麼？陳長明認為，這是一種不欲為官的心理：

> 「輕」字必然另有含義，分明是有「無官一身輕」的意思。……〈答李之儀書〉云：「得罪以來，深自閉塞，扁舟草屨，放浪山水間，與樵漁雜處，往往為醉人所推罵，輒自喜漸不為人識。」被人推搡漫罵，不識得他是個官，卻以為這是可喜事；〈初入廬山〉詩的「可怪深山裡，人人識故侯」，則是從另一方面表達同樣的意思。這種心理是奇特的，也可見他對於做官表示厭煩與畏懼。「官」的對面是「隱」，由此引出一句「一蓑煙雨任平生」來，是這條思路的自然發展。[7]

　　他認為東坡歸隱之意十分明顯。「一蓑煙雨任平生」這樣的發想，許是從張志和〈漁歌子·漁父詞〉中所描寫的恬淡隱士生活「青箬笠，綠蓑衣，斜風細雨不須歸。」而來；東坡〈臨江仙·夜歸臨皋〉也說「長恨此身非我有，何時忘卻營營？夜闌風靜縠紋平。小舟從此逝，江海寄餘生。」（下冊·卷二·頁二五二）東坡為眼前的靜夜水色所醉，一種浪漫不羈的性格燦然而出。這應是陳長明為什麼認為東坡在尋找一個無官的隱居世界。

　　然而，這樣的思路是否只暗示著畏懼為官或歸隱的念頭？另一個想法也許可以成立。東坡在序中用眾皆「狼狽」余獨「不覺」

---

7 陳長明、唐圭璋等：《唐宋詞鑑賞集成》（臺北：五南圖書出版有限公司，1991年6月），上冊，頁775。陳師伯元亦有相同看法。見《東坡詞選析》一書，頁115。

以標誌自己的個別性與隨緣自適的灑脫時，就已經透露在「急切——舒緩」、「狂飆——徐行」中的選擇傾向，那麼，對於東坡捨棄「快馬」而就「輕簡芒鞋」的擇一決定並不意外。另一方面，試想，如果在沙湖道中騎馬遇雨，當眾人皆狼狽騎馬狂奔之時，難保東坡之馬不會如脫韁般急馳而去！如此，將與東坡的期望背道而馳。因此，沒有車馬以代步，沒有傘具以遮雨，天候的因素，加上人為的「配合」，讓東坡的芒鞋雨中行，有了心境轉換的條件。也許當眾人慨嘆沒有車馬代步的同時，東坡更能在濕泥中踏實土地，咀嚼生命中曾有的風雨點滴。

於是，「『輕』勝馬」的意義，亦可解讀為：芒鞋確實是比較「輕便、輕快」的，只是這種「輕」，是一種脫離困頓的「輕」（反省與轉化——既然只有芒鞋，何不寬心踏水前行？）、更是一種心靈清醒之後泰然自適的「輕」（寬慰與解脫——眾人皆抱怨的情景，對我而言，卻也是一種成長的契機，無入而不自得）。那麼，在「官」、「隱」之間的取捨關係之外，「一蓑煙雨任平生」也可說是不論自然界的風雨或是政治風暴，即使只有單薄的遮掩與防衛，即使這種歷程將成為生命的永恆伴隨，都將坦然面對，欣然接受。[8]

東坡的灑脫，不僅標示著他與眾不同的自得，對身為閱聽者的我們，也是一種勉勵：生命中也許充滿著痛苦和難題，但能掌握的人，總是將之當作是成長的契機。這所有的改變與轉化，都涉及自覺性的深刻意義，如同索甲仁波切在《西藏生死書》中所說：

---

8 胡雲翼說：「披著蓑衣在風雨裡過一輩子，也處之泰然。」（語見《宋詞選》，臺北：明文書局，1987年8月，頁71）但東坡在詞序已說明雨具已先去，如何有蓑衣可披？是故以字譯方式解讀此句，和東坡所要表達的深刻意義並不相同。

當海浪拍岸時,岩石不會有什麼傷害,卻被雕塑成美麗的形狀;同樣道理,改變可以塑造我們的性格,也可以磨掉我們的稜角。……因此,生命中的逆境,都是在教我們無常的道理,讓我們更接近真理。當你從高處掉下來時,只會落到地面——真理的地面;如果你由修行而有所瞭解時,那麼從高處掉下來絕不會是災禍,而是內心皈依處的發現。困難與障礙,如果能夠適當地加以瞭解和利用常常可以變成出乎意料的力量泉源。[9]

當生命已然達到無入而不自得的境地,即使是政治上的風聲鶴唳、自然界中的風起雲湧,都將無擾其心。也許當眾人以為「一蓑煙雨任平生」是困塞人生的淒涼坎坷,因而為東坡一掬同情之淚,但卻是東坡「我心坦然」的最佳寫照。沈家莊說:「通過『誰怕』的反詰,表現詞人兀傲偉岸的人格和剛烈坦蕩的胸次,……『不覺』是人生參透後一種超然物外的至高境界。」[10]因此,儘管穿林打葉而來的風雨侵擾,東坡內心執守的信念,卻使他能在精神上瀟灑地吟嘯徐行,並發抒無畏煙雨的曠達之情。

考察置身世界的假設,是在實際經驗裡,以另一種觀點予以對照,因而提供我們一種選擇的餘地。經過風波之後的心靈,終究會舒放眼光,看淡得失,「一蓑煙雨任平生」的抉擇或無謂,已著印在東坡的心靈空間。

---

9 索甲仁波切(Sogyal Rinpoche)著、鄭振煌譯:〈反省與改變〉,《西藏生死書》(臺北:張老師文化事業股份有限公司,1996年12月),頁57-58。

10 沈家莊:〈詞品:定風波〉,《詞學論稿》(桂林:廣西師範大學出版社,1994年9月),頁255。

參、超越──也無風雨也無晴

　　詞作上闋表現東坡面對「穿林打葉」風雨時，從容不迫而無所畏懼的精神；下闋則呈現心靈的反差與寧靜，畢竟飄風不終朝，驟雨不終日，風雨終究會消失，斜照相迎，表現了他對逆境的樂觀態度。

　　時間回溯。一場生與死的拉鋸戰，正狂傲不羈地在元豐年間上演著。而糾葛其中的主角東坡，正在躓蹶的仕途裡，身陷囹圄。就算太皇太后、王安石等人的說項讓他免於一死，既而遭到貶謫的命運，但文人敏感的心靈所烙下的傷痕，卻是揮之不去。打擊帶來的寒慄，不免讓人回想而深深悸動與抖顫；料峭春風的寒冷，是現實的情景，卻也是心境的寫照。烏臺詩案的恐懼，在寒風與酒醒之後重新鮮明起來。

　　一個飽受艱辛的生命旅者，總該被溫情所包圍。當心境一陣春寒之際，山頭西斜的太陽，終究帶來光明與溫暖。雨後終晴，是一種宇宙循環的必然，因此，微冷之後，將會有暖意徐來。而這種循環，恰巧觸動著人生領悟的心絃──雨過可以天青、冷後終將微暖，那麼，痛苦是否也可以超脫？葉嘉瑩先生說：

> 對人生有了一個比較徹底的認識，所以在微冷的醒覺之中就有了親切溫暖的感受。……一個作家不管寫出多少作品，你都可以透過他所有的作品找出他的心中的一個感情意境之所在，……通過蘇東坡的……詩和詞，我們也可以找到他的一個基本的修養之所在，那就是「山頭斜照卻相迎」──一種通觀。[11]

11　同註6一書，頁133。

缺乏反省或思索的心靈，往往容易讓自我依附著環境而變動。如果東坡在微冷之後，無法擺脫心靈的寒顫，也就沒有解脫與曠達了。經驗的體會深刻人心，終究要在心靈上烙下痕跡，如同東坡在冤獄中受盡的折磨，總讓人無法忘懷。然而，經驗卻也是一種心隨萬境轉的過程，其中的關鍵，常在一霎時的念頭轉換。

在東坡身上，我們不難看出他對於經驗所凝結的法則或道理——「困頓→接受→反省→領悟→解脫」，一樁生死大事，寫來微顫卻又淡然，彷彿一切的政治風雨早已消散如煙，不再心靈困阨。人生的境遇便是如此，多少挫折與艱難，就如同風雨般；當時間流逝之後，悄然回首，原先那風雨侵襲的地方，已然一片寂靜。「眾裡尋她千百度。驀然回首，那人卻在燈火闌珊處。」回顧，不啻是省思的最好方式。有時候，尋找一個能夠保持距離的視角，反而更能投入一種滋味悠長的品味與析賞。

詞中的「蕭瑟」，除了寫東坡方才走過的路徑之外，所指應是生命中所遭遇到的挫傷與愁苦。然而這一切都不再是悠然自適的東坡所牽絆或心悸的對象了，因爲在他心中既已無風雨、也沒有晴天——一種超越於風雨陰晴、幸與不幸、憂傷與暖抱的超然境界。

如果沒有已而遂晴，東坡這闋詞的意義是否鮮明的呈現？於是，晴的出現也是顯現和風雨的對比，如同〈六月二十日夜渡海〉詩所說的「參橫斗轉欲三更，苦雨終風也解晴。雲散月明誰點綴？天容海色本澄清。」（後集・卷七・頁四九六）雲開月見、天宇透澈、星空皎潔、碧波清盈，風停雨歇之後，原有的光風霽月，澄淨了。東坡用寫景之筆，寄寓其情：點綴的天空雲翳盡散，天容澄清、海色也澄清，而東坡也得以還其原有的面貌，自身高尚的品格與堅持，是不會因爲短暫的烏雲遮蔽或長久風雨

的侵襲而消失的。[12]

「人有悲歡離合,月有陰晴圓缺。」(〈水調歌頭‧丙辰中秋……〉‧上冊‧卷一‧頁一六八)自然界的反復往來,形成一種必然的循環,然而仕宦中的風雨卻是難有確切的停歇,終究沒有人能知曉雨過天藍的兌現是否圓滿。遭受挫敗與詆譭的人,總是渴望天晴的眷愛;如果有一天,不再有風雨擾身,是否也意味著期盼天晴的心理不必再有?「當肆虐的風雨撲面而來時,他自有『泰山崩於前而色不變』的勇氣;當風雨驟去,斜照相迎時,他也不會歡喜忘形,暗自慶幸。」[13]心靜了、心空了、心也富有了。東坡所建構的世界,是思索後的再生,是塵囂擾攘之後的空,也是一種空而富有的空。陳師伯元云:「相田途中遇雨,詞人寫眼前之景,而寓心中之事,因自然現象,抒人生觀點,即景生情,於是寫出這樣一首於簡樸中見深意,尋常處見波浪的詞來。這首詞實際上也就是東坡自己的寫照。」[14]一個昂然獨立的清流之士,終究會在風雨的淬鍊之後更亮眼。

---

12 東坡在〈六月二十日夜渡海〉詩中,將渡海的經歷加以擴大,顯現其人生旅程中所品嘗的憂喜,和〈定風波〉有相似的情感基調。可參考拙著:〈天容海色本澄清──東坡六月二十日夜渡海詩的人生境界〉,《文學時空與生命情調》(臺北:文史哲出版社,1998年3月),頁117-132。

13 王水照、崔銘:〈三詠赤壁成絕唱〉,《蘇軾傳──智者在苦難中的超越》(天津:天津人民出版社,2000年1月),頁288。

14 同註4一書,頁114。

肆、哲理與反思

　　王水照曾說東坡是一位聰穎超常的智慧者，但卻算不得是擅長抽象思辨的哲學家。因為「他是從生活實踐而不是從純粹思辨去探索人生底蘊。他個人特有的敏銳直覺加深了他對人生的體驗，他的過人睿智使他對人生的思考獲得新的視角和高度。」[15]從平常事理，體會人生的意義，平凡中學習，生活就是禪。陶文鵬也認為，東坡在詞作中所表達的人生哲理，都基於日常的事理與人情，「有明顯的實踐性、樸素性與作者的獨特個性。蘇軾兼融儒、釋、道三家思想又使其趨於簡易、致用，借以圓通地觀照事理和明達地處世應物，……」[16]所以，在詞作中所揭示的哲理既是深邃精微，且又平易近人。

　　東坡在黃州放遊山水、從大自然中安撫情緒，閒適自得。沙湖道中遇雨的心靈透悟；赤壁之遊的江上之清風、山間之明月；東坡的灑脫豪情與自然的天地彷若相容。皎然僧曾有〈山雨〉詩云：「一片雨，山半晴。長風吹落西山上，滿樹蕭蕭心耳清。雲鶴驚亂下，水香凝不然。風回雨定芭蕉濕，一滴時時入畫禪。」（卷六）山雨飛動，卻是感性的生命形態與動人的生活美學。於是東坡的雨中行、風中吟，不是惱人的陰霾與晦暗，而是一種面對飛動之趣中的自覺，一種對於美感的深深顫動。眼前的景致和心中的情緒相

---

15 王水照：〈蘇軾的人生思考和文化性格〉，《蘇軾研究》（天津：河北教育出版社，1999年5月），頁71-75。

16 陶文鵬：〈論東坡哲理詞〉，《蘇軾詩詞藝術論》（上海：上海古籍出版社，2001年5月），頁178。

融，竟也烙印著禪宗色彩。[17]

東坡的〈出峽〉之作「入峽喜巉岩，出峽愛平曠。吾心淡無累，遇境即安暢。」（續集‧卷一‧頁二〇）「因病得閑殊不惡，安心是藥更無方。」〈病中游祖塔院〉（前集‧卷五‧頁四九）[18]透顯著安命思想。東坡也「惟佛經以遣日」（〈與章子厚參政書〉‧前集‧卷二八‧頁三三〇）、「心困萬緣空，身安一床足。豈惟忘淨穢，兼以洗容辱。」（〈安國寺浴〉‧前集‧卷一一‧頁一三三）

烏臺詩案的飽受屈辱，讓東坡在黃州生活，喜與田家野老相從，溯溪沿山以參訪佛寺、親近佛理。「東坡始終由平靜空明之心反照萬象，牢籠萬物，故所發皆為具禪意之觀照。」[19]而好友參寥僧，亦不遠千里自杭州前來探視東坡，陪伴東坡年餘。[20]而《冷齋夜話》也記載著：「軾嘗要劉器之同參玉版和尚。器之每倦山行，聞見玉版，欣然往之。至廉泉寺，燒筍而食。器之覺筍味勝。問此筍何名？東坡曰『即玉版也。此老師善說法，要令人得

---

17 宗白華《美學散步》云：「禪是動中的極靜，也是靜中的極動……，是中國人接觸佛教大乘義後體認到自己心靈的深處而燦爛發揮到哲學境界和藝術境界，靜穆的觀照和飛躍的生命構成藝術的兩元，也是禪的心靈狀態。」

18 「安心」二字，出自《墨子‧親士》：「非無安居也，我無安心也。」所指為安定之心情；此處應為佛家語，出自《景德傳燈錄》卷三，菩提達摩言。二祖慧可向達摩求安心之法，達摩言「我與汝安心竟」，所指即求安心只須內求，而不必向外。

19 李慕如：〈談東坡思想生活入禪之啟迪〉，《屏東師院學報》第十一期（1998年6月），頁180。

20 參寥僧與東坡的情誼甚深，東坡多次貶謫，參寥均不遠千里相陪。東坡的〈八聲甘州‧寄參寥子〉一詞，更是兩人友誼的最好印證。關於兩人之交往情況，可參見拙著：〈傾訴與聆聽——試論東坡與參寥的情誼〉，《歷史月刊》第162期（2001年7月），頁37-44。

禪悅之味。』」[21]

　　黃州時期，東坡進入另一個人生階段，這時因為情勢大變，加上黃州偏僻，使他「以素樸生活為經，方外之游為緯，勤涉釋道典籍，復轉往心靈奧秘省察。……東坡之性格融嵌儒釋道三家。……釋道二家，乃東坡之隱性，使其精神和諧，助其超於困厄之下；……」[22]

伍、人生觀的學習與領悟

　　分明是無罪，卻被小人奸臣投以「關照」的眼光，因見謗成為階下之囚；明明沒有詆毀朝廷與皇室，卻得在自知無罪中強迫自己承認有罪，把外在的侮辱與戕害轉變為自侮自戕，心靈所受到的創痛就更慘烈。大難之前，詩詞文章曾經是讓他幾乎逼近死亡的最大「元兇」；然而大難之後，這些文字卻又成為他自我治療、擺脫心靈困阨的精神支援。修補深痛的傷口，亦即尋回自尊。「樹木受傷會分泌液汁自我治療，人類的語言文字也有類似樹汁的作用。……蘇軾希望在詩中創造出一個超拔的新世界，……恢復自尊的正確途徑是進行深刻的反思。……在經過縱（時間上的今昔）橫（空間上的物我）兩方面的深自內省後，蘇軾終於走出了感情的低谷，……

21　《冷齋夜話》一書，收錄於《筆記小說大觀二十二編》（新興書局），第一冊，頁620。

22　王淳美：〈東坡謫居黃州時期與釋道關係之研究〉，《南台工專學報》第十五期（1992年3月），頁132。

以曠放超逸的精神世界來蓄養自尊及自信。」[23]

相異的生命，執著與絕望的深度或有差異；憂憤與陰霾的情緒也會不同。然而，當心中的大門打開，剝落塵土，不再爲沮喪與焦慮折磨，心念終會被撫平，因而隨緣成長。

那麼，東坡的〈定風坡〉一詞，究竟擁有著多大的意義呢？鄭文焯《大鶴山人詞話》：「此足徵是翁坦蕩之懷，任天而動，琢句亦瘦逸，能道眼前景，以曲筆直寫胸臆，倚聲能事盡之矣。」[24]直筆曲筆、眼前景心中事，只是輔助我們掌握東坡詞境的方式或技巧，更重要的探索層面，該是一種人生觀的學習與領悟。陳師滿銘說：「寫的雖是他在沙湖途中遇雨的一件小事，卻反應了作者在惡劣環境中善於解脫痛苦的曠達胸懷，……『誰怕，一蓑煙雨任平生』及『歸去，也無風雨也無晴』，正道出了他不避苦難、經得起挫折的生活態度……但覺真氣流行，空靈自在，……」[25]當我們以受想行識去經驗一件事，念頭便開始轉動。就在轉動之時，便是觀念的改變，於是，常會引領我們進入一個更深邃的境地。

對東坡而言，心念的執著與掛礙，隨著生命歷程的變化而淡然，黃州生活，究竟爲在仕宦道路上跌落潦倒的他帶來那些心靈智慧的啓迪？冥想與遊觀，收起勁健的稜角，在偏僻的黃州扮演親近鄉土的閒逸之士。他可以發抒「山下蘭芽短浸溪，松間沙路淨無泥。蕭蕭暮雨子規啼。 誰道人生無再少？門前流水尚能西！休將

---

23 史良昭：〈初到黃州〉，《浪跡東坡路》（臺北：漢欣文化事業有限公司，1990年11月），頁94-97。

24 鄭文焯《大鶴山人詞話》收錄於曾棗莊、曾濤編：《蘇詞彙評》（臺北：文史哲出版社，1998年5月），頁89。

25 陳師滿銘等：《唐宋詩詞評注》（臺北：文津出版社，1989年10月），頁224。

白髮唱黃雞。」（〈浣溪沙——游蘄水清泉寺，寺臨蘭溪，溪水
西流。〉・上冊・卷二・頁二三五）用爽朗的語調道出「水可西
流，那麼人為什麼不能再年少？」的青春企想；生活中也有自得其
樂、高風亮節的風雅：「雨洗東坡月色清，市人行盡野人行。莫嫌
犖确坡頭路，自愛鏗然曳杖聲。」（〈東坡〉・前集・卷一三・頁
一五四）而屬於東坡超脫而不染的生命氣質也歷歷在目：「江城地
瘴蕃草木，只有名花苦幽獨。嫣然一笑竹籬間，桃李漫山總麤俗。
也知造物有深意，故遣佳人在空谷。……」（〈定惠院海棠〉・前
集・卷一一・頁一三三）將自己比為海棠花，雖身在漫山桃李間，
卻有高貴而不流俗的氣質。

領略總不分事大與事小，正如風雨和晴朗的泯除悲喜，相對的
喜好與厭惡，常繫於心念之間。林師明德說：

> 所謂的風雨和所謂的麗晴，以及，所謂的滄桑和所謂的甘甜，
> 原也不過是轉化相對的現象而已，到頭來，還不是復歸虛無。
> 那麼，還要斤斤然罣意、執著些什麼呢？穿過風雨的東坡，終
> 於體觸到生命的真諦，同時也為自己找到了安頓的地方。[26]

命運總是在有力量的遭逢中和人生相遇，也正是機緣裡自身產
生的那股力量提攜著自己，於是命運有了動力。當這股動力有了深
刻的領悟，心靈終將可以超越風雨陰晴，真正的平「定」「風波」
才會落實。

楊海明說，在東坡詩詞中，最能感知到他的思想歷程。那便

---

26 林師明德：《唐宋詞選》（臺北：時報文化出版事業有限公司，1998年9月），頁157。

是從苦悶憂患的境遇中尋找慰藉與追求、進而在追求中尋得解脫的
「三部曲」進程：

> 作者對於人生的「熱情」，幾已降到了「零度」：「古今如
> 夢」（〈永遇樂〉），人間一切的悲歡離合到頭來都只是新舊
> 相續的一連串夢境而已，這又是一種多麼深刻的苦悶情緒！但
> 是這僅只是蘇軾思想歷程「三部曲」中的第一部曲。蘇軾接著
> 又向我們展示了他的第二部樂曲——「追求」……他思想中不
> 甘人消沉悲觀的一面，就因自然景物的啟發而亢奮起來；既
> 然「門前流水尚能西」（〈浣溪沙〉），那麼，「誰道人生
> 無再少」？當然，真正的「人生」……，是「看看已失」而不
> 會「倒流」的。但蘇詞所寫，卻正表現了他對於苦悶情緒的抗
> 爭和對樂觀情緒的追求。……他發現一個尋解決矛盾的「法
> 寶」：「忘卻」煩惱、恢復「清淨」。……在未「忘卻營營」
> 之前，江水騰湧，心潮起伏；而一旦「徹悟」之後，卻江風平
> 息、水波不起。……經過這番艱苦的思索與追求之後，蘇軾終
> 於找到了自己精神上的一個歸宿：任天而動、隨遇而安。這便
> 進入了他的「第三樂章」——「解脫」。[27]

　　從苦悶的情緒中掙脫，代之以對樂觀情緒的追求，終之以隨遇
而安、超脫自得的歸宿，讓東坡的「三部曲」既感人又值得喝采！
　　東坡用他坦蕩的胸懷與達觀的從容不迫，把生命行旅中遇襲
的驚濤駭浪一一克服，在敵意環伺的險惡環境中，昂然挺立，並且

---

27 楊海明：〈「新天下耳目」的蘇軾詞〉，《唐宋詞史》（高雄：麗文出版事業股
　份有限公司，1996年2月），頁356~359。

化險為夷。東坡作〈定風波〉之時，雖然已經逐漸從烏臺詩案所
籠罩的陰影中走出，然而，經歷一次幾乎喪身、驚心動魄的震撼
教育，要在短期之內消逝抖顫，終究是一件難事；再者，當時的東
坡正身處在黃州編管「留置查看」的逆境之中，那麼，詞中所描述
的種種情景與心境，便可以「看作是他對不幸遭遇的一種『精神抵
抗』」。[28]但是這種「精神抵抗」的意義是積極而正面的，那並不
是麻痺或封閉自我的隔絕，如果把東坡的隨緣安時和樂天知命，解
讀為只是自我寬解、自我安慰或自我麻醉的精神勝利，未免小看了
東坡的生命基調：

> 蘇軾的超邁放達、隨遇而安不能視之為一種不得已而為之的苟
> 且偷安，而應看作是在當時異常險惡的現實生活中以及敵黨必
> 欲置其於死地而後快的情況下所採的一種處世藝術……。[29]

　　對蘇軾來說，當時第一是存有生命，再來才是往後的發展，
生命的保有之後，才有實現人生理想的可能。而這種存命而實踐理
想的處世之道，能夠形成一種藝術，必定是有徹悟的心靈與開朗的
性格。東坡在詞中提到的「微冷」，固然是「寫實」，然而卻也是
在處世藝術中迴蕩出一點寒顫的沁冷！可是，既然坦蕩的胸懷擁抱
「誰怕」的自信，這微微刺傷終究會消散。
　　於是，我們在〈定風波〉中視見一種處世藝術，一種哲理式的
人生思索，這種以平凡而現實的題材，發抒真實的主體意識，省視
自我的心靈，讓為情造文的豐沛感動，在字裡行間充分流洩：「東

28　楊海明：《唐宋詞史》，頁359。
29　程林輝：〈蘇軾的人生哲學〉，《中國文化月刊》192期（1995年10月），頁84。

坡詞主體意識的強化，抒情主人公的變異，打破了舊的抒情程式和
詞的創作心理定式……把題材的取向從他人回歸到自我，像寫詩那
樣從現實生活中拮取主題，捕捉表現的對象，著重表現自我、抒發
自我的情志，把代言體變成言志體。」[30]同時也不同於多數的詞，
由普遍而廣泛的抒情模式，向具體化的事實靠近。小序中，東坡交
待了事情的緣起及緣事而發的創作動機，也明確地有著情感的指
向。於是，詞序中「同行皆狼狽」，更襯托著文本中東坡「一蓑煙
雨任平生」的獨特人生態度。東坡的〈獨覺〉詩也說：「翛然獨覺
午窗明，欲覺猶聞醉鼾聲。回首向來蕭瑟處，也無風雨也無晴。」
（後集・卷六・四九○）尤其可見東坡對於「也無風雨也無晴」境
界之嚮往。

陸、結論——生命的堅持

　　驟雨和急風之後，常是平靜的雲開天青。自然界是如此，人生
的過程不也是這般？

　　如果，歲月在生命歷程中刻劃屢屢傷痛，我們是否能瀟灑自
在、淡然處之？如果，重重濁流一再侵襲，我們終究可以隨遇而
安、寬容以待？

　　放置在偶然的時空背景下，東坡為自己檢示了一個在平凡的風
景和日常生活中超越風雨、超越個人政治跌宕與超越實境的思維。

30　王兆鵬：〈論「東坡範式」——兼論唐宋詞的演變〉，《名家解讀宋詞》（濟南：
　　山東人民出版社，1991年1月），頁245。

這一曲生命之歌，表明生活的真相，也表達他如何面對困境，如何進行一場雋永有味的人生品賞。

飽經風霜的老松，歷經滄桑而彌堅。孤高寂寞、流言蜚語所帶來的精神創傷，藉由平凡與困苦的生活中品賞生活的樂趣與歡欣而康復。超曠自得的樂觀情懷，幫東坡化解許多人生道路上的重重阻擾。

東坡在這貶謫生涯裡，實踐著命限中自我抉擇的態度。貶官安置、薪俸微薄、環境貧瘠等因素，非東坡所能變異；東坡可以努力的，是在一個遠離權力中心的窮鄉僻壤修養心性、讀書著述；從現實生活中複雜而對立的官場鬥爭裡抽離，寬解漩渦中的憂幻；而讓波瀾之後平復內心、舒緩情緒的良方，便是在佛道哲理中求取精神寄託，進而超然悟性。

在身逢逆境之後，受傷的心靈總渴望順樂之境的到來。然而，禍福相依，在悲喜的矛盾兩端，終究都不免激動內心，衍生波瀾。那麼，最有智慧的感悟，該是什麼？顏崑陽說：

> 境遇是外在、客觀的，對於我們來說，它是「命限」，無從選擇，只能去遭遇與接受。但以什麼態度、心情去面對客觀的境遇，卻在主觀上可以自我抉擇、做主。……面對順逆二種境遇，人也有三種「心境」：一是處順境的「樂境」，二是處逆境的「苦境」，三是超越苦樂的「寧境」；「也無風雨也無晴」便表徵了這種「寧境」。[31]

---

31 顏崑陽：〈蘇辛詞選釋：定風波〉，《蘇辛詞》（臺北：臺灣書店，1998年3月），頁84。

當混亂的情緒獲得澄清，淨化的心靈不再爲物己喜悲而衝擊，「焚香默坐，深自省察，則物我相忘，身心皆空，求罪垢所從生而不可得。一念清淨，染汙自落，表裡倏然，無所附麗。」（〈黃州安國寺記〉・前集・卷三三・頁三六○）生活中的憂幻，「也無風雨也無晴」，沒有雨晴、亦無順逆，而是一種寧靜和諧的境界。詞中的人生意義，正是東坡飽經憂患的遭遇和他的心理機制所帶來一種豐厚餽贈：

> 到黃州的我是覺悟了的我，……蘇東坡的這種自省，不是一種走向乖巧的心理調整，而是一種極其誠懇的自我剖析，目的是想找回一個真正的自己。他在無情地剷除自己身上每一點異己的成分，那怕這些成分曾為他帶來過官職、榮譽和名聲。他漸漸回歸於清純和空靈，在這一過程中，佛教幫了他大忙，使他習慣於淡泊和靜定。艱苦的物質生活，又使他不得不親自墾荒種地，體味著自然和生命的原始意味。這一切，使蘇東坡經歷了一次整體意義上的脫胎換骨，也使他的藝術才情獲得了逐次蒸餾和昇華，他，真正地成熟了……，成熟於一場災難之後，成熟寂滅後的再生，……[32]

當我們把眼光放置在東坡、放置在緊近死亡邊緣後收容他的黃州、放置在留黃三年的元豐五年、放置在一場再平凡不過的雨後初晴，卻閱讀著一幕激情之後的收斂與曠達、吟詠著一曲對生命美好

---

32 余秋雨：〈蘇東坡突圍〉，《山居筆記》（臺北：爾雅出版社有限公司，1995年8月），頁110-111。

的堅持。東坡在坎坷道路上形成的領悟與自覺,尋找真正的自我,咀嚼東坡的〈定風波〉之後,也許最該讓我們稱誦的,不在於他冤獄之後詩詞風格與思想心境的改變,更不在於他對風雨來襲從容不迫的灑脫與能耐,而是一種對於自我生命本質的認清與堅持。

發表於《華梵大學第一屆生命實踐學術研討會論文集》,萬卷樓圖書公司,九十三年。

傾訴與聆聽

試論東坡與參寥的情誼

摘 要

　　本文旨在論說蘇軾與參寥的契合情誼。從〈八聲甘州・寄參寥子〉一詞，談參寥對於東坡「許國深衷」的瞭解，及東坡以翰林學士承旨召還，一別參寥之慨。

　　本文原發表於《歷史月刊》，例未加註，以原貌呈現。

關鍵詞：蘇軾、參寥、八聲甘州

　　日久見人心。時間，往往考驗著友情是脆弱一擊、抑或久長甚且越陳越香。

　　王水照先生及崔銘先生合著之《智者在苦難中的超越；蘇軾傳》一書中曾提到：在長期坎坷與患難的考驗中，能稱得上是與東坡始終親密無間的朋友，都是一些被他稱爲具有君子風範者。「老友陳慥……是青年時代使酒弄劍、指點江山的摯友，中年時代患難與共、以道互律的知音，……蘇軾忽然又遷謫嶺海，消息傳來，陳慥憂心如焚，立即遠寄書信，決心步去惠州探望。……方外摯友參寥先已派人到惠州專程問候，蘇軾再貶儋州之後，他放心不下，想帶著徒弟穎沙彌自杭州浮海赴儋州。……甚至還有人賣掉了所有家產，準備帶著妻子兒女前來荒蠻的海島，……這個人就是蘇軾的舊友，臨淮人杜輿，……最爲感人的是蘇軾同鄉老友巢谷，……得知蘇軾兄弟又遭不幸，遠謫嶺海，他竟以七十三歲高齡，瘦瘠多病的身體，毅然從四川徒步赴嶺外。見到蘇轍後，繼續往海南進發。……」

　　陳慥、參寥、杜輿、巢谷、王箴、蘇門四學士等至親友生……，平凡的百姓、雲遊四方的詩僧，在面對「不合時宜」的東坡之時，也是如此「不合時宜」的給他精神上的支援。德不孤，必有鄰，擁有知音的伴隨，在東坡充滿迫害與屈辱的生命波瀾中，是鼓勵，也是慰藉。然而，在看似不少友誼支持的背後，都是充滿詭譎多變的政治氣氛。和東坡些許的碰觸，往往被貼上黨派的標籤，或者和東坡同時被貶，或者被迫還俗。

　　那麼，以東坡在仕途上的變動遷徒，理當建立無數的人際網路與友朋。但是，在非常時刻，肯爲東坡兩肋插刀、說句公道話，或者給予精神上的撐持者，卻又屈指可數。「黃州豈云遠？但恐朋友

缺。」（〈岐亭五首其一〉）是希冀，卻也是一種無奈。

余德慧先生在《中國人的自我蛻變──破繭與超越》一書中提到：「人與人的接觸點必須打從內心的善意與信任起始，然後懂得在人與人之間建立一來一往的語言橋。」東坡想見朋友的慾望，乃是一種十分微妙的心理作用，尤其歷經一次次的宦海浮沉，渴望珍貴而無價，來自於友朋真誠的心靈慰藉，當是熱切的。而詩僧參寥，便是一個「多次幫蘇軾化險為夷」、與蘇軾終生交往的「關鍵人物」。（易照峰《蘇東坡之飲酒垂釣》）

性情相投　時相唱和

參寥，原姓何，是於潛浮溪人，東坡代為更名道潛。他自小即茹素，東坡稱他「詩句清絕，與林逋上下，而通了道義，見之令人蕭然」。（《蘇軾佚文彙編》）而《冷齋夜話》提到「東吳僧道潛，……作詩云：風蒲獵獵弄輕柔，欲立蜻蜓不自由。五月臨平山下路，藕花無數滿汀洲。東坡赴官錢塘，過而見之，大稱賞。已而相尋於西湖，一見如舊。」這段記載雖不一定可信，卻也透露出東坡欣賞參寥詩才的訊息。

東坡〈參寥子真贊〉說他「身貧而道富，辯於文訥於口，外炷柔而中健式。於人無競而好謫友之過」。而蘇過《斜用集‧送參寥道人南歸叙》則說他「性剛過不能容物，又善觸忌諱，取憎於世，……其徒語參寥了者必曰是難與處，士大夫語參寥子者，必曰是難與游，然參寥子之名益高，豈非所有君子之病者？夫使參寥善俯仰與世浮沉，難人人譽之，余安用哉？」參寥是一個「勁節凜凜橫九秋」（蘇過〈送參寥師歸錢塘〉）的僧人，他耿直的個性不容於官場或者一般世俗之士，但卻仍堅持直言他人錯誤，指明善惡是

非，不吐不快。或許東坡之所以和參寥形成莫逆之交，因而相知相惜，和參寥耿介直言的個性與處世態度有一定關係。

查慎行《蘇詩補注・次韻僧潛見贈》下補錄引《施注蘇詩》云：

> 東坡守吳興，會於松江。坡既謫居，不遠二千里相從於齊安。留期年，遇移汝，同遊廬山。有〈次韻留別詩〉。坡守錢塘，卜智困精舍居之。入院分韻賦詩，又做〈參寥泉銘〉。坡南遷，遂欲轉海訪之，以書力戒，勿萌此意，自揣餘生必須相見。當路亦捃其詩語，謂有刺譏，得罪，反初服。建中靖國初，曾子開在翰苑，言其非罪，詔復薙髮。

參寥與東坡，這份生死不渝的至交，源始於杭州，並且深交於徐州，是東坡貶謫黃州的患難之交，又重逢於杭州。在東坡貶至瓊州時，他意欲度嶺過海探視東坡，甚且還因與東坡關係匪淺而一度被迫還俗。（蘇淑芬教授曾於《國立編譯館館刊》〈蘇軾與參寥子交游考〉（民國八十四年六月，第二十四卷第一期）一文中，詳細探討東坡與參寥的交游情況，可參考。）

無情天地　稀有問候

元豐初年，參寥至徐州探訪東坡，〈訪彭門太守蘇子瞻學士〉詩中有「風流浩蕩搖江海，燦若高漢懸明星」的稱美之詞。兩人相遊，參寥有〈陪子瞻登徐州黃樓〉、〈次韻子瞻飯別〉之作；東坡則有〈次韻僧潛見贈〉、〈次韻潛師放魚〉等作。當參寥離開徐州，東坡憶起相偕遊賞之情，於是在〈答參寥〉一文中：「別來思

企不可言，每至逍遙堂，未嘗不悵然也。爲書勤勤，不忘如此。」流露出對好友的思念之情。

當蔡確與李定等黨人準備策動排除異己的行動時，參寥欲爲東坡行了一程朝廷之路，到徐州報信：「邇來旅食寄梁苑，坐歎白日徒盈虛。彭門千里不憚遠，秋風疋馬吾能征。」（〈訪彭門太守蘇子瞻學士〉）在風聲鶴唳的政治風暴中，遠離漩渦，方是自保之道，但爲了好友，參寥可以不顧自己的安危，在變色風雲裡爲東坡探一絲可能的風向。

及至東坡貶謫黃州，對於人情冷暖，想必有更深感慨吧！東坡在〈答李端叔書〉中，表達對於失去親朋問訊的強烈失落：「得罪以來，深自閉塞，……平生親友，無一字見及。有書與之亦不答，自幸庶幾免矣。」余秋雨先生《山居筆記・蘇東坡突圍》說：「初讀這段話時十分震動，因爲誰都知道蘇東坡這個樂呵呵的大名人是有很多很多朋友的。日復一日的應酬，連篇累牘的唱和，幾乎完了他生活的基本內容，他一半是爲朋友們活著。但是，一旦出事，朋友們不僅不來信，而且也不回信了。他們都知蘇東坡是被冤屈的，現在事情大體已經過去，卻仍無不願意寫一、兩句那怕是問候起居的安慰話。蘇東坡那一封封……的信，千辛萬苦地從黃州帶出去，卻換不回一丁點兒友誼的訊息。」憑心而論，沒有人會在明知有地雷的區域中去碰動那稍一閃失便一觸即發的爆炸，因此，東坡就算是「假釋出獄」，被誣陷的「罪人」，卻只能換得朋友「明哲保身」的淡漠。於是，在這種眾人相應不理的狀況下，參寥的問候，無歉是超越尋常的回饋。

也許，在失意的仕宦生涯裡，是沒有資格廣結緣的。許多舊時的朋友沒有回信，雖不必代表排斥或者敵意，卻從中看出人情冷

暖。但元豐三年（一〇八〇年）七月，東坡貶黃半年，參寥從千里
之外帶來致問，讓東坡對患難之交有更親切的情意，甚至也可能帶
有感激。東坡的〈答參寥書〉便言：

> 去歲倉促離湖，亦以不一別太虛參寥為恨……到黃已半年，朋
> 遊常少，思念公不去心。……僕罪大責輕，謫居以來，杜門念
> 舊而已，雖平生親識，亦斷往還，理故宜爾。而釋老諸公，反
> 復千里，致問情意之厚，有加於平日。

　　如果說，人生是脫離了瑣碎事物而構成的話，那是否會只是
一個毫無生氣、脫離現實世界的靈魂？即使只是捎來一封千里致問
的訊息，卻遠比金錢的資助來得可貴！在東坡的人生點上，更是精
神支柱的強樑。於是，參寥子在無情天地裡稀有的問候所帶來的恩
惠，如同寂滅後的再生、冷酷中的暖流，這難道不是最值得歌詠的
友誼？

　　也許東坡無法透視這個朋友究竟怎樣看待這份友誼，但從東坡
在黃州與參寥至少四次書信往來，便能證明：參寥同樣也以豐厚的
情意對待東坡，而元豐六年清明，參寥從杭州至黃州探望東坡並與
之共遊西山，更是兩人深化情誼的註腳。〈參寥泉銘〉云：「予謫
居黃，參寥子不遠數千里從予於東城，留期年。嘗與同遊武昌之西
山。」並且詠詩唱和，如參寥作〈次韻少游和子瞻梅花〉，東坡答
以〈再和潛師〉：「故將妙語寄多情，橫機欲試東坡老。」

　　這期間東坡與參寥亦曾數度出遊，如〈記游定惠院〉云：「黃
州定惠院東小山上，有海棠一株，……今年復與參寥師及二三子訪
焉，……」、〈師中庵題名〉；「元豐七年二月一日，東坡居士與

徐得之,參寥子步自雪堂,……」更可見兩人之交情匪淺。

元豐七年,東坡將離開黃州,參寥作〈留別雪堂呈子瞻〉:「策杖南來寄雪堂,眼看花絮又風光。主人今是天涯客,明日孤帆下淼茫。」;東坡作〈和參寥〉:「芥舟只合在坳堂,紙帳心期老孟光。不道山人今忽去,曉猿啼處月茫茫。」透露著孤寂而依依不捨的深情。

深厚情誼　有詞為證

落難的生活,有許多深刻的記憶在東坡與參寥之間發酵,詩歌與書信的往來與唱和,多少彌補相隔兩地的遺憾。如果說要參透兩人情誼,筆者以為:閱讀東坡「從至情流出,不假熨貼之工」。(鄭文焯〈大鶴山人詞話〉)〈八聲甘州,寄參寥子〉這闋詞,最能看出兩人的堅固友情:

> 有情風萬里卷潮來,無情送潮歸。問錢塘江上,西興浦口,幾度斜暉?不用思量今古,俯仰昔人非。誰似東坡老,白首忘機。　記取西湖西畔,正春山好處,空翠煙霏。算詩人相得,如我與君稀。約他年、東還海道,願謝公雅志莫相違。西州路,不應回首,為我沾衣。

關於此闋詞寫作年代,歷來有不同說法。其一為〈蘇文忠公詩編註集成總案·卷四十一〉云:「(丁丑)十二月十九日……寄參寥,作〈八聲甘州〉詞。」王文誥認為:「參寥卻轉海來見,大率由此詞發也。果來,大可免難,此詞當為丁丑作,今附載於此。」但王文誥既為此詞「當為丁丑作,今附載於此」,可見對此詞寫作

時間並無確切把握。其二為龍榆生《東坡樂府箋·卷二》引朱注云：「《漁隱叢話》：東坡別參寥長短句，『有情風萬里卷潮來』云云。其詞石刻後，東坡自題云：『元祐六年三月三（應為六）日。』余以〈東坡年譜〉考之，元祐四年知杭州，六年召為翰林學士承旨，則長短句蓋此時作也。據編辛未。」其三為黃蓼園《蓼園詞評·八聲甘州》云：「此詞不過歎其久於杭州，末蒙內召耳。」其四為《東坡詞論叢》載王仲鏞〈讀蘇軾〈八聲甘州·寄參寥子〉〉一文云：「寫作時間，應當根據傳注本定在元祐四年（一〇八九年）蘇軾初到杭州不久。」其五為近人《蘇軾詞選》云：「此詞是作者元祐六年從汴京寄贈給他的，時蘇軾在京任翰林學士，道潛在杭州。」

而王水照《蘇軾詞賞析集》〈八聲甘州，寄參寥子〉中說：「以上五說，以第二說為勝，南宋胡仔《苕溪漁隱叢話，後集》卷三十九說：其詞刻石後，東坡自題云：「元祐六年三月六日。」余以《東坡年譜》考之，元祐四年知杭州，六年召為翰林學士承旨，則長短句蓋此時作也。』蘇軾離杭時間為元祐六年三月九日，則此詞當是蘇軾離杭前三天寫贈給參寥的。這是一：又南宋傅幹注《注坡詞》卷五此詞題下尚有『時在巽亭』四字。巽亭在杭州東南，《乾道臨安志》卷二：『南園巽亭，慶曆三年郡守蔣堂於舊治之東南建巽亭，以對江山之勝。』蘇舜欽〈杭州巽亭〉詩：『公自登臨辟草萊。赫然危構壓崔嵬。涼翻帘幌潮聲過，清入琴尊雨氣來。』蘇軾當時所作〈次韻詹適宣德小飲巽亭〉：『濤雷殷白晝。』這都說明巽亭能觀潮，與本篇起句相合，而且說明蘇軾可能曾遊過此亭，就在巽亭小宴上與詹適詩歌唱和。這是二；詞中所寫景物皆為杭地，內容又係離別，這是三。故知其他四說都似未確。」關於蘇

軾此詞寫作的時間，本文以王水照先生說法為準。

　　錢塘潮水，究竟是有情還是無情？也許江水的來去，只是自然界中無關情緒的規律，是不帶任何情感的，但是對於時而志意未成的挫敗，或時而被召還朝戮力為國的政治波瀾中起伏的詩人而言，潮水起落如同人事感懷。對一個雲遊四海的僧人參寥來說，在來去之間，和蘇軾的相遇似同一陣風，將潮水從萬里之外席捲而來，總是有原因的。畢竟，一定有「情」，才能帶來萬里之外的海潮，向自己靠近，這不就是代表參寥和自己默契與情誼的深厚嗎？人生的聚散猶如潮水般，忽而才來又匆匆逝去，一旦相見，又必須建構另一個離別的開始。有情與無情風潮的來去，其中暗藏著一份人世之間離合與盛衰的感慨，卻又涵蘊著友朋間的摯愛。

　　東坡因烏台詩案被貶謫至黃州，參寥便至黃州與他共住一年；東坡離開黃州到汝州上任途中經過九江，相遇參寥，又與之同遊廬山；東坡二度至杭州任官，參寥仍是出現在旁。有東坡的足跡，也總少不了長途跋涉相隨同伴的參寥。這樣的朋友，已可算是摯友了吧！然而，參寥與東坡的交情尚不只此！書寫這闋詞時，東坡一定沒想到自己會有被貶至海南的一天吧！也更不會想到──即使被貶謫到嶺南惠州，參寥依舊千里迢迢地到惠州一探老友究竟，甚至在東坡被移至海南化軍安置時，堅持要渡海同行！

為了知音　不惜負罪

　　在這交通不發達的時代易地而行，少則數天、多則數月，能有一、兩次探訪已是難得，再加上東坡這「『帶』罪之身」，和他往來，無疑是一種「拖累」。可貴的是參寥不以為意，為了老友，路途不遠；為了知音，負罪不惜，難道是參寥為了回應東坡「算詩人

相得，如我與君稀」的真心之語嗎？然而，更該相信的是：這是東坡的識人之深。

參寥欲相隨東坡至海南的心意，是最真誠的情摯。而這一次，東坡拒絕了好友的雪中送炭，在「魑魅逢迎於海上，寧許生還？」無可確定的艱險未來中，能平安渡過大洋已是有幸，然而既是「垂老投荒，無復生還之望」，又何必讓相知相惜的朋友爲了自己而斷送生命？

陳師新雄《東坡詞選析》云：「若無先前的交誼，怎麼能有後來的追思不已呢？一般寫挽詞，一首是常事，三首就不多見，……而參寥子一共寫了十五首，……若無深情，怎麼可能寫得出來呢？……『算詩人相得，如我與君稀。』所稀者，一般的詩人，不能瞭解蘇子內心深處的許國深衷，而參寥子自始至終，都能充分瞭解，這種知己難得之感實在是稀之又稀的了。」

嘉祐六年（一〇六一年），東坡出任鳳翔府判官。面對第一次和弟弟蘇轍分手，讓東坡獨對寒燈時，想起了早日退官的舊約；而離別參寥，面對潮起潮落與人生波折，讓東坡想起了謝安的東還雅志；「約他年東還海道，願謝公雅志莫相違。」如果不是知己，又怎會有類似「寒燈相對記疇昔，夜雨何時聽蕭瑟？君知此意不可忘，慎勿苦愛高官職」的心情？

「不應回首，爲我沾衣。」也許是一種否定語氣，然而「願謝公雅志莫相違」似乎也表達著東坡面對生死離別之際，猶然存有一份憂懼與疑慮。正如洪亮《蘇東坡新傳·蘇堤春曉》所說：「期望之中，流露憂恐之意，一則對應召還朝不免有憂讒畏嫉之心，再則對年命無常也不免有生死離別之慨。」

謝安與羊曇的故事是親人之間期望的遺憾，放置在入朝出朝毫

無定則而又讒言擾攘的時空中，難免又觸動人心，而這次卻是友朋之間的約定──倘若東坡還退隱之日，便能與參寥再續友情。

東坡與參寥相識，因每遇貶謫，參寥總不遠千里相從，遂受到牽累被迫還俗。對於一個「道人胸中水鏡清，萬象起滅無逃形」參透紅塵的高潔之士，逼迫流入世俗，這不啻是一種羞辱。但參寥終究和東坡一樣，即使被蒙棄遭難，仍保有不變的節操，「雲散月明誰點綴？天容海色本澄清」。清朗人格，終有撥雲見日的一天。

葉嘉瑩教授云：「道是無情是有情，錢塘萬里看潮生。可知天風海濤曲，也雜人間怨斷聲。」「天風海濤之曲」與「幽咽怨斷之音」組合成這首撼動人心的詞作，其中最讓人動容的是深刻而無矯揉造作的「友情品質」，更使人體會友誼之所以能贏得對方的感激，無非是兩個人在相互誠懇的對待中獲得的回饋。在傳統的觀念裡，傾訴與聆聽、發洩與安慰，似乎是一種不變的「秩序」，但能讓這種刻板的秩序昇華成刻骨銘心的情節，卻是十分不易。

留予後人　醍醐之飲

參寥子〈別蘇翰林〉說：「四個窺人物，其誰似我公？論交容為契，許國見深衷。漸遠吳天月，行披禁殿風。玉堂清夜夢，解后過江東。」東坡去世，參寥以〈東坡先生挽詞〉十五首哀悼，其中有「博學無前古，雄文冠兩京。筆頭千字落，調力九河傾。雅量同安石，高才類孔明」、「畫圖雖不上凌煙，道德芬芳滿世間。遼鶴已歸東海去，烈仙風骨苦為攀」等句。能被摯友深刻的了解與惦念，也許，東坡真是了無遺憾。

在東坡達觀而瀟灑翩翩的風度中，猶然隱藏著一種濃郁追求解脫的情懷。險象環生的政治圈裡，慷慨陳詞與耿耿忠心，卻換得更

多的寂寞與惶恐，難以言說的孤獨，最容易教他擺脫世俗間的亂象紛擾，追尋一個心靈桃花源，在「小舟從此逝，江海寄餘生」的逍遙境界裡慎補傷口；嚮往一個沒有污穢不堪的山水、沒有口舌詭辯的天地，在無法對話的地方尋找能夠對話的契機。這種情懷的釋放與消解，當然也唯有與他相知相識的參寥子最能了解。

　　如果參寥大師只獨自留在空曠而寂靜的深山中閉關，封閉人間喧鬧，也許就沒有東坡與參寥建立相知相惜的人生對話；如果東坡沒有「算詩人相得，如我與君稀」的體會，也許在政治險惡的衝擊中更加只能步伐蹣跚、踽踽獨行。能夠用友誼在人生行旅中灌溉，總會減少憾恨與寂寞。

　　而誰，是我們一生當中，最值得回憶與珍惜的老朋友？

　　東坡與參寥在人生歷程中的契合與邂逅，如同當頭棒喝，在這人情薄弱的時代，總該給我們些許啟示，如同一盅醍醐之飲。

發表於《歷史月刊》，第一百六十二期，九十年七月。

「錯斬」與「戲言」的意義

談〈錯斬崔寧〉的人物、情節與主題

摘　要

　　宋代話本〈錯斬崔寧〉以城市下層階級作為故事主角，用錯斬與戲言貫串人間情事，並藉著無巧不成書的敘述模式，用曲折離奇的情節滲透欣賞者的神經，引發興趣去尋找「錯」的執行對象與被「斬」的原委，並強調以為無傷大雅的玩笑，卻讓自己落入萬劫不復的遭遇中，並對錯判者提出批判。這個具有醒世意味的故事，以喜劇的輕鬆描寫悲劇的沉重，也透顯生存危機與命運作弄的無奈。

　　本文將分為七部分──前言、在錯斬與巧禍間權衡主題、懸念覆查的建構、偶然與必然、買賣制度與悲劇形成、復仇懺悔彰顯之意義、結論：情境反省──等部分探討〈錯斬崔寧〉中的人物、情節與主題，並彰顯作品之社會意義。

關鍵詞：錯斬崔寧　、十五貫　、話本小說、偶然與必然、復仇

壹、前言

由明人馮夢龍編《醒世恆言》卷三十三之〈十五貫戲言成巧禍〉（即宋人《京本通俗小說》的〈錯斬崔寧〉）的故事底本，開啟了以「十五貫」這個媒介物為重心的故事與戲劇，成為民間文學流行的主題。

清朝朱素臣的〈十五貫傳奇〉（又名〈雙熊夢〉）以〈錯斬崔寧〉的故事為本，將原本僅有一萬餘字的故事內容開展為具有二十六齣場次之戲劇。雖然故事的朝代已由宋改為明、主人公名字也由崔寧改為熊友惠、故事中其他人物也重新命名、在崔寧的故事線之外又增加另一線公案、連故事的結局也由「雖得昭雪，卻不免帶悲劇氣氛」更改成較為圓滿的結局，但承繼故事的影像十分鮮明。另外，如民間流行之〈繡像十五貫〉、李壽民之〈十五貫〉、朱西甯的小說〈破曉時分〉，也都脫胎於〈錯斬崔寧〉的故事[1]。

也就是說，當許多學者以描寫深刻而生動，在審美心理上讓讀者產生強烈共鳴等評斷，稱讚〈錯斬崔寧〉是宋代話本中極優秀作品[2]的同時，另一個值得注意的是從生產、消費與閱讀、傳播的角度來看待，〈錯斬崔寧〉無疑是這種文學現象中的佼佼者，當許多文

---

1 關於〈錯斬崔寧〉的故事演變與流傳，在楊振良〈「十五貫」故事的形成與演〉一文中有詳細討論。楊氏以為〈錯斬崔寧〉是十五貫故事第一個取則吸收的對象，並探討傳奇〈雙熊夢〉承之而有之劇情發展等，可參考。收錄於《國立臺北師院學報》，第五期，（臺北市，民國81年6月），頁183-198。

2 對於〈錯斬崔寧〉的評價，胡適曾說：「從文學的觀點上看來，〈錯斬崔寧〉一篇要算八篇（此八篇為：〈碾玉觀音〉、〈菩薩蠻〉、〈西山一窟鬼〉、〈志誠張主管〉、〈坳相公〉、〈錯斬崔寧〉、〈馮玉梅團圓〉、〈金虜海陵王荒淫〉）中的第一佳作。這一篇是純粹說故事的小說，並且說的很細膩，很有趣

學作品在時代的變遷中被逐漸遺忘之時，這一篇公案小說猶能被衍生爲更多樣的文學或藝術形式，被閱讀接受與流傳。

在說話興盛的環境下，話本（或者直接說是文學作品）本身已可說是商業行爲下的產物，然而，說是產物也罷，畢竟文學是一種心靈與性情的，是不容被當成工廠裡一成不變的製造品。因此，在探討這樣一個故事的流變之時，回歸到作品的原始，尋找故事的主題意識，也許更爲重要。

一個故事的形成，總需取擇於所處的社會樣態。作者有他自己的主觀意見，卻更可能在社會氛圍的影響下，完成表達。因爲，形成事件中問題所在的不是作者個人，而是社會。社會上太多的現象，譬如經濟或政治面向，提供了許多寫作的元素。作者可以設定一種情境氛圍，在事件的衝突中顯現強烈現實主義的力量、強調文學的教育功能。除此之外，在情節的糾葛中，是否也表達了作者對社會某種現象不滿的情緒？當事件得到解決，是否也意味著負面現象在作者心中的解體與消失，或者憧憬的完成，並給予最終答案？

味，使人一氣讀下去，不肯放手，其中也沒有一點神鬼迷信的不自然穿插，全靠故事的本身一氣貫注到底。……細膩的描寫，漂亮的對話，便是白話散文文學正式成立的紀元。」可參考胡適：《中國古典小說研究》，〈宋人話本八種序〉（臺北市：遠流出版事業股份有限公司，民國83年11月），胡適文存第三集第六卷，頁228-229。另外，孟瑤《中國小說史》也說：「〈錯斬崔寧〉……藝術上成就極高……，無論人物、故事、結構、文字都好得驚人……」語見孟瑤：《中國小說史》（臺北市：傳記文學出版社，民國75年1月），頁191。

貳、權衡主題，在「錯斬」與「巧禍」間

從開場詩中，創作者表達「謦笑之間，最宜謹慎。」的觀念、到得勝頭迴中以魏鵬舉因爲在寫給妻子的書信中寫出「討了一個小老婆」的一時玩笑話，卻落得「做官蹭蹬不起」的下場，「撤漫了一個美官」、與結尾散場詩云：「善惡無分總喪軀，只因戲語釀災危。勸君出語須誠實，口舌從來是禍基。」來看，作者想傳達的的確是「言語易肇禍，最宜謹慎。」的想法。

胡萬川在《宋明話本——聽古人說書》中提到：

> 按照恆言的題意，重點在於「戲言成禍」，旨在勸人立身需要嚴謹，不能隨便開玩笑。錯斬崔寧的題意，則重點在於「錯斬」兩字，對於糊塗判官錯斬人命，顯然有著指責之意，同時對於人生的無常，也有著無可奈何的感慨。[3]

「十五貫——戲言——成禍——成巧禍」是〈十五貫戲言成巧禍〉這個題目彰顯的意義與關聯。重要信物、重要關鍵的呈現與最後結果來源於「巧」，題目本身是頗吸引人的，因爲欣賞者想要瞭解的是爲什麼「十五貫」在這故事中佔有開題的「價值」？又是什麼樣的玩笑話導致禍事發生？也許正是胡萬川所言，其作品旨在告誡人們說玩笑話必須有個分寸，如若不慎，很可能在巧合的命運安排中結局肇禍。然而，在這樣的考量之外，其中也多少含有無奈

---

3 胡萬川：〈錯斬崔寧〉，《宋明話本——聽古人說書》（臺北市：時報文化出版企業股份有限公司，1998年9月），頁64。

的感慨，畢竟成禍的來由是因之於「錢」與「言」的加乘，這加乘並不一定引出成禍的必然結果，但是在故事中卻引致出「巧」禍，這不也包含了「如果不是那麼樣，事件也不一定會發生。」的意義嗎？只是，以〈十五貫戲言成巧禍〉為題，的確重點是針對「說話」而言。

以〈錯斬崔寧〉為題，強調的是「錯斬」，足以引發閱聽人的興趣去尋找「錯」的執行對象與被「斬」的原委，當然也對錯誤判斷者提出批判與指責。然而有趣的是，崔寧在故事中的演出只能算是配角，同樣被錯殺的對象還有一個是二姐，如果題目是〈錯斬陳二姐〉，意義難道不同嗎？

在故事中和劉貴沒有接過線的便是崔寧，王氏、陳二姐是劉貴最親近的妻妾、王員外是他丈人、朱三老等鄰居也都和劉貴有過接觸。然而，一個和案件的形成最沒有關係的人，該是最無辜的崔寧，——「我恁的晦氣！沒來由和那小娘子同走一程，卻做了干連人。」、「小人自姓崔名寧，與那小娘子無半面之識。……因路上遇見小娘子，……以此作伴同行，卻不知前後因依。」——在生死的拉扯間，反而成為代罪羔羊，不正突顯「錯斬」的離譜？同時，也如同賴芳伶所說：「唯其寫得愈單純無辜，才愈反襯他遭受「錯斬」的冷瑟悲辛。」這實則也是一種無常與無奈。[4]也因此，當題目是〈錯斬崔寧〉之時，所呈現的「錯斬」意義，要比〈錯斬陳二姐〉來得突出。

探究正文與楔子的關係，不難發現作者所表達的故事意義。事

---

4 〈第五篇 宋代小說〉，《中國文學講話（七）兩宋文學》（臺北市：巨流圖書公司，民國77年3月），頁479。

件的肇因都是由來於一句看似玩笑的輕薄話，只是這一句話卻「發揮」它最驚人的能量，致人於絕境。然而，書寫魏鵬舉與崔寧的故事結果並不全然相同：一個雖然從此官運多蹇，但至少性命仍保；另一個卻是攪起一大池波瀾，不僅自己沒了命、失去原有和樂家庭，還讓兩個冤死者成了陪葬物。莊因說：「〈錯斬崔寧〉……不妨說這是用『楔子』做模子，正文拷貝它的。……兩個故事都是因一時戲言遭禍，不過輕重有別而已。俗話說『禍從口出』，都是警示的。」[5]可見要論及作者最初始的創作主題，是放置在說話宜謹慎之方面，因為「口舌從來是禍基」呀！

語言是符號、是工具、可以是感性的藝術、理性的分析思考、卻也可能是邪惡的致命武器。「一言興邦，一言喪邦。」固然是用最嚴肅的立場看待說話的重要，但在故事中，劉貴一句自以為開開玩笑、無傷大雅的情境設計，卻把自己推入萬劫不復的遭遇之中。

參、懸念與覆沓的建構

因著自以為開開玩笑、無傷大雅情境設計的緣故，因而引致的效果，是讓欣賞者在懸疑與真實的思緒裡擺動。於是，懸念的設置，在故事中充份吊足了欣賞者的胃口。

當事件從撲朔迷離到眾人以為真相大白，導致陳二姐與崔寧無辜受死之時，真正的殺人兇手卻遲遲未能現身（從故事的發展中，

---

5 莊因：〈話本中楔子的體裁〉，《話本楔子彙說》（臺北市：聯經出版事業公司，民國75年5月），頁144。

欣賞者早已知二姐與崔寧的確是受冤，但卻只知道兇手是一個「做不是的」）。那一個「做不是的」殺人舉動，竟在陳二姐與崔寧兩人身上製造了死亡命運，讓原本「至親三口」的家庭因而破碎，自己卻仍逍遙法外。直到靜山大王的現身，原本認為早已解決事實上卻是懸宕的案件，才被真正釐清，壞人終究得到應有的制裁。

故事中懸念與巧合的運用，製造故事情節的緊張曲折，充份掌握欣賞者的眼光，增加娛樂與趣味，同時也讓故事所要呈現的百姓生活的典型內涵更加集中。

而故事中另一個不可忽略的特色是重覆情節的敘述方式。

一般而言，當劇情出現重覆，必然有複雜與精簡的敘述模式。通常第一次的事件描述多較完整，第二次的抒寫略為簡單，第三次再出現將更為簡略。事實上有三次或以上覆沓情節的狀況十分罕見，而〈錯斬崔寧〉在某些點上的描述，常是運用覆沓手法。其中「十五貫錢」的字眼在故事中出現二十次，凸顯十五貫錢在故事中的重要性。而劉貴被殺情節，更是在鄰居、王氏、陳二姐的口中重覆多次。這樣的方式究竟有何作用？

當血淋淋的畫面一再重覆，播放的結果，閱聽者的腦海中便更對於事件印象深刻。筆者以為應具有這樣的意義：第一，激起欣賞者的好奇心：那一個「做不是的」的兇手是誰？他究竟會不會被繩之以法？第二，凸顯劉貴戲言的下場：僅是一句玩笑，卻陰錯陽差地賠了性命，警示意味濃厚；第三，提供事實的真相：當故事描寫劉貴被殺的情節越詳細，相對地也就更加證明二姐與崔寧的清白。也就如程毅中所說：「說話人一再說明劉貴被殺前後的情形，重覆交待二姐確是當夜在鄰居家借住一宵，讓聽眾注意事實的真相；既然二姐當夜住在朱三老家裡，當然就不可能是殺人的兇手，從而也

點明了錯斬崔寧的『錯』字。」[6]第四，暗諷官員的誤判：既然事實真相如此，卻未見官吏明察秋毫，只圖草草了事。

「在立法者偏私的情況下謀求公正的判決，自然是一種不切實際的幻想。但在暗無天日、呼告無門的封建社會裡，廣大人民往往把除暴安民、爲民作主的希望寄托在清官身上。」[7]藉由重覆的情節，或許我們也看到了小市民在一個有法治卻無良吏的社會裡，想像希望與現實無奈的矛盾情結。

再者，小說家的話本，原是以說話人的口吻寫成的。所以，說話人便以第一人稱的敘述方法，跳出故事情節的框架，來批判事件或人物。因而故事中，對於判官的草菅人命，連說話人都不禁跳脫出來，一吐心中之怒：

> 這段冤枉，細細可以推詳出來，誰想問官糊塗，只圖了事，不想捶楚之下，何求不得？作官切不可率意斷獄、任情用刑，也要求公平明允，道不得個死者不可復生，斷者不可復續。

以城市中的下層階級作爲故事的主角，而將權勢霸道或上層官僚當成批判的對象，衍然在話本中形成一種「共識」。

---

6 程毅中：《宋元小說研究》（南京市：江蘇古籍出版社，1999年9月），頁348。
7 孫望、常國武主編：《宋代文學史》（北京市：人民文學出版社，1996年9月），頁421。

肆、偶然性與必然性

巧合，當然可說是帶有偶然的，但只有在偶然的境遇中透露出必然的過程與結果時，故事的發展才不會讓人摸不著頭緒，也才容易使人信服。

「無巧不成書」，也許是大多數小說中，用來吸引讀者的技巧。然而，藝術上的巧合往往並不見得是作者主觀想像的捏造，而是活生生的事實。也因此在巧合的偶然性色彩中，背後的真實與必然常常存在。劉貴向丈人祝壽後歸家，偏偏妻子被留在娘家沒有一同回去；到得城中，卻撞著了相識的朋友，因而吃了三杯兩盞；二姐在聽信丈夫把自己給賣了，因而離家，想向父母稟報，偏偏家門未鎖，提供竊賊侵入的機會；崔寧營商得錢，恰巧和劉貴的十五貫錢分文不差……

故事裡，場景的分流，形成兩股脈絡：一邊是暗自竊喜開了個玩笑，想必二姐一定十分緊張與擔憂的劉貴，萬萬沒想到竟然被突然闖入的小偷給劈死，連解釋自己只是一句玩笑話的後路都被斷絕；一邊是毫不知情、信以為真的二姐，離家而去，卻又好巧不巧地與崔寧同行……

分流的結果，卻在另一個要命的交會點上成形。如果，二姐不是和崔寧同行，給人一個「男女授受不親，已嫁人的婦女卻和丈夫之外的男人並行。」的「不貞」印象；如果，崔寧所賺的錢不是恰巧十五貫，因而引起無可避免的聯想導致入罪……，結果將大相逕庭。

於是故事中的巧合與必然，成了討論的焦點。程千帆與吳新雷合著之《兩宋文學史》中提到，故事中出現的偶然情節，事實上

卻都是在現實生活中有跡可循的，也唯有在合乎常理的敘述與事件
中，故事的發展，才更引人入勝而不覺造作失真：

> 偶然性是一種相對的東西，它只會是在諸必然過程的交叉點上
> 出現。在這篇話本中，所有的一些看來似乎有些離奇、巧合的
> 情節，如果從不同人物的不同性格、身份、生活情況以及他們
> 彼此之間的關係來加以考察，則顯然都不是平白捏造的，而
> 是生活中可能有的東西。如劉貴的醉後戲言，陳二姐的倉皇
> 出走，崔寧的伴送被誣，王氏大娘的被搶，靜山大王的漏嘴露
> 底，臨安府尹的主觀判案等，當人們聯繫到一些具體條件去思
> 索的時候，就可以發現這許多偶然性的情節都是很穩固地建立
> 在現實的生活的基礎上面的。它的情節頭緒雖然較為繁複，但
> 也非常緊湊。[8]

　　二姐離家的理由，來自於丈夫將把自己賣人的訊息。劉貴被
殺，充其量只能說身為小妾且理應在家的二姐有被視為關係人的合
理懷疑，但「男女同行」的「道德譴責」與「十五貫」的「如山鐵
證」，卻加重了她被懷疑的程度。再加上王員外、王氏、鄰人們，
全都一致認為所有的跡象──男女同行、十五貫錢──顯示二姐和
命案關係的必然，讓二姐百口莫辯，也更加強他們推論的「合理
性」及「必然性」。
　　所有的人都確信自己的判斷是正確的，這已經夠悲哀了，如

---

8 程千帆、吳新雷：《兩宋文學史》（上海市：上海古籍出版社，1998年1月），
　頁588。

果法律能夠還她清白，終究能洗刷嫌疑，然而偏偏府尹的「振振有辭」，更使得這場冤獄的必然性加深：

> 府尹大怒喝道：胡說！世間不信有這等巧事！他家失去了十五貫錢，你卻賣的絲恰好也是十五貫錢，這分明是支吾的說話了。

府尹這一段深具諷刺性的言語，正是反映了對於平民百姓的不瞭解與不信任，同時，也因而引致偶然事件的必然結果。

一個環結緊扣另一個環結，讓人與人之間、物與物之間的糾纏戲碼不斷上演。故事的發展在不斷的巧合裡延續，並且走向最壞的結果。大量的偶然導致必然的結局，這樣的描述是否有其深刻意義？何綿山說：

> 寫偶然性，是為了更好地認識必然性，是為了兩者的統一。……這一連串因偶然的巧合而造成的假象越明顯，對官府的揭露就越深刻，……[9]

在真象與假象、偶然與必然之間，原來除了以故事張力來吸引欣賞者的情緒與目光之外，或者正隱含了一個意圖——當所有的巧合都將矛頭指向無辜百姓的同時，相對市民百姓而言，是可以運用智慧與權利去解決「看似是而實則非」的上層官吏，原本有讓命案疑雲化開的可能，卻草率了事。如果二姐果真與崔寧謀財害命理當

---

9 何綿山：〈錯中的偶然性與必然性——讀宋話本錯斬崔寧〉，《中國古代文學賞論》下冊（天津市：天津社會科學院出版社，2000年10月），頁681。

連夜逃離，遠走它方，又如何會向鄰舍人家朱三老兒說明原委，借住一晚，因而延誤逃命的黃金時刻？

官吏沒有注意一個事實——同行是真、崔寧身上有十五貫錢確實也是真，但同住卻未得到證實。同時，他可以就崔寧所說十五貫錢的取得之線索追查，到城中買青絲的人家中去調查；也可以就「犯人留在現場，沒有連夜逃之夭夭」的可笑行為，推斷二姐殺人的可能性。然而，受冤者可以寄望的公平審判，卻因「問官糊塗只圖了事」，成為空談。這也就是張兵所言：「在現實社會中，去尋找最富有藝術表現力的偶然形式，以揭示深刻的思想意蘊。」[10]而這個深刻的思想意蘊便是以看似偶發的事件凸顯官吏的昏庸與社會的黑暗。也許可以這麼說，崔寧賣絲得所得到的十五貫錢，並不是案情最重要的癥結所在，之所以刻意讓十五貫錢的「巧合」出現，目的只是為了增強故事的戲劇張力與對於官僚心態的諷刺，如果社會上就存有這樣為虎作倀的官員，即使並沒有十五貫錢的巧合，仍有造成冤獄的可能。

伍、買賣制度與悲劇的形成

「偶然性的『巧合』，包含著必然性的因素；二姐將劉貴的一句戲言信以為真，是因為現實生活中存在買賣妻妾的醜惡現象，而『男女同行，非奸即盜』的社會輿論和官吏草菅人命的黑暗現實，

10　張兵：《宋遼金元小說史》（上海市：復旦大學出版社，2001年7月），頁203。

必然導致這對青年男女含冤被殺的悲劇。」[11]在巧合與草菅人命的事實之外，故事更揭櫫了一個事實：買賣制度在宋代社會的存在。

賣妻之風並非從宋代開始，而是源自於中華民族的古老風俗。追溯先秦時代，《戰國策·齊策二》曾載：「象床之直千金。傷此若發漂，賣妻子不足以償之。」典妻是因經濟貧困，無力維持生計，將妻子按一定的期限典當給別人。這種買賣由夫，妻妾不必、也無法同意的「契約」，宣示著女性只不過是男性生命中可以擁有或者拋棄的財產或物品。

秦永洲《中國社會風俗史》提到，在中國文化社會的階級制度裡，往往標誌著確立男尊女卑、男強女弱的上下等級地位。「這一特定的文化土壤，把古代男女的交往和婚姻，夫婦間的相互地位，婦女的嫉妒和貞操，離婚和改嫁，……統統編織在宗法倫理和等級的羅網中，既給中國的婚姻和婦女的個性帶來嚴重的歷史損傷，成爲傳統禮教毒害的重災區，又形成了中國人獨特的婚姻價值觀念和道德標準。」[12]特定的文化背景所形成的賣妻風氣延續著。唐代武則天掌權，或許改變女子的命運，但或只能說是曇花一現。宋代社會強烈的經濟變化，或多或少對於婦女生活有一定的影響。尤其印刷術的發達和士大夫階級的擴大，連婦女都能在文學上出人頭地，如李清照便是鮮明之例。然而，以新儒學大師自詡的道學家，強調道德的規範，雖然不是一件壞事，但卻讓婦女地位起了微妙變化。美國學者伊佩霞（Patricia Buckley Ebrey）認爲在宋代的社會觀念

---

11 馬積高、黃鈞主編：《中國古代文學史（三）》（臺北市：萬卷樓圖書有限公司，民國87年7月），頁232。

12 秦永洲：《中國社會風俗史》（濟南市：山東人民出版社，2000年4月），頁244。

中，「當論及家庭倫理時，……就女子而言，這意味著服從丈夫和兒子家的利益。女子不應希望支配自己的財產，不應嫉妒自己的丈夫納妾，……儒生們很贊成日益加強的限制婦女的趨勢，……重申寡婦再嫁爲失節，程頤甚至認爲：餓死事小，失節事大。(《二程遺書》卷二十二下：「餓死事極小，失節事極大。」)」[13]婦女的地位低下，總是被要求、被限制，必須如何做、又不能有那些行爲。

婦女貞節和和寡婦不能改嫁的觀念亦從先秦便延續而來，如《易經‧恒卦》便云：「婦人貞節，從一而終。」《女誡》亦說：「夫有再娶之義，妻無再適之文。」丈夫可出妻，然而妻子卻不能休夫。更何況，在名份上，二姐不是妻而只是妾，比起妻而言，社會地位顯然又低了一層。身爲妾，既沒有夫婦關係的正常法律地位，更沒有獨立的人格。於是，她必須認清自己的身份，並且遵守著自己所處的立場和責任。她不能隨丈夫去參加「姐姐」丈人的生日宴會（當然，王氏之父的祝壽活動理當由劉貴與王氏參加，二姐和王父並無血源或姻親關係，理當沒有十分理由參加。但既然一家三口至親，感情甚好，讓小妾同行，並不爲過），卻必須接受並且謹遵丈夫的交待，即使已入晚天深夜，仍必須守在門邊，行使「看守家中」的「責任」。

除此之外，她的地位顯然十分低下，因爲她竟然不能和一向和她相處不錯的丈夫爭辯支配著她命運的問題，當她意識到她的命運即將有重大變化之時，就算心又不甘，卻只能消極地躲避到娘家向父母求援，甚至還打算只是告訴父母，留待下一個夫家到她娘家取人。

---

13 伊佩霞著、趙世瑜等譯：《劍橋插圖中國史》（濟南市：山東畫報出版社，2001年3月），頁117。

　　也許事件的起因來自於劉貴的一句玩笑，但「這個玩笑說明了當時的確存在著典當、買賣婦女的野蠻現象，說明了當時婦女的社會地位，反映當時婦女的悲慘生活。」[14]劉貴對二姐開了一個玩笑，看似「風趣」，實則是太過隨便。原來為夫的對於小妾竟可以「呼之即來」（可憐的二姐不敢上床睡覺，只敢在門前桌上托手打盹兒）「揮之即去」（把賣掉她說得那麼自然，強烈表現儼然一副「我說了算」的主導地位）。但是，如果說，劉貴所說的這句玩笑話正反映了劉貴的性格與心態，還不如說是鮮明地反映當時社會普遍存在的買賣婦女制度。如果社會上不存在著「妾之命運為丈夫所主導，為夫者有絕對權利決定妾的命運。」的想法，二姐又如何會對丈夫的言語信以為真？

　　陳二姐之所以成為劉貴的妾，其最初始的目的，只是被當成一種生兒育女的工具或替代品而已。因而，吾人當更能理解：劉貴與陳二姐的夫妻關係，竟只是建立在生兒育女與買賣關係之上，從劉貴說出賣妾之語、加上小娘子的信以為真，便能瞭解身為一個妾，只能任由男性支配的可憐地位了。

　　在〈錯斬崔寧〉的故事裡去談女性的自覺，比起〈杜十娘怒沉百寶箱〉杜十娘高度自覺的人格對生活信念理想的追求，在該積極時絕不退縮的處事態度、〈崔待詔生死冤家〉裡璩秀秀生錢對於情愛追求的主動與積極，死後化為鬼魂，超越生死的藩籬，與崔寧進行一場無止境的黃泉愛戀，表現勇敢專一而堅決的性格來說，顯然要薄弱了些。康韻梅說：「根據三從之傳統訓誡，女性甚難有自我伸展的空間，她的生命、生活完全依附在男性身上。然而在《三

---

14 王恆展：《歷代白話小說賞析》（濟南市：明天出版社，1998年9月），頁109。

言》的情愛故事中，女性不再是一受支配的角色，在情愛的場域，她們努力作自己的主人。」[15]這固然是話本小說所呈現的女性意志與表現，然而在〈錯斬崔寧〉裡的二姐，所表現的卻是無助徬徨而不願違背丈夫想法的保守女性。也許這只是社會中毫不起眼的一場典妻行為，但藉由二姐的逆來順受，卻提供閱聽人對於當時社會制度的關懷與反省的機會。

陸、復仇與懺悔彰顯之意義

劉貴之妻王氏的形象，在面對丈夫遭受橫禍之時，呈現最為強烈：

> 妳卻如何殺了丈夫？劫了十五貫錢，逃走出去？今日天理昭然，有何理說？

當小娘子回答王氏，丈夫將把自己典當給別人的情事，王氏更是將見財起意、劫財殺夫、與漢子私通等字眼傾洩而出：

> 妳兩日因獨自在家，勾搭上了人；又見家中好生不濟，無心守耐，又見了十五貫錢，一時見財起意，殺死丈夫，劫了錢。又使見識，往鄰舍家借宿一夜，卻與漢子通同計較，一處逃走。現今妳跟著一個男子同走，卻有何理說，抵賴得過！

---

15 康韻梅：〈《三言》中婦女的情欲世界及其意蘊〉，收錄於洪淑苓等著：《古典文學與性別研究》（臺北市：里仁書局，民國86年9月），頁266。

　　王氏面對丈夫死亡，情緒激動甚且失控，是值得同情並讓人感同身受的。然而，她卻也一口咬定小娘子與崔寧共同謀殺丈夫搶錢，因而左右著小娘子的命運，並且「扭結了小娘子」，鬧到臨安府。

　　相較於當時的激情，王氏委身於靜山大王的軟弱，卻有如天壤之別。但是，當她得知秘密，瞭解即使已變善良的靜山大王曾有的罪狀之後，卻又能勇敢揭發。

　　嫁給強盜，是不得已的抉擇，在與靜山大王成親之後，並且試圖以道德勸說，讓他改邪歸正；但一旦讓她知曉：他，竟是造成自己生命中太多失落的仇人，她便無法置之不理！

　　之前，當老王和他「豬羊走屠宰之家，一腳腳來尋死路。」迷失於森林之時，大娘子再一次面對親友的驟然死亡！然而，當她自己的生命也受到嚴重威脅時，如何巧妙地化危機爲轉機，卻是刻不容緩的事！因而王氏的脫身之計，在道德上是不應被指責的，甚且我們還認爲她的危機處理能力是可受肯定的。如果說，對於老王之死，王氏並未對靜山大王採取任何報復舉動（就死亡的對象來說，將老王與劉貴相較，老王對於王氏的重要性當然不如劉貴，但這是兩個獨立的事件，也就是說，當老王被靜山大王殺死之時，王氏並不知道這一個剪逕毛團就是殺死親夫的兇手，如果王氏在委身靜山大王後，曾有報復或逃走的舉動，也許更能顯現她的下嫁確實是「不得已」），卻因知曉他是闖入自家的小偷並殺死丈夫之人，因而展開復仇，其實是可以理解的，因爲在中國的文化背景中，妻報夫仇或者子報父仇，似是天經地義的事。文崇一便說：

　　報恩與復仇，不論大小，不但獲得社會的承認，而且爲社會所贊揚和鼓勵。顯然，它符合中國人以道德爲中心的社會價值和

規範的要求。[16]

老王被殺,對王氏來說,也許只是一個僕人的消失,在當押寨夫人期間,想必有更多僕役可以使喚;但劉貴是丈夫,卻被眼前這一任丈夫給殺了,還讓自己變成「引導」崔寧與二姐走向死亡的「推手」!

即使王氏之報夫仇並非由自己親身執行,而是藉由法律的途徑對於仇人加以制裁,但復仇以慰死者在天之靈的意義是不變的。然而,王氏之所以選擇復仇,似乎有極大的因素是來自於「良心上的譴責」與不安!她深覺:

思量起來,是我不合當初做弄他兩人償命。料他兩人陰司中也須放我不過。

對於丈夫之死,王氏是不必負責任的,她唯一該自責的是沒有隨同他回家,以致於發生無可挽回的局面,但這並不構成導致丈夫死亡的條件;但是,對於二姐與崔寧來說,她卻是誤判情事,並且緊咬著他們做了謀殺親夫的勾當!就因果而言,王氏當然「害怕」得到「報應」!

而靜山大王在故事中的最終結果,是在意料之中的。然而,靜山大王受刑,卻是在放下屠刀改過向善之後,這又代表著什麼意義?

靜山大王的一番話,正顯現了他悔改的心意,不管他改過遷善的動機是真心懺悔抑或只是因為害怕因果報應:

16 文崇一:〈報恩與復仇:交換行為的分析〉,《歷史社會學》(臺北市:三民書局,民國84年11月)頁237。

我雖是個剪徑的出身，卻也曉得冤各有頭，債各有主。每日間只是嚇騙人東西，……今已改行從善，閒來追思既往，正會枉殺了兩個人，又冤陷了兩個人，時常掛念。思欲做些功德，超度他們……連累了他家小老婆與那一個後生，……冤枉了他謀財害命，雙雙受了國家刑法。我雖是做了一世強人，只有這兩樁人命是天理人心打不過去的，早晚還要超度他也是應該的。

　　懺悔必然在犯錯之後，人性的領域裡終究有善念的存在，然而，曾有的過錯，就算試圖彌補，卻仍有缺憾，何況殺人公事，為著一己之私，扼殺了別人的性命，更是天理難容！所以，就算靜山大王再超渡亡魂，也只能減少心理上的罪惡感，卻不能免除必須抵命的國法制裁。江雅茹說：「靜山大王的悔改，意欲超渡亡魂，擔心因果報應的心理恐怕多過於善惡良知；大娘子決定朝夕念佛，也是由於陰騭因果思想使然。」[17]這其實正是作者表達「冥冥之中，積了陰騭，遠在兒孫近在身。」的觀念呈現，於是在一個「巧禍」或「錯斬」的事件之後，原已告一斷落的故事必須被再加鋪敘，以表現善惡終需報的因果觀念。

　　在靜山大接受制裁之後，猶有一個問題可以思考：壞人雖然伏法，終究可以改過自新，比起死不認錯、毫無悔意的惡霸來說多少值得肯定，然而官吏呢？「作者在塑造靜山大王這個人物時還滲入了一定程度的同情，但在寫那個臨安府尹時，卻完全只有憎惡之感了。這個官僚拒絕對案情作具體的分析，他擅自將崔寧和陳二姐

---

17 江雅如：〈錯斬崔寧的主題思想與情節設計〉，收錄於《臺灣戲專學刊》，第三期（臺北市：民國90年5月），頁67。

『作伙同行』改爲『同行同宿』，他以拷打作爲取得合乎自己意見的供狀的手段。」[18]那些拿人民血汗錢卻浪費民脂民膏的官吏，是否反省過面對百姓冤屈之時的抽絲剝繭，還取民眾一個公道與說法？〈錯斬崔寧〉的故事，在冤案中現身的人物，都是普通平民百姓，在遭遇問題時，總必須仰賴父母官的解決。然而，一個明顯的冤獄尚且無法解決，那麼天底下被誤判的案件，又有多少？

柒、結論──情境的反省

文學可以激發、也可以宣洩人類的感情。同時，當它成就了一部藝術結構，完成一個美感價值，也就體現了它的意義。龔鵬程說：「文學作品之價值，即在於它本身就是人類探索意義、發掘意義、建構意義的主要典範。……文學家經營文字以探尋意義，就是在這文化的核心處，進行強化文化生命的工作。」[19]明瞭社會現

---

18 江雅如：〈錯斬崔寧的主題思想與情節設計〉，收錄於《臺灣戲專學刊》，第三期（臺北市：民國90年5月），頁67。
19 龔鵬程：〈文學的功能（下）〉，《文學散步》（臺北市：漢光文化事業股份有限公司，民國74年12月）頁134。龔鵬程認爲文學不必然要擔負道德使命，是故對社會不一定具有影響力，這是將「無用之用，是爲大用。」的「美感功能」放置在最高標準上來看待。他說：「一篇好作品，……它所影響社會的，主要便是在美感態度上，提供了一個民族或時代的品味標準、美感內容，影響他們的世界觀和語言。」（〈文學與社會〉，頁143）變成一種美的典範。也就是說，他認爲文學也許能發揮作者社會意圖的影響力，使之有社會意義，但美的價值顯然更重要。筆者以爲〈錯斬崔寧〉所建構的符號意義，除了在美感價值上（其描寫技巧、情境營造均十分出色），社會意涵是不難理解的。故事本身對於當代環境與現象的指涉，即使可能是虛構的，卻又具有吻合性，和真實社會的系統現象並不衝突。

象、探索故事中角色的生命性質，對於人生意義的開展無疑是十分重要的，而以描繪宋代社會背景與現象的話本小說，所呈現的成就與功能不僅是藝術的、也是社會的。何金蘭說：

> 宋代文學家主張的「明道」和「致用」的文學目的與準則，也都在強調文學的社會效用；而來自民間，反映社會實況和生活面貌的宋人話本，其社會意義更是特別重要而明顯。[20]

說話藝術，用市民的力量呈現自己的形象，爲眾多的市民群眾服務，當然，也提供許多反省的機會。

熟悉與習慣，容易使人忽略、耽溺甚且沉淪，如果自以爲對於當代的掌握十分熟悉，或者是對於切身或週遭的問題視而不見，絕對無法改變什麼；然而，當我們用現代的眼光探索傳統的故事，跳脫時代的束縛，在〈錯斬崔寧〉的故事中選擇和社會的一些面相產生碰觸之時，「文學──人生──社會現實」的關係，自然成形於心。或者可以說，文學的呈現，就是一種社會情境的譬喻，把當時的問題投射到現在的時空，正是對於現實情境的反省。

〈錯斬崔寧〉的故事裡，劉貴喝了酒，加上二姐開門得晚，因而引起劉貴戲言賣妾之事；陳二姐離家時只掩上了門，無疑也是爲小偷開啓一道方便之門……，許多的細節如此巧合，看似多重偶然的遇合，彷彿不可思議，卻又如此落實在你我所身處的社會中。

那麼，在巧合中，人類又扮演什麼樣的角色呢？如故事中的官吏可以把因著數量上的同等，而用鞭笞責打去換得「犯人」的押

---

20 何金蘭：《文學社會學》（臺北市：桂冠圖書公司，1989年8月），頁143。

供;若劇情中的靜山大王因著民房未鎖,於是入室偷財;似敘述裡的劉貴只因一句戲言惹火燒身,甚至危害他人……,然而,如果不是王氏在森林「巧」遇靜山大王,又怎會有水落石出的一天?……也許,在「巧合」的因緣下,我們猶然要思考:當事件放置在人生現實當中,即使是一種偶然的巧遇,仍必須以常態的分析與冷靜的決斷面對問題。

這樣一個具有醒世意味的故事,除了以錯斬與戲言來貫串人間情事,並且藉著無巧不成書的敘述模式,用曲折離奇的情節滲透欣賞者的神經,引致快感的同時,其實也「透視了或隱喻著人心叵測的生存危機感和世事浮沉的命運撥弄感。在一定意義上可以說,它以喜劇性的輕鬆描寫悲劇性的沉重,是一種深知世故三昧的表現方式。」[21]

發表於《輔仁國文學報》,第十七期,九十年十一月。

---

21 楊義:〈文人與話本敘事典範化〉,收錄於《天津社會科學》,第三期,1993年。

一個細微情節的發想

論〈竇娥冤〉戲劇中「奉養蔡婆婆」的信念與意義

摘 要

關漢卿以『道德之眼』描繪的竇娥，用特殊方式完成神蹟實現與復仇心願，並成全了猶在人世裡的生命─安置蔡婆婆，充分呈現善良性格與存孝精神，也是對於生命情境中的公理道德認同與肯定的最好印證。本文論述之重心分為：一、蔡婆婆無知與膽怯人性揭示之形象─蔡婆婆之人物性格；二、竇娥與婆婆之間依存倫理關係的呈現──在一個籠罩別離、死亡暗示的故事格局中的自甘受死與全身而退；三、奉養蔡婆婆讓竇娥道德形象更深的建立─戲劇發展交待蔡婆婆最終得到竇天章的供養等三部份，旨在探討在竇娥的「提醒」與「指示」之下，蔡婆婆得到了安身歸屬的劇情安排、人物形象的形成和儒家文化帶有鮮明色彩的人文相關性。

關鍵詞：戲劇、竇娥、竇娥冤、人性、復仇與報恩

　　生活在社會之中，每個人都擁有各自的生活方式，也擁有各自生存的手段，因此，在一個充斥高利貸的社會中[1]，蔡婆婆的行為或許可以解讀為為了謀取生計的一種手段，同時，當她被張驢兒父子威脅，為了防衛而作的決定，也似乎是理所當然而且是理直氣壯的。[2]但是，除了這樣的處事方式之外，難道沒有其它的途徑不但可以得到解決，而且不會造成他人的犧牲嗎？竇天章為了求取功名而賣了女兒；蔡婆婆的軟弱畏懼，不理會竇娥的反對，讓張氏父子踏入一個原本安寧的家；張驢兒下毒，把罪名加諸竇娥身上；桃杌逼供，一定要竇娥俯首認罪……，正一步步將竇娥的生命吞噬殆盡。戲劇中的人物，「不約而同」的成為竇娥冤屈的「催生者」。

　　在這群直接或間接傷害竇娥的為禍者中，蔡婆婆的角色相較於其它扁平人物而言，是最特殊的。其一，是因為除竇天章外，蔡婆婆是竇娥最親近的人，更何況竇天章寧可為了自己的理想抱負，不惜割捨親情，將女兒當貨物給出賣，雖有父之名卻無父之實，如此一來，竇娥與婆婆之間的關係更顯重要；其次，蔡婆婆門戶大開，引狼入室，導致竇娥被誣陷，卻沒有受到「實質」的制裁[3]，反而

---

1 高利貸的時代特徵，在戲劇中可以得到印證。除了〈竇娥冤〉之外，〈鴛鴦被〉、〈東堂老〉、〈貨郎旦〉等劇作，也都透露著放高利貸的社會情狀。而《移山先生文集》卷二六〈順天萬戶張公勳德第二碑〉也記載：「軍興以來，貸人出子錢致求贏餘，歲有倍息之積，如羊出羔……，債家執券，日夕取償，至於賣田業、鬻妻子，有不能給者。」（轉引自聶石樵：〈論關漢卿的雜劇〉，《文學遺產》增刊五輯，1957年12月，頁10。）更可見高利貸不但是普遍存在的社會事實，更引發許多問題。

2 康保成云：「作為一個年老的寡婦，蔡婆不放高利貸將無以為生；把張驢兒父子領進人門也是出於正當防衛。」參見康保成：〈感天動地竇娥冤〉，《魂冤動天竇娥淚》（臺北：開今文化事業股份有限公司，民國83年5月），頁74。

3 實質的制裁指的是，作者在戲劇中明確地說明犯錯者必須接受的刑責，或者說是身體上的懲罰，如桃杌的杖刑、張驢兒的凌遲。而蔡婆婆的犯錯並沒有直接性，也找不到十分具體的犯錯事蹟，因此都屬於自己心理上的愧疚。

得到竇天章以父代女的供養。是故，以故事中的蔡婆婆作為討論中心，將論題設定在蔡婆婆是一個什麼樣的人物？蔡婆婆為什麼在一個籠罩別離、死亡暗示的故事中卻能全身而退？又戲劇發展為什麼要交待蔡婆婆最終得到竇天章的供養？是本文討論的重心所在。

一、蔡婆婆的形象：無知與膽怯的人性揭示

相較於竇娥的傳奇化（可以是柔順的孩兒媳婦、也可以是愛恨分明的貞女、還是剛決立誓不可侵犯的聖潔之身、更是復仇雪恨的烈女），蔡婆婆是頗平凡的角色。一般而言，小說與戲劇中的角色往往被誇大或貶抑，但是，蔡婆婆只是一個平常的村婦，故事描寫中並沒有誇張的成份，也沒有竇娥的「魄力」與「神力」，卻在人與生存空間矛盾的故事中（想功成名就卻要傷害自己的女兒、不想帶惡少回家卻又因生命被控制身不由己；想藉法律保障生命，卻又因人為亂法而犧牲生命），被賦予了一個能遊走在死亡與生存之間、性善與性惡之際，卻「毫髮未傷」的角色。

了解蔡婆婆是不需要透過穿著、長相、或者形象詳細描寫的文字，只要從她說話的語氣，就能掌握她的靈魂。也就是說，認識蔡婆婆，可以透過動作行為系統（科）或者語言（賓白）來解讀。雖然沒壞到被稱為惡人，有時候還有點同情心（用四十兩抵了一個端雲，還好心借些錢給竇天章當盤纏），但是苟且並無知的老婦形象，卻是許多研究者「深信不疑」的感覺。

人在特定時空或特定的人物關係上總是扮演著不同的角色，以致形成角色衝突。因此，當蔡婆婆面對向他借銀子的竇天章時，能以勝利者般的高姿態掌握全局，在「錢」的撐柱中，支配這身無分文的窮秀才：

（卜兒云：）這裡一個竇秀才，從去年間我借了二十兩銀子，如今本利該銀四十兩。我數次索取，那竇秀才只說貧難，沒得還我。他有一個女兒，……我有心看上他，與我家做個媳婦，就准了這四十兩銀子。

而竇天章在無奈中，只能接受將女兒出賣，換取債務還清的解決現實問題：

（竇天章云：）此間一個蔡婆婆，他家廣有錢物。小生因無盤纏，曾借了他二十兩銀子，到今本利該對還他四十兩。……教我把甚還他？

然而，當年的窮小生搖身一變成為廉訪使，地位驟升，在功名與錢財的比較中佔了上風，便以詰問的方式，喚起當年借錢給他的蔡婆婆：

（竇天章云：）帶那蔡婆婆上來。我看你也六十外人了，家中又是有錢鈔的，如何又嫁了老張，做出這等事來？……喚那蔡婆婆上來。你可認的我麼？

而蔡婆婆只能以「（卜兒云：）老婦人眼花了，不認的。」回答。

面對賽盧醫要錢時的高姿態，和面對張驢兒、竇娥時的低聲下氣，並不是蔡婆婆內心的語言與態度的指揮系統出了問題，而是面對不一樣的處境，所採取的保護自己措施。如向賽盧醫要錢時一副

得理不饒人的模樣：「我這兩個銀子長遠了，你還了我吧！」但需要用緩兵之計或拖延戰術時，卻又一面附和他人的意見（如張氏父子定親之要求），或者任由另一方口若懸河的抒發看法（竇娥搬出未曾見過面的公公來數落婆婆的不是，讓蔡婆婆毫無招架之力，只能向竇娥告饒——「孩兒也，再不要說我了。」）

　　其實，蔡婆婆也有她堅持的一面，對於張驢兒父子救了她的性命，她可是牢記在心：「若不是遇著老的和哥哥呵，那得老身性命來！」、「虧了一個張老并他兒子張驢兒，救得我性命」、「我的性命全虧他這爺兒兩個救的。」、「我的性命，都是他爺兒兩個救的。」而且，她多次堅持回報的立場從未動搖：「待我回家，多備些錢鈔相謝。」、「多將些錢物酬謝你救命之恩」、「難道你有活命之恩，我豈不思量報你？」但是她的堅持態度卻在生命受到威脅時便輕易的妥協了。當張父說「你無丈夫，我無渾家，你肯與我做個老婆，意下如何？」時，她說「是何言語！待我回家，多備些錢鈔相謝。」然而當張驢兒以繩子威嚇，蔡婆婆馬上察覺形勢不對，以「哥哥，待我慢慢地尋思咱！」回應；但張驢兒立刻再進一步要求，蔡婆婆便說「我不依他，他又勒殺我。罷罷罷，你爺兒兩個，隨我到家中去來。」蔡婆婆沒有想過：一個既然救了她，卻又反過來要殺了她的人，難道會是好人嗎？再者，蔡婆婆只告訴張氏父子是在城人氏，並未透露詳細的居所，怎麼沒想到若是張驢兒要真是勒死了她，根本也沒錢可拿！被人從生死關卡中搶救回來，固然應該致謝，但救人者若是別有居心時，就不該愚昧的被左右，而慌了手腳，沒有一點判斷能力。如果這是蔡婆婆的緩兵之計，那麼，當他回到家中，應可試圖以金錢打發這兩人或者和竇娥商量解決方式，而不是一再以「成親」當成問題的中心，畢竟「表達救命

之恩」的方式並不局限於此。但蔡婆婆不但不是「無奈」，甚且還表現出「不好意思說自己也有意願，只好把你一起拖下水。」的態度─「羞人答答的，教我怎生說波！」、「他爺兒兩個又沒老婆，正是天緣天對！……莫說自己許了他，連你也許了他。」、「孩兒也，他如今只待過門。喜事匆匆的，教我怎生回得他去？」、「事已至此，不若連你也招了女婿罷！」、「你老人家不要惱燥，……只是我那媳婦兒，氣性最不好惹的，既是他不肯招你兒子，教我怎好招你老人家？……待我慢慢的勸化俺媳婦兒。」蔡婆婆恐怕沒想過，這事件演變至此，其實都肇因於那句沒人問而自己說出的「止有個寡媳婦兒相守過日」，更可悲的是，他渾然不自覺這是自己犯下的過失（也或許是為自己掩飾錯誤），還說「不知他怎生知道我家裡有個媳婦兒」。

二、竇娥與婆婆：人與人之間依存倫理關係的呈現

　　人常常用自己的思想或雙手去營造許多束縛自己的繭，但蔡婆婆卻是用自己的思想和雙手去製造出束縛竇娥的繭，而且一圈比一圈厚重，終至教竇娥無法喘息。然而這樣一個角色，卻又藉著竇娥對父親的提醒，而得到接受侍奉的結果。戲劇裡全身而退的只有兩個人，一是竇天章，一是蔡婆婆。但是一個失去女兒，一個失去媳婦。然而，對竇天章來說，失去女兒可追溯至當時應試之時的別離，距離竇娥託鬼魂以翻案之時已過近二十年。這二十年中，竇天章和女兒的關係是一片空白，反而是蔡婆婆與竇娥日夜相處，並且在兒子去世之後相依為命，也就是蔡婆婆與竇娥的依存關係遠勝父女關係，那麼，在相互扶持之後才失去她，更教人情何以堪！

　　開頭的楔子，乃至於第一折，蔡婆婆都是故事描述的重心，而當女主角竇娥出現之後便退居次要角色，甚至到後來，出場次數屈指可數。但是在中場的交接，一場究竟與不與張氏父子成婚的場面、一場婆媳讓人動容的告別，都將這兩人的關係充分展現。

　　蔡婆婆應是介於正面人物與反面人物之間的次要或參與人物。（真正的反面人物是張驢兒父子桃杌及賽盧醫。他們共同的形象是以不擇手段，塑造無法彌補的人為問題）她和竇娥的感情應該是不錯的，也沒做什麼傷天害理的事，偶爾還知報恩或施與小惠。但是，卻也有些時候是代表著和竇娥立場衝突，或者因為自己堅持讓張驢兒父子住下來而引發不可排除的糾葛之「反面人物」的角色。[4]或許可以說，竇娥的冤造成的直接禍首是張驢兒，然而近因卻起於蔡婆婆，而遠因起於竇天章，蔡婆婆間接作了反面人物。竇娥拒絕承認毒殺張氏父子，而當蔡婆婆在她具有生命危機——其實也只是桃杌一句「既然不是你（按：指下毒藥事），與我打那婆子。」，並準備執行之時，媳婦可以毫不考慮地拯救「正旦忙云：『住！住！住！休打我婆婆，情願我招了吧！』」，那是她源自於倫理道德上必然有的表現。但是，當竇娥被桃杌認定「既然招了，著他畫了伏狀，將枷來枷上，下在死囚牢裡去，到來日判個斬字，押赴市曹典刑。」蔡婆婆卻只能哭泣著說：「竇娥孩兒這都是我送了你性命，兀的不痛殺我也！」既然體認到因己而讓竇娥落入死亡的陰影，卻沒有像竇娥一樣，挺身而出，對「拯救」竇娥而努力，那怕

4　如洪素貞所說：「反面人物所代表的不一定都是邪惡的力量，有時也可能是正當的，有理的一方，但是在劇中卻與正面人物相對立，造成不可排解的糾結。」參見洪淑貞：〈元代「悲劇」在戲劇文學和藝術上的表現〉，《元雜劇的悲劇觀》（臺北：學海出版社，民國82年11月），頁165。

只是一句「大人啊，冤枉！」至少都能讓閱聽人感受兩人之間的情愫。當竇娥堅持個人操守，以倫理為規臬，卻因為政治黑暗而淪落萬劫不復之境，卻少了一個主持公道的人挺身而出。而當時的蔡婆婆就可以是這正義的化身，但，非常可惜的，她的懦弱與貪生並無法為竇娥取得救援的機會，更無法為自己的形象加分。

當竇娥被判死刑時，蔡婆婆曾說「都是我送了你性命！」針對這句話，可以有如下的解讀：

發展	事件	
A ↓	婆婆將要受打	
B ↓	竇娥救婆婆	
C ↓	竇娥被迫承認毒死張父	
D ↓	竇娥被判死刑	
E	E1	E2
	婆婆認為竇娥救她，使她免於受打，卻因此判死刑，因而認為是自己導致竇娥之命運。	婆婆回想當初若不是自己帶回張氏父子，因而引發毒藥事件，也不會導致如此危機。

不論是E1的「只就竇娥因救婆婆免打」的單一事件，或是E2的「因婆婆將張氏父子帶回而引發的婆媳意見相左、張老被毒死、竇娥被判死刑、以後生活的孤獨……」之心理複雜化，都可見此時兩人的關係是和諧的。只是這句話卻也說明了蔡婆婆的想法或許太簡單了些，因為這一來倒把可能的犯人給排除在外，殊不知真正害竇娥的是張驢兒！

在竇娥看來，張驢兒的闖入，也許會歸咎於蔡婆婆未能採取強硬態度，因而對婆婆不少數落。試著思考蔡婆婆「引狼入室」的心態，竇娥並沒有遭遇賽、張兩組惡勢力的困境，因此竇娥所無法體會的是：當時被賽盧醫勒殺而餘悸猶存的蔡婆婆，雖然有張氏父子

的「解救」暫時解除危機，但是二張瞬間轉變的威脅又接踵而來，一個老婦怎禁受得了雙重打擊？加上第二次的處境是兩個男人對一個老婦的「戰爭」，對手無寸鐵的蔡婆婆來說，無異是雪上加霜。但是，這也許是情緒化的反應，讀者最終所看到的是竇娥為婆婆代罪的義無反顧，與為婆婆安排晚年的至孝之心。

蔡婆婆沒有受到實質的懲罰是否就真是全身而退呢？「具體的刑罰」常是外顯的，然而「天刑」的精神懲罰，雖然無法看到，但精神上面的失落，尤甚。生命既然是一種活著歷程，蔡婆婆恐怕就無法全然擺脫因為「都是我送了你性命，兀的不痛殺我也！」失去媳婦的苛責。

當死亡逐步逼近，蔡婆婆在絕望的格局裡選擇妥協來除去這恐怖的陰影；但是當竇娥面臨「救與不救」的矛盾當下，卻是毫無考慮的當機立斷—對「死亡」這一方作抉擇。也許這是痛苦而且幾乎沒有第二條路可走的擇定，但是竇娥所呈現的卻是從容而堅定的形象。「道德」、「孝順」、「慈悲」都只是附屬的讚語，在這一幕根本無法讓可以思考的心靈前瞻後顧的瞬間，一個犧牲自己卻點亮生命燭光的女子形象於焉誕生。那麼蔡婆的噤若寒蟬，縱使尚未從「死亡」或「杖打」的恐怖中復甦，仍處在餘悸猶存的氛圍裡，卻無法得到讀者的認同，因為她已失去了在生活中婆媳互相扶持的生命精髓，一個判官就這樣草率且輕易地奪走她「用錢換來的財產」，而她毫無自覺？又或者完全措手無策？既然有高利貸的收入和先生留下的財產，險些被張驢兒勒死時苦苦哀求「待我回家銀子相報」的「步數」——在這樣一個政治黑暗的時代，幾乎是護身符——怎麼在這緊要關頭被遺忘？竇娥將最不能捨的生命，就因為要保護婆婆而可以捨；然而，婆婆卻不能因為要救竇娥而可以捨嗎？

三、奉養蔡婆婆的意義：竇娥道德形象更深的建立

C. R. Reaske說：「在戲的過程中，人物完成了某一格局較大的動作，其背後當然有一種確定可尋的動機在。」就竇娥而言，臨刑前的誓言，是為了證明自己的清白；而藉鬼魂之形以訴冤，是為了要復仇，平反自己受到的誣陷與傷害。就蔡婆婆來說，她既然不是主角人物，也就沒有所謂格局較大的行為與背後的動機論。但是若把C. R. Reaske說的話套用在劇情之上，似乎也是契合的。也就是說，故事的情節改變了（或圓滿了）某一個缺憾，其背後應當有一種特殊意義的存在。那麼，故事終了，一干人犯受到制裁，正是劇情中最大格局動作，當桃杌、張驢兒、賽盧醫等人「失去」自由或名利，卻只有蔡婆婆「得到」正面的「補償」，是否也意味著作者有何目的，或是想要藉此透露那些訊息？

在竇娥的「提醒」與「指示」之下，蔡婆婆得到了安身之歸屬。由這樣的劇情安排，人物形象的形成是否和儒家文化帶有鮮明色彩的人文性相關？

「道德成了人的本質之所在，成為衡量人的價值的根本標準，成了觀察一切問題的出發點和最後落腳點。生活在這一文化環境中的戲曲藝術家不可能不用這種眼光去觀察社會生活。用這一『道德之眼』所觀察、所描繪的戲曲人物，當然會塗抹上濃厚的道德色彩。」[5]生長在一個「九儒十丐」的社會裡，階級與種族的壓迫所帶來的衝突更為深化，讀書人的社會地位低下，又不願意屈於棄儒就吏，再看到社會的黑暗面，因而透過戲劇藝術，抒寫人民的苦難。

---

5 鄭傳寅：〈隆禮貴義的倫理精神與戲曲的道德化〉，《傳統文化與古典戲曲》（臺北：揚智文化事業股份有限公司，民國84年1月），頁146。

而對於一個「生而倜儻，博學能文。滑稽多智，蘊藉風流，為一時之冠。」、「玉京書會、燕趙才人」的關漢卿來說，不論是不屑出仕或者「沉抑下僚，志不得展。」[6]都不可避免的加強了關漢卿與下層社會的連繫，並且以他的文學素養和通五音六律的音樂才能，完成劇本寫作，進而粉墨登場。關漢卿雖自稱是風流浪子，但這並無損於他對「道德之眼」的觀察。〈單刀會〉中塑造了關羽的英雄氣概與正氣之磅礴；〈蝴蝶夢〉則描述慈母自我犧牲的典範；而〈調風月〉則揭示了小千戶道德無恥……。而在〈竇娥冤〉中更是讓竇娥的善良性格與存孝的精神充分形成。竇娥的悲劇從冤的構成、冤的抉擇與冤的解決，從竇娥對天命肯定的信仰，到自身遭受冤曲、埋怨天地無法為她主持公義與真理，因而對天道的懷疑，到最終對天道表現自我謙卑，回歸對天的信任，正是對於生命情境中的公理與道德認同與肯定的最好印證。

在戲劇中惡有惡報的真理完全不受懷疑的呈現：欲強要良家婦女、借刀殺人、賄賂貪官的張驢兒被凌遲，「剮一百二十刀處死」；和兒子沆瀣一氣的張父被自己兒子給毒死，諷刺性也夠強了；欲勒死蔡婆婆，又合了毒藥的賽盧醫，所幸終是良心未泯，「老鼠被藥殺了好幾個，藥死人的藥，其實再也不曾合。」免去被判死刑命運，發配邊疆；州守桃杌與吏典「刑名違錯，各杖一百，永不敘用。」

---

6 元人郗經的《青樓集》序曾提到：「我皇元初併海宇，而金之遺民若杜散人、白蘭谷、關已齋輩，皆不屑仕進，……」；而明人胡侍的《真珠船》則說：「當時臺省元臣郡邑正官及雄要之職，盡其國人為之，中州人每每沉抑下僚，志不得展，如關漢卿入太醫院尹，……以有用之才，而一寓之乎聲歌之末，以舒其佛鬱感慨之懷，蓋所謂不得其平而鳴焉者也。」

　　然而一度被竇天章誤認為犯人的蔡婆婆（竇天章云：「張千，分付該房檢牌下山陽縣，著拘張驢兒、賽盧醫、蔡婆婆一起人犯，火速解審，……」）卻是劇中唯一全身而退的人。竇天章曾向蔡婆婆借了二十兩銀子，卻因為高利貸的剝削形成本利合需還四十兩，還不起，就將竇娥當成變相抵押債權的童養媳，就算這行為在當時的社會是公開而普遍的事，但是這樣的行為無疑是受到竇天章或者說是作者所不贊同的——竇天章不是說：「小生因無盤纏，曾借了他二十兩銀子，到今本利該對還他四十兩。他數次問小生索取，教我把甚麼還他？……小生出於無奈，只得將女孩兒端雲送與蔡婆婆做兒媳婦去。嗨！這個那裡是做媳婦，分明是賣與他一般。」嗎？然而蔡婆婆卻終能得到竇天章的收養，故事回到原有的起點，也回到初始僅有兩人約定的狀態，唯一不同的是：原先由蔡婆婆提供竇天章錢財的立場反轉過來。

　　蔡婆婆難道不需為這整個事件演變至此擔負責任嗎？其實，故事的結果，蔡婆婆失去了她最好的依靠，一個自小熟悉的童養媳。從竇娥被判死刑到執行之時，劇中的蔡婆婆只出現了這樣的行為與語言：

　　（卜兒哭科，云：）竇娥孩兒這都是我送了你性命，兀的不痛殺我也！

　　（卜兒哭科，云：）明日市曹中殺竇娥孩兒也，兀的不痛殺我也！

　　（卜兒哭上科，云：）天哪！兀的不是我媳婦兒！

（卜兒云：）孩兒，痛殺我也！

（卜兒哭科，云：）孩兒放心，這個老身都記得，天哪！
兀的不痛殺我也！

　　蔡婆婆此時的哭泣，相對於之前張父誤喝羊肚湯而死時的哭
泣，是完全不同的心理狀態。當張父死時「（卜兒慌科，云：）你
老人家放精神著，你扎掙著些兒。（做哭科，云：）兀的不是死了
也！」而竇娥見狀，立即以善惡果報及輪迴的觀念來看待這件事，
這無非是因為張氏是中途闖入一個平凡的家庭、吹皺一池春水的侵
略者，在竇娥壓根兒就不想收留他們的情況下，雖不能說這是她所
期待的結果，但至少對這件事不會以同情的角度看待，甚至袖手旁
觀，也難怪會將蔡婆婆的哭泣當成一種愚昧的行為。[7]竇娥全然忘
了去追究這事件造成的原因。這無非是竇娥拒絕對於侵犯自己生活
者死亡付予同情的表現，在竇娥看來，「愛有差等」，實在無法對
用脅迫力量想要佔有一切的無賴漢之死，掬一滴清淚。因而面對婆
婆的哭泣不以為然。但是蔡婆婆的哭泣似乎並不只是無謂的行為，
而是處於一種「懦弱貪生」的狀態。[8]看到有人死在自己面前，引
發的直覺反應。除此之外，張父為什麼喝了湯就死了？如果不是蔡
婆婆因為嘔吐而不想吃湯，那麼，死亡的恐怕是她自己吧！而下毒

7　張淑香云：「馬上把面前的死亡推遠到一超越且抽象的輪迴觀念，把蔡婆的啼哭
　　貶為一種愚昧，完全沒有意義的行為。」參見張淑香：〈從戲劇的主題結構談
　　竇娥的「冤」〉，《元雜劇中的愛情與社會》（臺北：大安出版社，民國80年11
　　月），頁242。
8　參見同註4一書：〈元代悲劇所運用的題材〉，頁78。

的人是誰？對一個婦家婆婆的角色來說，這些疑惑或許不是他能想到的，但以純粹的「見人死而哭，而這人又曾是他的救命恩人」來看，是否也是一種自然個性的反應呢？

面對竇娥將要受死，蔡婆婆的出場話總不離「竇娥孩兒」、「兀的不痛殺我也」已經說明了這對婆媳之間的關係是圓融的，而非敵對的，否則蔡婆婆的情緒不會如此激動。張氏父子闖入家中因而引發的婆媳衝突，顯然只是生活中的片段罷了，不管在處理張氏父子提出娶親事件的態度上，兩人曾有強勢抗拒與柔弱畏縮的反差，但是失去兒子之後婆媳間守寡的相依，已讓蔡婆婆在得知將失去僅存的親人時，發出「痛殺我也」的悲傷。相對於張父哭泣的愚昧或無知，蔡婆婆因竇娥之命運發而出的哭號，已不只是呈現單純的「死亡」外延意義（denotative meaning）而是漲滿「拯救」、「代罪」、「愛」、「孤單」、「不幸」、「苦命」、「過去」、「未來」和「死亡」之間糾葛在一起的內涵意義(connotative meaning)了。[9]

那麼，既然對於竇娥的死是無法挽回的（似乎，蔡婆婆也缺少了挽回的努力。有個有趣的想法是：既然蔡婆婆放高利貸為生，又

---

9 就語文而言，每個字詞都有眾人可以共同瞭解的意義。本文所謂外延意義(denotative meaning)指的是對特定事件的客觀描述，意即字典上所呈現的或公認的意義；而內涵意義(connotative meaning)則是具有情感的、主觀的、高度人性的意義或評價。而同一個字詞對不同的人來說，則可能有不同的意義。如判官對「死亡」與「死刑」僅只於外延意義；而對蔡婆婆而言，卻是充滿感情。既然故事一開始即呈現蔡婆婆對竇娥的印象「生得可喜，長得可愛。我有心看上他，與我家作個媳婦，……」加上與他「相守過日」逾十載，因此當竇娥被判斬刑時的哭泣，當是一種情緒的激動反應，即是飽涵深刻體驗與「死亡」之間的內涵意義。可參見李茂政：〈傳播的語文訊息〉，《傳播學》（臺北：時報出版公司，民國70年6月），頁96-97。

有先生「撞府衝州，掙揣的銅斗兒家緣百事有。」理當仍擁有不少錢財，怎沒想到將錢往桃杌懷裡送，試圖拯救竇娥？）蔡婆婆的全身而退也就有了遺憾，甚至，他必須孤單的面對沒有媳婦奉養的後半生。

　　蔡婆婆所受到的險困，其實是很多的，但十分幸運的是，總有「貴人」幫她化解危機—正如她自己所說：「我的性命全虧他這爺兒倆個救的。」沒有張驢兒父子，她早已死在賽盧醫之手了，這是蔡婆婆第一次從死亡的陰影中逃離；身體不舒服本是教人難過的，誰知道蔡婆婆的「嘔吐」焉知非福，有張父的代替，免遭毒死命運，這是蔡婆婆第二次和死亡的距離如此靠近；桃杌的杖打，對一個六十歲的婆婆來說，即使沒死也會是半條命，蔡婆婆的精神與身體的緊繃，恐怕已到極點，然而竇娥不得已的認罪，又解救了婆婆，讓這第三次導致死亡的可能性化險為夷；竇天章誤以為蔡婆婆也是犯人，若不是竇娥的鬼魂出現說明，蔡婆婆是否也會被判處刑罰？然而這一切，在竇娥冤屈洗刷，且對竇天章說：「俺婆婆年紀高大，無人侍養，你可收恤家中，替你孩兒盡養生送死之禮，我便九泉之下，可也瞑目。」得到缺憾中稍可慰藉的結局。但是也正如梁惠敏所說的：「即使最後有個光明的結局，或許會削弱悲劇的悲哀氣氛，卻不能改變悲劇的基本性質。」[10]畢竟就道德的觀點來看，同樣是守寡的身份，竇娥在強凌欺壓的困境中，只要選擇低頭答應成婚，便能解決危機，但是她寧可堅守自己的原則，貞女不嫁二夫，更何況是以威脅的手法進行的壓迫；而蔡婆婆則是活在錢的

10 梁惠敏：〈談竇娥冤的悲劇性和悲劇美感〉，《輔大中研所學刊》（臺北：輔仁大學中國文學研究所出版，民國87年9月），頁261。

世界裡懦弱而無能、完全受人擺佈或者見風轉舵的無主見者,和竇娥相較之下,同為守寡的女人,但是,「在人生的理念上,她就簡直是一個蠅營狗苟的老村婦,做人毫無原則,更不必說有任何宗教道德的高貴情操。」[11]所以蔡婆婆的愚知與沒有原則,帶來厚重的拖累,甚至最後由竇娥一個人擔荷起所有的責任——一種萬劫不復的下場。這樣一個人卻最終得到奉養,那是因為竇娥基於道德與情感上,對於共同生活了十多年的婆婆,有著無法拋棄的責任!也就是說,因為婆婆終得供養,讓竇娥在洗清冤情之外,更呈現她的美德。也許在戲曲習慣以「善有善報,惡有惡報」的道德情感做為出發點,不會在違逆「因果報應」的觀念中,去描繪事物存在的結構模式而言,是該給蔡婆婆一些「教訓」的,故事的呈現多少讓人覺得有些「美中不足」,但也因為如此,作為同是女子的戲中人所顯露的生命態度高下立判。

同時,在故事楔子中竇天章因蔡婆婆免了他未還的錢,還另外給了他盤纏,所說的:「此恩異日必當重報」也才能落實。竇娥以特殊的方式,完成了神蹟的實現與復仇的心願,還成全了猶在人世裡的生命安置蔡婆婆的人物形象或許正告訴我們:許多自以為是的平凡人,雖然沒有大過失,但卻由於對待事物欠缺考慮,因而可能導致一場自己或他人的浩劫。那麼,我們能在生存的環境中遇到挫折,而對真理的追求失去堅持嗎?而我們是否有可能在陷入類似竇娥的黑暗人生中,去完成關愛與慈悲的生命信念?

藉著婆婆的痛泣、藉著婆婆的受養,竇娥與婆婆間的和諧,再度復原。而竇娥七歲與父分別時哭泣的那一幕,蔡婆婆的一句「媳

---

11 參見同註7一書,頁236。

婦兒，你在我家，我是親婆，你是親媳婦，只當自家骨肉一般。」
讓兩人之間，原本沒有骨肉血親的連繫，因而建立起來的關係，也
就更為感人。

　　從竇娥脫離與父親的「共生關係」之後，就與蔡婆婆形成新的
兩個女人的「共生關係」，雖然一度因為竇娥的死亡，因緣劃下句
點，但是戲劇中卻又讓這段「心靈的共生關係」重新建立，命運的
跫音反而更加響亮，藉著蔡婆婆映襯，構築一個雖擁有「復仇的冷
靜」卻也不忘「責任與報恩」的竇娥形象，讓讀者與「感天動地」
的主題成份，有了最深厚的交接。

發表於《鵝湖月刊》，第二十六卷第四期，八十九年十月。

談關漢卿戲劇〈蝴蝶夢〉中的對立與反差

摘 要

　　本論文討論關漢卿在蝴蝶夢戲劇中，呈現的元朝社會真實面及對立與反差。關漢卿以強權殺人的事件鋪陳，揭發階級社會的不公；卻又在故事中闡揚正義與人間至情，充分顯現對政治清明的渴望。故事的兩大代表人物：公正的包拯與摯情的王婆婆，經過外在情勢或內在心靈糾葛的「對立與反差」，終就解決了困境，完成不圓滿中的圓滿。本論文將分為兩部分(一)故事呈現的對立：權霸與卑微、情與法的衝突；(二)一個簡單卻複雜的情愫：犧牲與救贖、狂悲與狂喜，加以討論，並揭櫫故事在攸關生死之衝突及解決的過程中，所透顯的包公與王婆婆形象。

關鍵詞：關漢卿、戲劇、蝴蝶夢

壹、前言

　　複雜的社會生活，常常使劇作家的思想呈現起伏。就關漢卿而言，他加入民間，參與芸芸眾生的悲歡喜樂，主角人物也許只是不起眼的小市民，卻是當代最鮮明的生活真實面。一方面，他在作品中毫不掩飾地揭發強權欺凌或階級統治的惡習，表達對社會的失望與傷懷；另一方面，他卻在又結局中把團圓的氛圍建立，透露政治清明的渴望與契機。

　　而根據漢朝劉向《列女傳》的齊義繼母（卷五）、南朝宋范曄《後漢書》鄭孔荀列傳（卷六十）之基礎寫成的〈蝴蝶夢〉[1]，放置在一個元蒙統治、對漢人極端鄙視的朝代背景中，藉由關漢卿之筆的描寫，把善與惡的人性、攸關生死的衝突與解決刻劃鮮明，更具感人肺腑的成份。故事中，充滿著正反對立或情緒反差的真實：一個是黑暗的社會現實、一個是清廉剛正的好官包拯；雖然在階級和法律迫害中掙扎、卻擁有解救與掙脫束縛的嚮往與曙光……

　　偶發性的衝突，造就出一段無可挽回的結果。強權撞人，卻反而指責起被撞的平風百姓，甚至還在殺人之後，毫無悔意地離去，這種背離了一般常理的反常現象，正表現了在這法律與政治不同待遇分化了人民的元朝社會，實是一個黑暗而紊亂、正義淪喪的時代。[2]

1　〈蝴蝶夢〉戲劇主要版本有明朝陳與郊編的《新續古名家雜劇》本、趙琦美鈔校的《新續古名家雜劇》本、臧懋循編的《元曲選》本及清代姚燮編的《今樂府選》本。本文討論以王季思主編：《全元戲曲》，卷一，北京市，人民文學出版社，西元1999年2月出版一書為主。凡於下文中引文均標明頁數。

2　元代社會之混亂黑暗與法律嚴苛，有以下之記載。如《元史》卷一七二云：「至元二十六年，時相桑哥專政，法令苛急，四方騷動。」、卷一七三說：「至元二十八，建寧路總管馬寧，因補盜，延及平民，搒掠至死者多，又俘掠人

以下將分爲兩部分——(一)戲劇所呈現的對立——權霸與卑微、情與法的衝突;(二)一個簡單卻複雜的情愫:親情——犧牲與救贖、狂悲與狂喜,討論在戲劇中呈現的對立與反差,並以包公及王婆婆之形象,突顯劇作之意義。

貳、故事呈現的對立

一、權霸與卑微

元世祖至元年間,將全國人口分爲蒙古人、色目人、漢人及南人四等,然而卻造成階級的嚴重衝突,也激化了民族與人種之間的對立。蒙古人不見得可以爲所欲爲,然而輕微的罰責,賠錢或蹲蹲幾天牢,和漢人犯罪動輒處死[3]的差別待遇,如何說服人心?

誠如張毅所言:

> 權豪勢要橫行霸道,任意欺壓百姓,打死人也不必償命,是元代比較突出的社會問題。……〈蝴蝶夢〉裡,就真實地反映了出於權豪勢要……在社會上為非作歹而給平民百姓帶來深重災難的現實。[4]

財……」、〈成宗本記〉也載:「大德七年,朝廷鑒於社混狀況之日趨惡烈,罷贓四萬五千八百六十五錠,審冤獄五千　百七十六事。」另陳邦瞻《元史紀事本末》卷七也描寫桑哥手下納速剌下等人「極其酷虐,民嫁妻賣女,殃及親鄰,……無辜死者五萬餘人。」元朝驚心動魄的人間慘狀,竟成普遍現象。

3　見《元史.刑法志》。而元代法律規定「諸人殺死其父,子毆之死者,不坐。」亦即:葛彪打死老漢而王氏兄弟的復仇是可以被允許的,當然也不必爲葛彪償命;同時,偷馬賊罪應不至死。而戲劇中卻以偷天換日方式處理,目的或許刻意突顯元代法律之不公。只是這一來卻使包公的清官形象打了折扣。

4　張毅:〈清官戲〉,《大漠來風——元代卷》(臺北市:書林出版有限公司,民國86年6月),頁116。

　　一個看似該是尋索生命況味的平凡農家，正沐浴在即將成爲書香之家的期待心情中。王家兄弟，原本抱持以向學向賢爲目標的位置，卻被毫無預警且如晴天霹靂般地替換！一個不能、也不願被相信的事實，硬生生且血淋淋地被製造出來，這或許只是一個偶發事件，事實上卻暴露了不公平社會中「元人與漢人」、「特權與低鄙」衝突的必然結果！

　　如果說，特權是一種對於「勳業」或「人種」的「賞賜」，只要能以良知行事，至少這種權利被賦予，是可以具有正面意義的。那麼，假若葛彪身爲權霸子弟，卻能在社會現實中擁有清醒的認識，對於生活不得溫飽的九儒、十丐伸出援手，不僅讓自己感受爲善之樂，更可因而在特權運用下使他人受惠，豈不是好事一椿？然而，他卻將這種至高無上的特權標誌，當成狐假虎威的工具，這一來，原本被賦予的特殊地位便「發生了質變，完全成爲肆意妄爲的屠刀和遮掩罪惡的盾牌。」[5]倘若社會上有太多的葛彪，仗勢欺人，那麼，是否這「偶然」發生的殺人之事件只是冰山一角？也許，在詭異的時代中生活的葛彪，在戲劇中承擔殺人責任，引致所有負面批評，是罪有應得；但更該注意的是，分別階級的社會現象，漠視一般百姓生存的嚴重性，由於這大環境使然，也將葛彪「訓練」成一個對生命的尊嚴完全視若無睹之人，不僅改變了王氏一家人的命運，也把自己的生命一併賠了進去。

二、情與法的衝突

　　宋朝的包公，以清官形象，出現在元代戲劇中，實質上正是

---

5 李占鵬：〈關漢卿的雜劇創作（上）〉，《關漢卿評傳》（南京市：南京大學出版社，西元2000年4月），頁146。

藉著對包公形象的渴望來反映元代的社會現實。似乎可以說：包公對於土霸惡少的裁判，也就是符合民眾內心的期盼，這對生活在是非模糊、公義淪落時代的百姓來說，實是大快人心，畢竟，現實生活中無可獲得的渴望，可以在戲劇藝術中被呈現。而將包公與蝴蝶夢的故事結合一起，更讓包公在情與法的設想，救贖民間百生的意義，以及手無寸鐵、身無長物的王婆婆親情感人的精神充份呈現。

〈魯齋郎〉（關漢卿）、〈陳州糶米〉（無名氏）、〈盆兒鬼〉（無名氏）⋯⋯等戲劇中，面對訟案，一向是清醒而且「主動出擊」、「以智慧和邪惡對抗」、「重視倫理」、「參透人情」、「小事著手」[6]的包公，卻在〈蝴蝶夢〉中陷入救贖與捨棄的矛盾與複雜心緒中。甚至還有一段因夢境而引發聯想，進而有拯救王三的神祕情節。[7]

以「殺人償命」的觀念來說，葛彪之死雖是「罪有應得」，但卻未經審判的過程，就被王家兄弟在滿懷悲憤中私自「定了死罪」，他的死亡方式，直接訴諸於被害者的親屬，這在以法治世的社會上是不被允許的，然而在元代這個具有雙重標準的奇特法律中，竟卻又是「不坐」之罰，三兄弟不必被判死罪[8]！

---

6 對於包公的形象，可參見丁肇琴：〈戲曲中包公的形象〉，《俗文學中的包公》（文津出版社，民國89年4月），頁339-346。

7 對於「報仇」這點來說，刑法志的處置方式——父被殺而子報仇是被默許的。可參見註3，另外，李春祥：〈元代包公戲與中國文化〉，收錄於《河北學刊》，1993年3月號，頁43-49，也有詳細分析，可參考。

8 吳白匋認為〈蝴蝶夢〉中的故事具有現實性，既然賦予包公清正的形象，大可不必憑藉鬼神力量（指夢境之兆）斷案，如此一來，反而有損包公形象。可參見《古代包公戲選》一書，黃山書社，合肥市，頁11，西元1994年1月。另外，故事中王氏兄弟被帶到包公面前，包公立刻云：「小縣百姓，怎敢打死平人？解到也未？⋯⋯與我一步一棍，打上廳來。」不分青紅皂白，便不由分說地罰打嫌犯，似乎也讓人對包公建立的清正形象有了疑問。

　　無法知曉關漢卿寫作時有否注意到這件事；又或者說，法律如此，卻因葛彪的特殊身份，對殺死他的王家兄弟而言，已不適用，因而變成大罪一條。總而言之，作品所描述的刑罰雖然和元代法律有出入，但是卻更呈現「平民不同於貴族」的現實問題，於是，「復仇無罪、殺人有理。」在王家身上已轉變成「殺人死罪、強詞奪理。」了！

　　王大三兄弟乍聞父親死訊，在與葛彪理論之際，置之於死地，復仇心理雖情有可原，但卻也構成了殺人罪。於是，任何一位清廉的官吏，面對這樣的情勢發展，必然陷入兩難。在法與情的天秤中，如何讓事件有較圓滿的收束，正考驗著包公的政治智慧。

　　對王氏兄弟判出死刑之決，在法律上，包公是理直氣壯的，然而這種判定首當其衝、最大受害者卻是王婆婆。丈夫只不過疼愛孩兒，上街買個紙筆，就遭到飛來橫禍，死於非命；而孩子卻又被牽扯入這事件中，並且從被害立場反轉成為殺人兇手！一旦真要「殺人償命」，一夕之間，所有希望將化為烏有——王大、王一不就是想要「一舉首登龍虎榜，十年身到鳳凰池。」（頁二九）、「十年窗下無人問、一舉成名天下知。」（頁二九）於是讓老父「到這長街市上，替三個孩兒買些紙筆。」（頁三〇）嗎？沒了功名利祿不打緊，沒有丈夫及兒子的依靠與扶持才是悲慘，希望頓時化為絕望，教婦人情何以堪？也就是說，包公若執意以法為依據，就客觀來看是，無疑是間接幫了流氓與權勢的忙，也將使王婆婆遭受雙重打擊。

　　另一方面，若包公不判王氏兄弟死刑，對於葛彪而言，也許作用或意義並不大，畢竟沒有任何理由，只因自以為是「權豪勢要之家，打死人不償命，……」（頁三〇）魯莽撞了人，還將人痛打至

死的葛彪，就算沒有被殺，也本就該問斬（這是就正常狀況而言，不考慮葛彪的身份或地位）；而對於王家來說，失去了父親之後，如若母子四人能在破碎中形成另一種重合，至少彌補些缺憾。但對形象公正不阿的清官包公來說，卻是對自己不循私情、據法判案的挑戰！也就是說，包公若放了王氏三兄弟，必然受到達觀權貴者的大加撻伐（這或許是爲何包公要以偷馬賊掩人耳目的原因。不得不注意的是：當包公要拯救王三時，卻必須「以偷馬賊作替身抵死，不如此『調包』就不能主持公道。可見，這使包拯感到掣肘的『王法』又並不保護平民百姓。」[9]），這一來，他所建立的原則及形象將會大打折扣，甚至瓦解。

然而在法律的公正性受到質疑時，誰又能保證依法行事絕對是最正確的抉擇？尤其在一個「公人如狼似虎，……官府不由分訴，……似這般狠毒，又無處告訴，……」（頁三八－－三九）黑白混淆的時代裡，如果有些平民百姓因生命受到威逼，一時憤懣而殺了人，必須償命，而另一些特定身份者草菅人命，卻只受到「斷罰出征」的懲罰，又如何杜眾人悠悠之口？

忍耐是有很度的。當權貴惡勢力囂張的氣燄吞噬了平民百姓平安生存的權利，做爲一個勤政愛民、廉潔中正的代表人物，如果仍然在不公平的法律中屈就於文字之牢籠，是否代表正義已死，人民希望已絕？那麼，一個不公正的法律又如何能以備受爭議的立場去責備或約束判官的決斷？正因爲包公作出了一個看似不公正的判決，不僅將悲劇必然更深沉的可能性化解，更重要的意義是讓平風

---

9 鄧紹基：〈關漢卿〉，《元代文學史》（北京市：人民文學出版社，西元1998年6月），頁82。

的百姓重燃生命之燈——原來，在惡法的陰影籠罩之中，猶有不畏
強權的正義之身，對不公平的社會提出抗議！

　　原本在法與情之間遊走的包公，不僅大快人心的「違背」了他
牢不可破的形象——不會循私的固執，呈現縱使是鐵漢也有柔軟情
玫的人性化一面，更是在善惡衝突中把正義的角色扮演得更出色。
因為，他遏阻了一個本已因突如其來的意外造成碎裂的家庭，即將
深陷在「屋漏偏逢連夜雨」困境的發生；不僅如此，甚至還將逆境
轉變成為順境，完成不圓滿中的團圓。

參、一個簡單卻複雜的情愫

一、犧牲與救贖

　　正如顧學頡所說，蝴蝶夢一劇中所刻劃的是「一個在生死關
頭，肯於自我犧牲的慈母形象。作者把她在關鍵時刻理智和感情的
衝突，寫得那麼曲折委婉，入情入理，……」[10]讓人對平凡的王婆
婆所表現不凡的舉動與想法肅然起敬。故事透過王婆婆在必然要從
三個兒子裡選擇其中一個入罪的錐心之痛中，卻出人意料地選擇讓
自己親生的兒子償命，來保全丈夫與前妻所生兒子生命的描繪，把
農家婦女的慈悲為懷、替人著想的風範清楚呈現。

　　親生兒子的死亡，卻是自己為了要保存非親生兒子的性命而做
的選擇，這是如何痛苦與殘酷的決定？這種無奈悲憤的痛若歷程，

10　顧學頡：〈元雜劇作家〉，《元明雜劇》（臺北市：萬卷樓圖書有限公司，民國
　　82年7月初版二刷），頁77。

實是一般人所不能忍受的事！然而如同王忠林與應裕康所說：

> 竇娥與王母都是為人之所極難，其發輝人性的光輝是一樣
> 的。……王母所慰，將是一生無窮的痛苦，白髮人送黑頭人，
> 設若親子真的被執行死刑，則王母以後將是活在一種怎麼樣的
> 生活裡呢？[11]

　　竇娥的為人之所難，雖表現在對婆婆的「妥協」與和張驢兒
子在同一屋簷下生活之「忍耐」與「無奈」之中，但相較於王婆婆
的「為了救別人的孩子，在無計可施之下，只好忍痛犧牲自己親骨
肉，卻有不同的意義——畢竟竇娥選擇死亡，若以一般理解，已
「解說」不幸的一生；但王婆婆選擇讓親骨肉償命，不僅比自己受
恐更為悲慘，更必須永遠承受著自己痛若決定中的折磨與憾恨！
　　一方面，王婆婆對於兒子打死葛彪一事，也了解這下子闖了大
禍，最初，她並沒有忙著為兒子掩飾，但她也說：「你為親爺雪恨
當如是」（頁三三）就算須面對司法，也不選擇逃避，且鼓勵孩兒
勇於面對現實；然而另一方面，卻又為孩兒護短，想以自身性命替
換。在劇中的描寫，一幕王婆婆的形象正悅然表出：

> 【牧羊關】這個是金呵，有甚麼難熔鑄？……這個是石呵，怎
> 做的虛？這個便是鐵呵，怎當那官法如爐？……要償命留下孩
> 兒，寧可將婆子去。（頁三九）

---

11 王忠林、應裕康：〈關漢卿〉，《元曲六大家》（臺北市：東大圖書股份有限公司，民國83年2月三版），頁34。

　　面對包公氣勢凌人的問案，王婆婆原本打算將自己送入牢房，目的無非是要保全三個兒子。然而這「皇親葛彪先打死妾身夫主，妾身疼慰不過，一時乘忿爭鬥，將他打死。」（頁三八）的「自首」之言，聽在包公耳裡，自然不會信以為真──試想：不必是包公，就算一般人沒有斷案經驗，也很難相信一個老婦人可以將大漢流氓給打死吧！

　　王婆婆償命不成，當包公要從三兄弟中抓人抵命時，王婆婆的泣訴著實令人動容：

　　【鬥蝦蟆】……大哥聲冤叫屈，官府不由分訴，二哥活受地獄，疼痛如何擔負；三哥打的更毒，老身牽腸割肚……短漢長吁，愁腸似火，雨淚如珠。（頁三八）

　　倘若包公決定由何人抵命之際，在選擇「拿那小的出去償命」（頁四〇）時，對王婆婆所說的「『三人同行小的苦。』他償命的是。」（頁四〇）沒有提出質疑，又或者沒有「糊里糊塗」地以為「這兩個小廝必是妳親生的；這一個小廝，必是你乞養來的螟蛉之子，不著疼痛，所以著他償命。」（頁四〇）根本無法呈現事件的真實──原來王婆婆並不是包公所想的「為保護自己小孩，拿別人孩子抵命」那種人，而是具有「寧可捨棄親生兒子而保全養子」的偉大情操！

　　如果可能，她盡力救贖每一個孩子，甚至也願意用自己的生命去替代。但在不容許的現實中，她將獨自承受失去親骨肉的哀痛！

　　倫理和親子之情，撩撥著讀者的心思，也在王婆婆胸中熱烈激蕩著。

決定讓最小、卻也是她唯一的親生兒子承擔所有的責任，在偉大而不可思議的扶擇中，除了當下的痛苦之外，又必須爲往後付出多大的心靈折磨代價？卻也因爲如此，「王母的悲劇是達到了崇高境界的悲劇，盡管在今天看來，我們不能不嫌作者替她塗染了太多的封建道德的油彩，……仍然可以看到古代人民的團結友受精神和自我犧牲美德在閃光。」[12]如果只是把王婆婆的舉動當成是道德宣揚的工具，那只是膚淺的感受，去除教條或宣道的觀點，我以爲，將這「令人費解」的行爲想成是：「將私自的愛釋放開來，該寧可我痛、不該人悲的精神活在人間！」也許較合乎王婆婆的心理真實吧！

在親情的自然流露中，不能眼睜睜地看著自己親生的兒子走向死亡之路，這本是天經地義的事；但是王婆婆卻選擇了讓含辛茹苦生養的兒子走上斷頭臺；然而困難的是；倘若救了自己的兒子，卻又因此斷送了前妻之子的生路，在道義與人情上，又將遭受指責！

天人交戰的矛盾，卻讓王婆婆異常冷靜的決了定。

救此卻不能救彼，原是無可改變的現實，竟因爲王婆婆的痛苦卻偉大的決定，拯救了陷於事件牢籠中的每一個人！或許可以說，包公之所以能夠秉持正義判案，兼顧情理，法外並且還施予恩惠，「正是在王婆捨親子精神的感召下才作到的。」[13]也許正在這樣的故事情節中，讓人充份領受到人間親情的豐富與厚重吧！

---

12 同註8一書，〈蝴蝶夢〉，頁36。
13 吳國欽：《關漢卿戲曲集》（臺北市：里仁書局，民國87年11月），上冊，頁159。

二、狂悲與狂喜

失去丈夫、失去父親，無疑是蝴蝶夢中最教人不忍的傷情。王婆婆面對丈夫的慘狀，不禁有沉痛的呼喊：

（作行見尸猷科，……）血模糊污了一身，軟苔刺冷了四肢，……（頁三一）

並且對殺人凶手葛彪加以痛叱：

【金盞兒】想當時，你可也不三思？似這般逞凶撒潑干行止，無過恃著你有權勢、有金資。則道是長街上裝好漢，誰想你雪血泊內也停尸。……（頁三三）

而孩子打死葛彪，將被押解入官府時，讓王婆婆的情緒更爲激慟：

【金盞兒】苦孜孜、淚絲絲，這場災禍從天至，把俺橫托倒拽怎推辭。一壁廂可可停著老子，一壁廂眼睜睜送了孩兒，可知道「福無重受日，禍有併來時。」（頁三三）

王婆婆的雙重打擊，正是獨自承擔失去親人的危機，她已失去了其中一個倚靠，老天何慰殘酷地教她再傷痛一次？可是王婆婆卻在悲哀中擁有沉著的冷靜和理性；她是說理的，但在其中也充滿不平的鳴冤之氣。她知道殺人是要償命的，別人如此，而自己的孩

兒也是如此啊！然而別人是一種視如草芥般的冷酷殘殺，而自己的孩兒們卻是爲了父親，熱血澎湃的激憤教他們殺了人，這是全然不同的心態！她甚至還說：「雖道是殺人公事，也落個教順名兒。」（頁三三）、「兒也，你爲親爺雪恨當如是，便相次、赴陰司，也落個孝順名兒。」（頁三三——三四）

明知打死葛彪是不對，但是，如果丈夫不是慘死在葛彪之手，又何來孩兒對父親討回公道的報復？事件已發展至此，卻又必須接受不可反轉的真實，表面上王婆婆稱許孩兒的孝順，看似堅強，卻也有最柔弱的一面——難道「孝順」在法律中毫無情感的牽動嗎？難道因爲孩兒的「孝順」，讓我孤獨面對殘生嗎？狂悲是不需要太多贅語的。在肯定看似不當的報仇方式的背後，卻是無言的吶喊，這是否是對社會環境的一大諷刺？

而這一且切苦痛，在包公釐清案情與「設計」下，竟然出乎意料地有了不尋常的結局。事實上，閱讀者或戲劇觀眾在包公作了個「蝴蝶夢」之際，就多能了解其中隱含的意義了，也多同意包公將是這解開加諸在王家身上枷鎖的重要人性，對於劇情有一百八十度反轉，也就不是那麼訝異。而劇中的包公，本來就是公正的裁決者，在一段「夢的疑惑和理解」及對王婆婆願意以親子替代養子受罪的感動之後，內心已有盤算，只是秘而不宣，甚且還和張千、毛石和共同佈置了一個由悲轉喜的大逆轉！

這一切，王婆婆自始至終，被蒙在鼓裡，於是，她誤以爲受刑的屍體就是自己親生兒子，就算心裡有數的必然結果呈現，仍教她情緒激動，在哭天喊地的言語間，孩子的名字不斷在內心縈繞，也一聲聲化爲不忍聽聞的悲淒：

（打悲科），云：「孩兒呵，」……（頁四八）

旦做認悲科，……（頁四九）

【挂玉鉤】……空教我悶轉加，愁無奈；只落得歔欷啼啼、怨怨哀哀。……（帶云）石和孩兒呵……（頁四九）

【沽美酒】我將這老精神強打拍，小名兒叫的明白：你個孝順的石和安在哉？（頁四九）

【太平令】空教我哭啼啼自敦自捽，百般的喚不回來。……（云）石和孩兒呵！（頁四九）

　　王婆婆不斷哭喊著孩兒的名字，這一幕場景太淒涼、也太殘忍了！失去兒子，更讓人想起他的一切，王婆婆的心緒是複雜的，畢竟是自己親骨肉啊！尤其石和又是個孝順的兒子，卻遭受不得已的責罰，更教一個當母親的痛心疾首、情何以堪！

　　然而，由悲轉喜的劇情才要開始。當她全家在破碎之後，能有較不遺憾的團圓，其它的並不重要：

【川撥棹】這場災，一時間命運衰；早則解放愁懷，喜笑盈腮；……（頁五〇）

【水仙子】九重天飛下紙敕書來，……今日個苦盡甘來。（頁五一）

在絕望中不可能的事實，卻真實的呈現在眼前，王婆婆由狂悲轉至狂喜的一幕，著實扣人心弦。而這「誤會式的喜劇」[14]，更因為公包對這一家的封贈，讓喜劇氣氛達到最高峰：

【鴛鴦煞】……娘加做賢德夫人，兒加做中牟縣宰，敕得俺一家兒今後都安泰。且休提這恩德無涯，單則是子母團圓大古裡彩！（頁五一）

在包公斷案的匡架裡，加上了慈母拾親子救養子的情節，揉成的一段感人故事，以狂悲為起，以狂喜收尾，如果沒有包公的兼顧情理、王婆婆的捨得，是無法完成的。

肆、結論

「歌頌被壓迫人民敢於反抗強暴的精神，和患難中互相愛護，悲痛的氣氛中帶著樂觀的喜劇色彩。」[15]無疑是蝴蝶夢劇作中揭櫫的主題與精神。

對地痞流氓葛彪來說，或許在以元代將人分級統治的階層社會裡，只是眾多惡權威嚇的其一代表，罪有應得之外，也許更值得同情的是；他膚淺地以為「我是個權豪勢要之家，打死人不償

---

14 徐子方：〈正劇研究〉，《關漢卿研究》（臺北市：文津出版社，民國83年7月），頁243。

15 溫凌：〈幾部重要的雜劇作品〉，《關漢卿》（臺北市：萬卷樓圖書有限公司，民國82年5月），頁28。

命，……只當房檐上揭片瓦相似，隨你那裡告來。」（頁三〇）的
「準則鐵律」是永遠伴隨自己的，只沉醉在上層楚！於是，更重要
的是，王老漢與葛彪的衝突，正突顯著在在切割「人」、製造「優
劣」的社會結構裡，隱藏著一觸及發的危機！

張淑香曾說：

> 受異族壓迫的元人苦悶的創作，……在現實的迫害中，悲慘與
> 痛苦使他們渴望著真正的父母官的出現，来鏟除盡人間的不
> 平，所以宋話本裡精明能幹的包持制到了元雜劇中，就變本加
> 屬被幻想成眾望所歸的拯救者與超人。……[16]

擁有決斷權的包公，無疑是衝突解決的重要人物。似乎無法否
定的是，他也屬於「特權人物」。然而他卻藉著在位的「權力」，
斷出一場精采而有情的獄事，他讓高舉特殊身份的權貴，在法律的
保障中敗下陣來，除了具有無無寸鐵、被視為低等賤民的百姓反擊
的象徵意義之外，更代表公理正義終究是存在的事實。就算是「用
瞞天過海、偷樑換柱的計策，懲除凶頑，保護弱者。[17]的「技術性
犯規」，只要是站在善念一方，又何必鑽牛角尖非得去遷就不公平
的法律？包拯懲處了壓迫者，卻使被壓迫者得到了滿足，不也正反

---

16 張淑香：〈元雜劇的社會質素〉，《元雜劇中的愛情與社會》（臺北市：大安出
版社，西元1991年11月），頁117。
17 章培恒、駱玉明：〈元代文學〉，《中國文學史》下冊（上海市：復旦大學出版
社，西元1996年3月），頁31。曾永義先生亦有類似看法：「包待制用偷馬賊替死
的障眼法來解救王三，……乃得懲治元兇，……透露某種消息，亦即在元代社會
的正治社會裡，是無公平正直可言的。」見〈包待制三勘蝴蝶夢〉，《中國古典
戲劇選注》（臺北市：國家出版社，西元1997年9月），頁162。

映當時普遍期待公理抬頭的民間心理？

　　包公挽救了一家子的生命，也帶來人民的希望。然而故事中最可敬的，似乎是看似普通而平凡的婦人王婆婆。寧可捨棄親生骨肉換得他人依託孩子的性命，天底下還有什麼能如此教人感動？王婆婆的母親形象，提供生命的真實與美好，也對生命的感動與尊重。

　　在這段有些遺憾的故事裡，給我們什麼樣的印象與悸動？

　　我以為：王婆婆將一個身為母親的價值被充分彰顯，而身為孩子的王氏兄弟意義也被鮮明賦予，並且交織著看不見卻又如密滿的絲線牽繫的情愫與心思。關漢卿描寫故事「在接露人間罪惡的同時，高揚正義的族幟⋯⋯」[18]並且在他的描寫中，主角人物「多具有頑強、堅定的意志，敢於與邪惡勢力作不妥協的較量，在較量中充分顯示出善良的人們捍衛世間正義的壯烈情懷與崇高精神。」[19]，「國家重義夫節婦，更愛那孝子賢孫。」（頁五〇）團圓的瞬間就已給了閱讀欣賞者最大的震撼，誰能在生命的精采與重聚中無動於衷？平凡的親子，卻給了我們一記驚人的棒喝！在這急遽變遷的社會裡，也許正是讓我們回歸單純，渴望一個簡單的親子情愫的反省契機吧！

發表於《清雲學報》，第二十卷第一期，八十九年十二月。

18　袁行霈：〈元代文學〉，《中國文學史》（北京市：高等教育出版社，西元1999年8月），第三卷，頁268。

19　同註16，頁268-269。

權勢與地位

論戲劇〈陳州糶米〉中的包公形象及其意義[1]

摘 要

　　元代的公案劇，常反映社會階層的不平等，在柔弱庶民對抗強權勢要的過程中，以包公爲中心的故事鋪演，正是對於官吏跋扈的現實生活中，期待解救的心理補償。本文討論〈陳州糶米〉，除了顯現包公懲奸除惡、還民公道之意義外，更著重對「權勢與地位」在事件發展及不同的角色中的關鍵與影響。

　　本論文分爲五部分，就陳州糶米一劇的意義、包公之形象、事件中呈現的權與位、包公與劉衙內一善一惡的鮮明對比，最終以包公用威權打破惡勢力，在人心中無可取代、清廉救民的地位及戲劇意義爲結。

關鍵詞：戲劇、陳州糶米、包公、權勢與地位

---

1 本文曾於清雲技術學院（現爲清雲科技大學）通識教育中心主辦之「傳統與現代文學‧史學學術研討會」中發表。（時間：民國90年5月4日，地點：清雲技術學院雲鵬館）經修改後，投稿於此。原論文名稱爲〈論戲劇陳州糶米中的權勢與地位──以包公爲研究中心〉。

壹、前言

一、研究意義

產生在特定社會上的元代戲劇，繼承了中國戲劇的諷諫傳統。[2]
面對社會動盪、權豪腐敗的現實，劇作家以其有用之才，而一寓之
乎聲歌之末，發抒鬱積之感慨，即是所謂不得其平而鳴。

劇作家以下層文人的身分，側身瓦舍构欄，浪跡歌臺舞榭，
熨貼社會底層的聲音，觀察統治者的暴行，並透視政治的腐敗，進
而「捉筆帶刀，以劇為檄，操起自己最為熟悉的文藝武器。一批列
于世界劇作之林也毫無愧色的劇本，如〈竇娥冤〉、……〈陳州糶
米〉等，便這樣產生了。」[3]

以包公為中心的故事鋪陳，一直是眾人眼光的焦點。在元雜劇
的公案劇中，以包公為審判官者為數極多。例如：〈合同文字〉、
〈蝴蝶夢〉、〈魯齋郎〉、〈留鞋記〉……均是，包公現象沛然成
型。[4]

除了劇作本身精煉豐富且時有趣味、頗具匠心的情節剪裁之
外，在衝突中揭示人性、判案過程中對為惡者的制裁，是最為閱讀

---

2 早期的俳優，以滑稽的語言，於詼諧談笑中批評政治弊端，如周代的優孟。司馬
　遷《史記‧滑稽列傳》云：「天網恢恢，豈不大哉，談言微中，亦可以解紛。」
　而唐代參軍戲亦形成滑稽的戲劇形式。南宋灌圃耐得翁《都城記事‧瓦舍眾妓
　條》亦云宋雜劇「大抵全以故事世務為滑稽，本是鑒戒，或引為諫諍。」
3 陸林：〈元人雜劇功能論〉，《元代戲劇學研究》（合肥：安徽文藝出版社，
　1995年），頁218。
4 現存元雜劇包公戲計十本。分別為〈陳州糶米〉、〈合同文字〉、〈蝴蝶夢〉、
　〈魯齋郎〉、〈留鞋記〉、〈盆兒鬼〉、〈神奴兒〉、〈灰闌記〉、〈生金
　閣〉、〈後庭花〉。

者（或欣賞者）所稱道的。並不是身為欣賞者非要碰觸一幅幅血淋淋的畫面才會進入戲劇世界，分享故事中的悲歡離合，而是包公儼然是正義的化身，那威武嚴肅的面容與剛毅不阿的形象，對照小頭銳面橫行鼠輩低頭認錯的模樣，不禁大快人心，並且讓人體認善惡終須報的不變定律。[5]

〈蝴蝶夢〉中葛彪的罪有應得，讓人為包公斷案之手法拍案叫絕（雖然用偷天換日的方法，把偷馬賊趙頑驢的屍首當成王三的替代品，但畢竟這變通之法並未造成人民傷害）；〈盆兒鬼〉中楊國用在包公明察秋毫中，讓冤屈得以告慰……，都是創作者將包公移置在元代這個是非錯亂的時空裡，彌補遺憾的發洩之作。[6]

取自歷史人物或故事加入現實事件來以古諫今，既可藉古人酒杯以澆自己塊壘，又可以技巧性地迴避統治階層的掌控。而〈陳州糶米〉一劇，無疑是對有元一代的權霸威勢與民間生活映照的一面鏡子。許多人甚且將〈陳州糶米〉視為其中「最優秀、最有代表性」[7]的一部作品，因為，劇作在包公救人的事件中，把身擁特權

---

5 張如法曾提到：「中國的市民關心眼前的利害，喜歡立竿見影，愛好經歷曲折而黑白分明的故事情節，鍾情於或殺或放，不升天堂就入地獄的痛快鬥爭結局。所以，廣泛的社會傳播選擇了包公。」語見張如法。〈包公現象的成因與故事敘述模式〉一文。收錄於《河南大學學報社會科學版》（1993年），頁71。

6 在元雜劇中，事件與人物常有時空錯亂的現象（如唐人與宋事並置）。在不同的時空秩序下衍生的作品，目的在於彰顯戲劇效果，並且對於歷史表象背後更深刻的意義穿透。如姚文放所言，在審美的心理時空中發想，最大的目的「不在於戲劇情節是否突破和改變自然形態的時空制序，而在於這種突破和改變是否有助於展示潛藏於現實生活之中的具有積極意義的可能性和生長點。」語見姚文放著《中國戲劇美學的文化闡示》（北京：中國人民大學出版社，1997年），頁330。

7 張庚、郭漢城：〈北雜劇的作家與作品〉，《中國戲劇通史》上冊（臺北：大鴻圖書有限公司，1998年），頁238。另外，胡金望亦云：「元雜劇中包公形象最富有民主性和進步性。其中又數無名氏的〈陳州糶米〉中的包公形象塑造得最為豐富生動，富有個性，充分體現了元代民眾對清官的審美理想，……」見胡今望

的貪官戕害百姓的凶惡嘴臉毫不保留地呈現，並且有別於其它作品解決冤情的「為己」，讓一場看似為了解張家之冤的戲劇有了「為眾」除害的精神。

二、寫作程序

在〈陳州糶米〉中，把身為尊貴的官場衙吏草菅人命的現實赤裸呈現，讓「權勢與地位」在故事中扮演重要關鍵。然而，同樣擁有「權勢與地位」的包公，卻能以有權之身為無權為依的百姓主持公道，讓失了分寸的社會秩序可以重新建立，讓含了冤的魂魄得以安息。是故，本文將以包公角色為討論中心，分為：

> 壹、前言
> 貳、〈陳州糶米〉中的包公形象及其意義
> 參、〈陳州糶米〉戲劇中呈現的權與位
> 肆、〈陳州糶米〉威權的鮮明對比
> 伍、結論：還原真相，顯現正義

等部分，探討〈陳州糶米〉戲劇中所呈現的權勢與地位及劇作之啟示。

著（1993）。〈論陳州糶米中包公形象的塑造及其審美價值〉。收錄於《古今藝文》第23卷第2期，民國86年2月，頁38。而張燕謹亦曰：「（〈陳州糶米〉）寫了比其它公案劇遠為重大的題材。……從「救民」的角度寫「害民」，意思更深一層。……張懺古用全力甚至生命進行反抗，……與其它公案劇受害人悲切軟弱的性格很不相同的。……」認為此劇的人物性格、形象及描寫案件的內容，均超越其它作品。語見張燕謹：〈繁時期的戲劇——元雜劇〉，《中國戲劇史》（臺北：文津出版社，1993年），頁116-118。

貳、〈陳州糶米〉中的包公形象及其意義

一、劇情提要

陳州大旱三年，六料不收，黎民苦楚，幾至相食。戶部尚書范仲淹召集韓琦、劉衙內等朝中大臣，商議派遣兩人至陳州放糧賑災，並規定官價為五兩白銀換一石細米。

劉衙內薦舉自己的兒子小衙內劉得中和女婿楊金吾前去，並持御賜的「紫金錘」，以處理不服的刁蠻百姓。然而劉衙內吩咐兩人將米價調高一倍，摻入泥土糠秕，並用小斗量米、大秤量銀。面對楊、劉二人行徑，百姓只能忍氣吞聲。

張憋古帶兒子小憋古買米，不畏強權，與劉楊衝突，卻被小衙內以紫金錘打死。小憋古遵照父親的遺願到京城向包公告狀訴冤。

朝廷知曉陳州放糧衍生弊病，決定派遣包公到陳州查察。並給予御賜勢劍金牌先斬後奏的權利。劉衙內唯恐兒子女婿受到懲罰，忙請范仲淹向皇帝請求一紙赦書。

另一方面，包公要小憋古先回家等候消息，帶著張千前去陳州。

包公在陳州遇見妓女王粉蓮，並藉由替王粉蓮牽驢之機會，得知劉、楊兩人的惡行，斬首楊金吾，讓小憋古用紫金錘打死小衙內，為父親報仇。恰好劉衙內從皇帝那要來一份「赦活的，不赦死的」赦書，反而赦免了小憋古。

二、包公形象

張維清、高毅清著之《中國文化史》提到：

矛頭直指以「衙內」為代表的不法權要，……作者還把對現實
的不滿寄託於對青官的描寫中，試圖以清官的懲惡除邪來表達
人民的願望。……戲裡的包拯並不是歷史上的包拯，而是按照
農民的理想塑造的一個清官。[8]

〈陳州糶米〉劇中的包公，是一個帶有濃厚傳奇色彩的理想化
人物。在這位不畏權貴、剛直不阿而又詼諧機智的清官形象身上，
凝聚著廣大被壓迫者呼喚正義、懲治邪惡的意志與願望。

鍾濤說：

元雜劇中眾多的包公戲，其歷史背景應是宋代，但這些劇作不
僅大多關目出於虛構，和宋代包拯的生平事蹟沒有什麼關係，
而且故事也折射出元代社會生活。[9]

像包公這樣對後世影響甚大的人物，能夠跨越時空，出現在元
代的公案劇中，以他所擁有的權位與威嚴和為人稱道的清廉公正，
「繼續」為民服務，實是因為包公形象即是一個官吏理想化的投射
形象，能夠讓人們對於安定生活的渴望落實、讓官與民之間法律的
機制能夠建立。

「包公」作為歷史人物，透過民間故事，成為一個理想官員的
化身與符號。在〈陳州糶米〉中呈現的包公形象是：

---

8 張維清、高毅清：〈農耕野牧的衝突融會〉，《中國文化史（三）》（濟南：山
  東人民出版社，2002年），頁418。
9 鍾濤：《元雜劇的插科打諢藝術》（北京：北京廣播學院出版社，2002年），頁
  137。

揀一個清耿耿明朗朗官人每告整，……若要與我陳州百姓除了這害呵，則除是包龍圖那個鐵面沒人情。（第一折・頁98）

和那權豪每結下些山海也似冤仇。（第二折・頁100）

和那有勢力的官人每卯酉。（第二折・頁104）

一個包龍圖暗暗的私行，唬得些官吏每兢兢打戰。（第三折・頁108）

這個大人清廉正直，不愛民才。……一日三頓，則吃那落解粥。（第三折・頁106）

威名連地震，殺氣和霜來。（第四折・頁113）

　　包公形象所透顯出來的，是一個清廉無私、讓貪官污力畏懼的官人典範。正因為如此，才能成為平民百姓的希望與信仰中心。無怪乎小衙內知曉包公將至陳州，不禁有「這老兒不好惹，動不動先斬後聞。這一來，則怕我們露出馬腳來了。」（第三折・頁106）的畏懼。

　　誠如傅謹所言，「眾多的包公戲裡蘊含了中國古代社會中某種遠遠超越了日常倫理與道德信條的精神追求。」[10]正義、廉潔的包公形象，深植民心。在包公身上，不僅能夠看見社會公正與皇權之間的矛盾，也會在內心升起一道政治清明的曙光，原來，擁有權勢

10　傅謹：〈戲曲的人物塑造〉，《戲劇美學》（臺北：文津出版社，1995年），頁174。

的官員，並非都是一丘之貉，終究還是有良心之士的存在，為蒼生
討回公道。

故事中的包公，有別於〈蝴蝶夢〉裡虛幻的「託夢」色彩，一
件發生在民間的事件，就由人世中所存有的公理和法則去解決。

照理說，依理斷案的情事，並非包公才能完成，然而，在這
紛亂的環境裡，當多數人走向同流合污的墮落步伐而不知悔意時，
有人挺身而出、為民喉舌，卻又顯得十分可貴！於是，劇作中的包
公，便如同民眾的守護神般，成為歌詠與敬重的對象。[11]

面對查案，包公卻一反正常行事，把必然端出的「官架子」
權勢收藏，放下他所擁有的地位與矜持，成功地扮演起一個村家老
漢，以「不入虎穴，焉得虎子。」的決心和行動，企圖找出官吏作
賤民間的蛛絲馬跡。

「本是個顯要龍圖職，怎伴著煙月鬼狐纏？可不先犯了個風
流罪，落的價葫蘆提罷俸錢。」（第三折・頁110）[12]對於自己這般
引人發笑的行徑，包公多少有些不自在，「普天下誰不知個包待制
正授南衙開封府尹之職，今日到這陳州，倒與這婦人籠驢，也可笑
哩。」（第三折・頁110）無疑是一種自嘲。然而，此刻若以威嚇
盛大的排場，浩浩蕩蕩地進入陳州，任誰都不會愚笨到把最赤裸裸
的社會現狀呈現，何況是被抓到小辮子，正戰戰兢兢地等候包公查
訪的楊金吾和小衙內二人？放棄尊榮的款待與問候，走入民間，不

---

11 張懅古臨終前告訴小懅古的一番話「若要與我陳州百姓除了這害呵，則除是包龍
圖那個鐵面沒人情。」（語見王季思主編，《金元戲曲》（1999年）。第一折，
頁98。）明確指出，一個「清耿耿明朗朗」的官人，非包公莫屬。可見當民眾受
冤、無法申訴時，包公便是唯一可以救贖的官人。

12 本文所引原典，見王季思：《金元戲曲》第六卷（北京：人民文學出版社，1999
年），並標明出處折數與頁數。

僅能夠探知官吏為非作歹的真面目，也更能掌握充份罪狀（如何違反賣米規定、將皇帝御賜之物隨意借給妓女），最後再以威權作公正的裁決。

包拯的拔刀相助與遲來的正義，不僅是還給張家一個正義的說法——雖然張憋古已死，無法復生——，但是，至少在死前交付給小憋古請求包公伸冤的「任務」已經達成，同時也彰顯：「皇權」並不是在這一切以宮廷為中心的社會裡仲裁事件的唯一機制，妄想以皇權或霸權式的主宰無辜百姓，終有一天，會搬磚頭砸自己的腳，受到制裁。

包公主持公道的正義形象，也讓人聯想到：權威可以誤人，卻也可以救人。擁有崇高地位並不是件壞事，重要的是如何將這有別於一般平民百姓的階級或責任，轉換為保護或支援的能量。

李漢秋先生這一段話，對於劇作家筆下的包公形象，有深刻的體認：

> 在某種意義來說，清官形象是作為現實中大量貪官權貴的反激物而出現的，是人們用以照射『官濁吏弊』的黑暗現實的一面反光鏡，是人們通過想像而創造的一個對付權豪勢要的鍾馗。[13]

一個廉潔而公正的官吏，也許不值得大書特書，然而，身處在黑色的政治風暴裡猶能堅持理念，又能放下身段、運用智謀與勇

---

13 李漢秋：〈元代公案戲論略〉，《安徽大學學報社會科學版》第3期（1979年），頁68。

氣，讓難解的案件柳暗花明、使受委屈的庶民重現生機，就該拍手
稱道，而這也正是包公形象。

參、〈陳州糶米〉中呈現的權與位

一、「權」、「勢」與「地位」的意義

「權」，指的是：

——權力。指的是權勢和威力。如：《後漢書·南匈奴傳》：
「各以權力優劣、部眾多少，為高下次第焉。」、《莊子·天
運》：「親權者，不能與人柄。」

——權謀、計謀。指的是隨機應變的謀略或能力。如：《淮南
子·主術》：「任輕者易權。」

——權勢。指的是權柄勢力。如：《莊子·徐无鬼》：「權勢
不尤，則夸者悲。」《史記·秦始皇本紀》：「始皇為人，天性
剛戾自用，……貪於權勢至如此，未可為求仙藥。」

——權貴。指的是居高位而有勢力者。如：李白〈夢遊天姥吟
留別〉：「安能摧眉折腰事權貴，使我不得開心顏。」

——權術。指的是權謀機變的手段方法。如：《宋史·徐誼
傳》：「有至誠而無權謀，至誠不息，則可以達天德矣。」

「權」可以是權力的掌握。劇作中范仲淹、包公等官員各有其權，卻往往因為情勢的不同而形成彼此之間勢力的對立消長。

吳白匋說：「權豪勢要是元代特權階級的代名詞，多是朝廷親貴。」[14]本文討論「權勢與地位」所指的「權勢」概念約略有二：其一為「權豪勢要」。如《元史・仁宗紀》言：「諸王、駙馬權勢之人。」是元代戲劇常見的術語。如〈陳州糶米〉：「是那權豪勢要之家，累代簪纓之子。」；其二為「權力」。指的即是權勢和威力。除此之外，包公查案之時所採取「深入賊窟、尋找證據」的方式，則是在「權力」的掌握中，以「權術」辦案。

「勢」指的是：

——權力、威力。如：《尚書・君陳》：「無依勢作威。」、《漢書・藝文志》：「春秋所貶損大人當世君臣，有權威勢力，其事實皆形於傳。」

——勢位。指的即是權勢地位。如：《戰國策・秦策》：「人生世上，勢位豐厚。」

——勢要。有權勢、居要職之人。如：《北齊書・路去病傳》：「勢要之徒，雖廝養小人，莫不憚其風格。」

——形勢趨勢。如：《荀子・富國》：「百姓之勢，待之而後安。」

---

14 吳白匋：《古代包公戲選》（九江：黃山書社，1994年），頁10，注釋2。

　　「勢」可以是形勢、局勢，可以因有形的官階高低而形成；
勢，也可以因爲民心的向被而建立起來。在權勢的探討中，可以掌
握劉衙內前倨後恭的轉變以及包公掌握全局的關鍵因素。

　　本文討論之「勢」概念爲二：其一是將「權勢」並稱；其二爲
「情勢」，指的是人物在特定氛圍中的處境狀態。

　　「地位」指的是：

　　——位置。如：《管子・五行》：「治祀之下，以觀地位。」
注：「觀知地位之尊卑也。」

　　——泛指人在社會生活中的等級位置。如：《南齊書・豫章王
嶷傳》：「自以地位隆重，身懷退素。」

　　「位」可以是有形的官階，官位之高下不同，或是官與民身分
之對比；也可以是無形的地位，得寵與否、掌權多寡，都可能造成
彼此間地位不同。

　　本文討論之「地位」泛指劇中人物在社會環境中的階級位置，
特別以官員之間的地位爲討論重心。

二、劇中官員或百姓的權勢及地位

　　討論劇中官員或百姓的權勢及地位，可由下對話看出。

　　楔子中出現的人物對話如下：

人物	地位官職	對　　話	備　　註
范仲淹	戶部尚書天章閣大學士	A.陳州亢旱三年，六料不收，黎民苦楚，幾至相食。是老夫入朝奏過，奉聖人的命，著老夫到中書省召集公卿商議，差兩員清廉的官，直至陳州，開倉糴米，欽定五兩白銀一石。	奉命糴人糴米，擁有決策權
		E.老夫看這兩個模樣動靜，趕不中去麼？	對楊劉能力懷疑
		J.老夫先在聖人跟前奏過了他。若陳州百姓習頑呵，有敕賜紫金錘，打死勿論。	確立劉楊賣米身分，且擁有皇權
韓琦	平章政事	G.學士，這兩個定去不的。	反對楊劉糴米
		K.老丞相，看這兩個到的陳州，哪裡是濟民，必然害民去也。異日若本州具奏將來，老夫另有個主意。	雖認為楊劉必非良官，但無決策權
呂夷簡	中書同平章事	B.自登甲第以來，累蒙遷用，謝聖恩可憐。	皇權至上
		F.此事只憑天章學士主張	無實權，順從
		L.全仗老丞相救國救民。	無實權，順從
		M.他時若有風聞入，我和你一一還當奏聖明。	附和韓琦說法
劉衙內	權豪勢要	C.我是有權有勢劉衙內。……我是那權豪勢要之家，累代簪纓之子。	自豪擁有權勢
		H.將那學士定下的官價五兩白銀一石細米，私下改做十兩銀子一石細米，裡面再插上些泥土糠秕。	藉權藉勢，趁機謀利害民

劉得中 小衙內 楊金吾	舍人（顯貴子弟）	D.俺兩個全仗俺父親虎威，拿粗挾細，……哪一個不知我名兒，見了人家的好玩器，好古董，不論金銀寶貝，但是值錢的，我和俺父親的性兒一樣，就白拿白要，白搶白奪。……隨他在那衙門內興詞告狀，我若怕他，我就是癩蛤蟆養的。	狐假虎威，顯現權豪勢要的本質
		I.父親，我兩個知道，你何須說，我還比你乖哩。……假似那陳州百姓每不伏我呵，我可怎麼整治他？	以權勢壓迫百姓

15

就地位的呈現而言，如下圖所示：

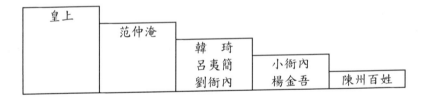

亦即：

皇上＞范仲淹＞韓琦、呂夷簡、劉衙內＞小衙內、楊金吾＞陳州百姓

皇上＞劉衙內＞小衙內、楊金吾＞陳州百姓

劉衙內＞小衙內、楊金吾＞陳州百姓

小衙內、楊金吾＞陳州百姓16

---

15 ABC所指為閨本中人物之對話順序。

16 「＞」符號，意指前者地位高於後者。

　　由A、J、B可以看出官員每把「聖明、皇恩」掛在嘴上，即使是小人如劉衙內、小衙內、楊金吾欲「鎮服」陳州百姓，仍不忘以皇權做後盾。

　　韓琦、呂夷簡是老丞相，照理說地位比范仲淹高，然而去職之後，並無實權，也因此權勢的掌控不如范仲淹。

　　在陳州糶米的人選上，范仲淹擁有決策權。韓琦和呂夷簡雖然是老丞相，地位崇高，然而就陳州糶米一事，只有商議權無決定權。劉衙內看來是受到范仲淹「管轄」的，即使是權豪勢要「有權有勢」之家，面對掌握實權的大臣，還是得畏懼三分，為了讓兒子可以到陳州糶米，收起囂張焰氣；然而面對小衙內及楊金吾，顯然用一種為父的「命令」地位「指示」他們為非作歹；而小衙內和楊金吾更是狐假虎威，全然不把百姓放在眼裡。

　　劉衙內的無法無天，顯示范仲淹在糶米的決策權之外，並無法真實掌握情勢發展，真正的實權，操之在擁有「絕佳」貪污的局勢並掌控之的劉衙內手中。

　　陳州百姓是被動者。亢旱三年，掌權者終於意識到「黎民苦楚，幾至相食。」的慘狀，這也才開倉濟糧。如果尚未者不進行這場買賣，陳州百姓又當如何？然而這場買賣，卻在擁有最高地位的統治者、擁有最高權力的決策者失查的情況下，變了調。

　　第一折出現的人物對話，與權勢地位相關者列表如下：

人　物	地位官職	對　　　　　話	備　　註
劉得中 小衙內	倉官	A.如若百姓們不服，可也不怕，放著有那欽賜的紫金錘哩。	握有皇權，囂張至極
		C.你是斗子，我吩咐你：現有欽定價是十兩銀子一石米，這個數內，我們再克落一毫不得的，只除非把那斗秤私下換過了斗是八升的小斗，秤是加三的大秤。	擁有倉官的身分地位，命令斗子為惡
		G.這老匹夫無理，將紫金錘來打那老匹夫！	以皇權制人
		H.把你那性命則當根草，打什麼不緊！怕不是皆因我二人至清，滿朝中臣宰相保將我來的？	假借朝廷勢力欺壓善良百姓
		I.你那老匹夫，把朝廷來壓我哩。我不怕，我不怕。	不將朝廷放在眼裡，更形囂張
		L.我見了那窮漢似眼中釘、肉中刺，我要害他，只當捏爛柿一般，值個甚的？……那老子要告俺去，我算著就告到京師放著我老子在哩。況那范學士是我老子的好朋友，休說打死一個，也則當五雙。	拿學士當護身符，囂張至極
楊金吾	倉官	J.俺兩個似清水，白如面，在朝文武，誰不稱讚我的？	清水？實是反諷
		K.俺兩個至一清廉有名的。	清廉？實是反諷

斗子	差役	B.我做斗子十多羅，覓些倉米養老婆。也非成擔偷將去，只在斛裡打雞窩。	藉權作偷
		E.我這兩個開倉的官，清耿耿不受民才，甘剝剝則要生鈔，與民做主哩。	清耿耿？反諷
		F.兀那老子，休要胡說，他兩個是權豪勢要之人，休要惹他。	以權豪勢要身分，恐嚇百姓
陳州百姓	平民	D.幸的天恩，特地差兩官員來這裡開倉賣米，聽的上司說，欽定米價是五兩白銀糴一石細米，如今又改做了十兩一石，……我們明知這個買賣難和他做，只是除了倉米，又沒處糴米，教我們怎生餓得過？……這米則有一石六斗，內中又有泥土糠皮，罷罷罷，也是俺這百姓的命該受這般磨滅。	饑苦的百姓，一方面感謝天恩，一方面卻必須在倉官為惡的情勢中忍痛折磨
老懵古	平民	M.難道你家沒王法的？	王法只在平民心中，卻不在仗勢欺人者的眼裡
		O.這兩個害民的賊，請了官家大俸大祿，不曾與天子分憂，倒是苦害俺這裡百姓，天哪！	害民的賊只想到自己的利益，眼中哪有百姓
		P.揀一個青耿耿明朗朗官人每告整，和那害民的賊圖折證。	惡官尤須清官制
		Q.若要與我陳州百姓除了這害呵，則除是包龍圖那個鐵面沒人情。	唯有包公不畏強權，為平民除害

小懶古	平民	N.父親,你看他這般權勢,只怕告他不得麼?	透顯「權勢」告不得的悲哀

面對斗子的惡行,陳州百姓只得忍氣吞聲。

看在小衙內、楊金吾和斗子眼裡,百姓便是把弄於掌心中的「玩具」,他們只不過是擁有「賣米」的「責任」,便自以為高高在上。一方面以為是正在進行一場亢旱三年之後的偉大救贖;對百姓來說,皇恩既下,已是銘感五內,來了這對貪官,只能怪自己是百姓的苦命身分。一方的狂傲、一方的委曲求全,這樣的心態造成楊、劉地位更高,百姓地位更為低下。就如同小懶古在面對父親死亡之時,尚且對於「告成告不成」存有疑慮。一方面只能含淚接受,或是認為即使是告到朝廷也無法改變結果甚至無法懲治惡人「父親,你看他這般權勢,只怕告他不得麼?」然而依舊有不畏強權的老懶古,面對劉楊二人,直斥「難道你家沒王法的?」當他被紫金錘打中,奄奄一息時,尤不忘要求小懶古:「揀一個青耿耿明朗朗官人每告整」向包公陳情。

在此折中,很明顯地:劉得中和楊金吾的權、勢與地位,都高於斗子與陳州百姓(含老懶古、小懶古),而斗子又仗勢著發放糧米的權力,欺壓百姓。

第二折出現與權勢和地位相關的官員對話,列表如下:

人　物	地位官職	對　　　　　　　　話	備　　註
范仲淹	戶部尚書天章閣大學士	A.誰想那兩個到的陳州，貪贓壞法，飲酒非為。奉聖人的命看老夫再差一員正直的去陳州，截斷此一椿公事，就敕賜勢劍金牌，先斬後聞。	知曉賣米弊端，欲決策一人去訪查
		D.衙內，老夫打聽的你兩個孩兒，到的陳州，則是飲酒非為，不理正事，貪贓壞法，苦害百姓。	知曉衙內孩兒欺壓百姓
		E.奉聖人之命，著老夫再差一員清正的官去陳州，⋯⋯就煩待制一行，意下如何？	以決策身分，探尋包公訪視意願
		H.待制堅意不肯去，劉衙內，你讓待制這一遭。他若不去，你便去。	學士掌控有誰去陳州訪查決定權
		M.劉衙內，你放心。老夫就到聖人跟前說過，著你親身為使命，告一紙文書，則赦活的，不赦死的，包你沒事便了。	原來學士不明究理，反而替衙內要了至高皇權
韓琦	平章政事	B.學士必以得人，某等便當薦存。	對學士推薦附和
		L.衙內，不妨事，你只與學士計較，老夫和呂丞相先回去也。	韓琦雖是良官卻也不明衙內計謀
劉衙內	權豪勢要	C.學士，我那兩個孩兒果然是好清官。	果真是好清官嗎
		J.哎喲，若是這老子去呵，那兩個小的怎了也！	原來張千也是個喜好擁權擁勢者
		K.列位老相公，這椿事不好了。這老子到那裡時，將俺這兩個小的肯干罷了也。	求救於權力掌控者

包公	待制	F.老夫去不的。	包公初始拒絕
		I.既然衙內著老夫去,我看衙內的面皮。張千,準備馬,便往陳州走一遭去來。	包公決定出訪制人
呂夷簡	中書同平章事	G.待制去不的,可著誰去?	呂老還是信任包公

此折是官員之間的權勢漲落關鍵。

范仲淹仍維持主導決策之權力。韓琦的「學士必以得人,某等便當薦存。」是尊重范仲淹的決定。包公初始「去不的」的決定,雖說是由於年紀的考量,畢竟他已是一個飽經宦海風波的老人,但更重要的因素是因為由於他的清正,讓許多權豪勢要勢他為眼中釘。在他內心是具有強烈矛盾的「從今後不干己事休開口,我則索會盡人間只點頭,倒大來優游。」、「不如及早歸山去」,但是他一想到受難百姓,還是決定為民伸冤。包公這一決定,讓自己握有權力,欺壓百姓的楊、劉二人,幾乎已在他的掌握之中。

劉衙內驚覺事態嚴重。如果范仲淹派他去陳州考察,他大可藉此權力掩飾罪行。然而,包公決定親自走訪一遭,劉衙內發現原本掌控的局面將迅速反轉,甚且瓦解。遇到了「毫不留情」的包拯,難怪會有「列位老相公,這樁事不好了。」的激切反應。

劉衙內無法取得陳州訪視的權力,情勢對自己不利,轉而向范仲淹求情,藉由一紙赦書和范仲淹的一句「包你沒事」,取得護身符。這一來,藉由學士和皇上的權力與地位,讓自己又取得了自保的形勢。

在第三折中,與權勢和地位相關的對話如下:

人　物	地位官職	對　　　　話	備　　註
小衙內楊金吾	倉官	A.聽知聖人差包待制來了，兄弟，這老兒不好惹，動不動先斬後聞。這一來，則怕我們露出馬腳了。	面對擁有「先斬後聞」的權力，再囂張也得收斂
		E.兩眼梭梭跳，必定晦氣到。若有清官來，一准屋梁吊。	貪官還算有自知之明
		G.哥，你怎生方便，救我一救，我打酒請你。	在張千面前，也得哈腰接待
張千	僕役	B.我如今先在前面，到的那人家裡，我則說：「我是跟包待制大人的，如今往陳州糶米去，我背著的是勢劍金牌，先斬後聞，你快些安排下馬飯我吃。」	原來張千也是個喜好擁權擁勢者
		F.我正要尋他兩個，原來都在這裡吃酒。我過去唬他一唬，吃他幾鍾酒，討些草鞋錢兒。	雖是僕役地位，張千藉機以權取得好處
		H.你兩個真傻廝，豈不曉得「求竈頭不如求竈尾」。⋯⋯你則放心，我與你周旋便了。包待制是坐的包待制，我是立的包待制，都在我身上。	好一個我是立的包待制，張千藉權張揚的心理，故態復萌
包公	待制	C.我著你吃一口劍	遏止張千的企想
王粉蓮		D.兀那個老兒，你與我拿住那驢兒者。	將老兒當僕役
		E.該殺的短命！你怎麼不來接我？	在王的面前，楊劉完全失去權勢

包公將到陳州。面對這樣的「險惡」情勢，小衙內倒是十分清楚。既知將會「露出馬腳」，可見非常清楚賣米的行徑是不正當的。對百姓的威嚇，轉而爲對包公的畏懼。

另一方面，張千只是僕役，卻想打著包公的招牌和擁有勢劍金牌的權力，藉機得到好處，於是包公不禁說「我著你吃一口劍」。

囂張作惡、欺負百姓的小衙內和楊金吾，在煙花女子的王粉蓮面前，不僅任由她使喚，還將代表皇權的紫金錘隨意讓她把玩。除此之外，小衙內和楊金吾在張千面前，恐已忘卻自己貪官的身分地位，唯唯諾諾的姿態，以爲張千就是包公的另一個代表身分，讓身爲僕役的張千得意地自以爲擁有「周旋」救命的能耐。

畢竟「老鼠終無膽，獼猴怎坐禪。」在包公面前，張千還是得收起誇耀的言詞與作爲。

包公暫時失去崇高地位與權勢，委身老兒服侍王粉蓮，卻也因而更加看清小衙內、楊金吾、張千等人權勢的轉換。

在第四折中，與權勢地位相關之對話如下：

人 物	地位官職	對　　　　　話	備　註
包公	待制	A.張千，選大棒子將王粉蓮去棍決打三十者。	懲惡
		B.張千，先拿出楊金吾去，在市曹中梟首報來。	懲惡除奸
		C.張千，拿過劉得中來，就著小懶古也將那金錘將這廝打死者。	懲惡除奸
		D.張千，放了小懶古者。	救善
		F.想他父子每倚勢挾權大，到今日也運蹇時衰。	勢與權終究不會永遠存在
		G.張千，將劉衙內拿下者。	懲惡

劉衙內		E.我聖人跟前說過,告了一只赦書,則赦活的,不赦死的。	邪惡者總妄想以皇權壓制他人

劉衙內可以通過范仲淹輕易地在皇帝手裡取得無原則的「赦書」,滿朝文武沒人敢同他硬碰,現實情勢是非常複雜的,即使是地位崇高,如范仲淹這樣的忠臣,尚且睜一隻眼閉一隻眼,明知小衙內和楊金吾賣米惹起民怨,卻又屈從於劉衙內的無理要求,向皇上要來一紙涉書。

所以,就算是握有勢劍金牌的包待制,在擁有「皇權」的同時,也必須小心翼翼、採取迂迴曲折的方法,為民除害。先是「收回」紫金錘,讓劉楊兩人喪失皇權,再進行問罪。

權力是需要儀式加以完成的。包公展現魄力與威嚴,藉由查訪之身分地位、擁有之權力,作出大快人心的處置。劉衙內在身分不如包公、情勢不利於自己的情況下,妄想以皇權脅迫包公屈從,卻被包公的「赦未來,先殺壞。」巧妙地轉換了。

一時之間,掌控了陳州百姓生計的罪人,權、勢、地位完全反轉。

在〈陳州糶米〉中,面對強霸的惡勢力,張㧑古在壓迫的處境裡選擇了對抗,為自己帶來犧牲的命運,這樣的代價太高,卻也因此而更具有偉大的價值。然而,這不也突顯出權威下的無權百姓,有如生存在煉獄之中?

張家的災難,何嘗不是陳州百姓的災難?那麼,包公對張家的救贖,不也是對陳州百姓的救贖?

形成這災難的因素,不得不歸咎於權豪勢要喜錢嗜利的企圖與貪婪。范長華說:

眾衙內上場必稱自己是「權豪勢要之家，累代簪纓之子」，其
「勢」與「力」雄厚可觀；……劉衙內竟與范仲淹、韓琦、呂
夷簡等朝廷重臣共商賑災之計；……衙內往往混入行政決策中
心。……劉衙內不但保舉自己的兒子和女婿，而且獲敕賜紫金
錘；又，當劉衙內知道包拯要審判其子與婿時，他還能向皇上
取得赦免活人的赦書。[17]

在一個官官相護的時代裡，正義之士常是勢孤力單的。試想，
倘若不是在一個以權威壓制民眾的社會中，怎會有小衙內：

那老子要告俺去，我算著就告到京師，放著我老子在哩。況那
范學士是我老子的好朋友，休說打死一個，就打死十個也則當
五雙。（第一折‧頁98）

這番盛氣凌人的囂張話語？並且，還把殺了無辜百姓當成若無
其事一般，閒得只想往煙花場所灑錢：

俺兩個別無甚事，都去狗腿灣王粉頭家裡喝酒去來。（第一
折‧頁98）

---

17 范長華：〈元代報冤劇的人物塑造〉，《元代報冤類雜劇研究》（高雄：復文出
版社，1995年），頁278。

空有賑恤之名，而無濟災之實，「糶糧多爲豪強嗜利之徒用計巧取，弗能周及貧民。」[18]是成宗大德五年的放賑情狀，卻也陳述著一個事實：未放賑的年代，生民是貧民，即使中央政府體察地方的慘狀，也有開倉賣米的事實，但在黑暗的政治運作中，百姓依舊是貧民，不僅未蒙受賑濟的好處，反而還必須看這些擁有權位的惡霸臉色，乞求分一杯羹。韓琦說「那裡是濟民，必然害民去也。」（楔子・頁91）不就是代替百姓道出類似「苛政猛於虎」，最直接的心聲嗎？

三、權勢與地位的糾葛

「劇作雖然對元朝的最高統治者還寄予幻想，但在反對權豪勢要和貪官污吏這一點上，卻是鮮明有力的毫無猶疑的。」[19]事件的解決，終究還是要靠未告老還鄉、卸去官服的包拯，否則，若包公放下權位，已爲一介平民，又有什麼憑藉可以救人？

以官制官，以權制權，仍是不可避免的手段，因此張懺古一方面恨官吏的無情，卻不得不在臨終時要小懺古「揀一個清耿耿明朗朗官人每告整，和那害民的賊徒折證。」（第一折・頁98）主持公道。

張懺古所恨之入骨的，是權豪勢要和貪官污吏踐踏庶民的行徑。然而，想對這些飛揚跋扈者制裁，終究還是要靠另一種權勢來

---

18 宋濂：〈食貨志〉，〈常平義倉條〉，《元史》（臺北：藝文出版社，1982年）。元代統治者雖然實行賑濟救，但救濟糧款往往被權豪勢要和貪官污吏強取豪奪。又如《元史・本記・世組》亦記載：「吏與富民因結爲奸，多不及於貧者。」

19 張庚、郭漢城：〈北雜劇的作家與作品〉，《中國戲劇通史》上冊（臺北：大鴻圖書有限公司，1998年），頁242。

解決。一方是貪吏,另一方是良臣,兩股力量是上層統治間的矛盾與衝突,可也是消解民生疾苦的唯一方式。

但,光靠權勢是無法撥雲見日的,你權勢與地位比我還強,我有皇親國戚的後臺比你硬朗,於是,「智慧」便在權位的交戰裡,成為最重要的「利器」。

范仲淹規定五兩一石,劉衙內改為十兩一石,還私自加上泥土糠秕。一山還有一山高,官定價格之外,劉衙內自有貪污吸金的手法。藉著開倉販糧大撈一筆,看似聰明的如意算盤,卻是只著眼前利益,不顧禍害已一步步向自己逼近。當范仲淹等人得知劉、張趁火打劫、為害百姓的事實,再差遣包公前去查案,劉衙內的計謀已是紙包不住火,將要大勢已去。然而,劉衙內畢竟不是省油的燈,對於如何拯救自己的兒子和女婿,腦筋甚且動到皇帝頭上!

包公首先提出「老夫去則去,倘有豪權勢要之徒,難以處治,著老夫怎麼?」(第二折‧頁104)的疑問,得到范仲淹的保證與充分授權:「待制再也不必過慮,聖人的命,敕賜與你勢劍金牌,先斬後聞。」(第二折‧頁104)如此一來,有先斬後奏的「優勢」,要治那兩個貪官也就更有把握。

對包拯所擁有的特權,劉衙內顯然是畏懼的,否則不會在包公轉念欲去陳州查案之時的驚異反應:

> (劉衙內做驚科,背云)唉喲,若是這老子去呵,那兩個小的怎了也!」(第二折‧頁104)

並且向包公說項,要包公「若到陳州,那兩個倉官可是我家裡小的,看我分上看覷咱。」(第二折‧頁104)手下留情,給些面

子。然而，包公對於官場中互相奉承或掩飾過錯的文化是毫不理會的，反而給了劉衙內既肯定又如同當頭棒喝的回答：

> 這劍也，到陳州怎肯干休，敢著你喫一會家生人肉。唉！看那個無知禽獸，我只待先斬了逆臣頭。（第二折·頁104）

面對包公斬釘截鐵的堅決態勢，劉衙內顯然不甘勢弱：

> 老府尹好沒面情，我兩次三番與你陪話，你看著這勢劍，說這上頭看覷他。你敢殺了我兩個小的！論官職我也不怕你，論家財我也受用似你！（第二折·頁104）

說是「威脅」也好，說是「惱羞成怒」也罷，看來，劉衙內正以權勢與地位，企圖和包公相抗衡。只是，劉衙內的一番話，更加顯現他的心虛。然而，高姿態的放話，並無助於拯救性命的實質意義，他不得不放下身段，把權威勢力放在一旁，向范仲淹求情，卻也獲得了極有利的奧援——皇帝的一紙赦書。

〈陳州糶米〉中的包拯，面對的並不是一個簡單問題，如果只是單純的民間糾紛，要解決似乎容易多了。然而，這卻是當朝為官的衙內權霸之子用皇帝賜予的紫金鎚濫殺無辜，打死了一位只不過對於賣米的不合理據理力爭的平民案件，所牽涉的是官與民的複雜糾葛。原因在於：這是一個官官相護的社會環境，即使包公擁有鐵面無私的封號，卻不得不小心翼翼地處理皇室成員的犯罪。

於是，在權勢之外，必然要有另一種力量可以消滅權霸的氣燄，那便是包公用智慧與膽識，為毫無憑恃的平民伸冤。在這齣戲

劇裡，「社會公正奇蹟般地超越於在漫長的中國封建社會中總是高於一切的帝王權威，尤其是因為包拯雖然一般而言並不公開而直接地與最高統治者對抗，卻經常用他的計謀，使皇帝赦免罪犯的聖旨成為一紙空文。」[20]

高官是一種威權，卻也是一種束縛。包公先暫時解除官吏身分，更靠近民間傾聽生活真實，掌握禍害行為，把對方也擁有的、象徵皇權的紫金鎚收回，確立自己的「優勢」先斬後奏、先發制人，最後以赦書完美地釋放小憨古。

在這場權位的「戰爭」中，充分證明了一件事：權勢與地位並非解決事件的護身符，妄圖以權威去壓制對方或成就企想，反而更可能遭致失敗。包公以慧點之佈局，給予惡棍罪有應得的處罰，不但贏得漂亮而且更有意義。並且充分地展示了一個真實生活中的小人物，在悲哀與無奈的怨懟之後，終究獲得一個報仇申冤的結局，讓觀眾在經歷悲傷與激情之後，猶有一些愉悅的補償。

四、紫金鎚與御賜寶劍──另一種權勢的存在

一是勢劍金牌，一是紫金鎚。勢劍金牌是皇帝之賜予，紫金鎚又何嘗不是御賜？在這擁有先斬後奏不分軒輊的權勢中，如果貿然行事，恐怕無法解決問題。於是運用智慧的包公，藉由扮演老叟的一段情事，得知楊金吾和小衙內將皇上所賜予之寶物隨意交給妓女，因而採取機巧行動。先將紫金鎚由王粉蓮處追回，一來讓這帶有至高無上權力的物品，脫離作惡官僚的操控；二來也掌握住對方輕易將御賜之物作踐的證明。於是，為惡者保護自己的利器和傷害

---

20 同註5。頁173-174。

自己的把柄，被包公所牽制，根本沒有狡辯與脫逃的機會。

　　包公的機智，不僅完美地把一件棘手的案子從昏暗化爲明朗，讓該接受懲罰者得到該有的報應；讓受冤的生民雖然無法回復原有的圓滿，卻有可堪告慰的結果，並且「巧妙地鑽了一下皇權的空子，嚴肅地開了一下皇權的玩笑。」[21]

　　代表皇權的紫金鎚，竟然被當成一般禮物似的送了人，況且還是「淪落」到一個煙花女子的家中，看在包公眼裡，是何等震撼與痛心！這等同把皇上所賦予的權利踐踏，完全不放在眼裡，從沒有人敢挑戰或輕忽的權威，卻被這兩個貪官隨意與人。也難怪包公「聽說罷氣的我心頭顫，好著我半晌家氣堵住口內言。直將那倉庫裡皇糧痛作踐，他便也無憐，我須爲百姓每可憐。」（第三折・頁110）

　　包公對御賜之物的「下場」，心裡恐怕是五味雜陳吧！玩笑的字眼，是包公「引誘」王粉蓮拿出紫金鎚的不得已作法，可一點也不覺有趣，而是嚴肅中帶有憤怒。然而，看在讀者眼裡，難道不是作者在有意無意間，開了皇權一個有點意外，卻也有些滑稽的玩笑？

　　一個是紫金鎚，一個是御賜寶劍，同樣是代表皇勢，也同樣擁有無上權威。然而，紫金鎚竟是「若陳州百姓刁頑呵，有敕賜紫金鎚，打死勿論。」（楔子・頁91）的一種恐怖殺器！試想，在「連歲災荒料不收」，鬧饑荒的年代，有官員下鄉放賑，民眾買米救命，渴望都已不及，怎還能「刁頑」、「不伏」、「刁潑」？在賣

21　賀新輝：〈陳州糶米〉，《元曲新賞》（臺北：地球出版社，1992年），頁214。

米濟民的同時，卻又對百姓在「交易」過程中，可能發生的假設問題有預設立場，難道真如老憊古所說的「也是俺這百姓的命該受這般磨滅，正是醫的眼前瘡，剜卻心頭肉。」（第一折・頁93）生活在旱災中的陳州百姓命該如此？

御賜寶劍是用來懲罰爲非作歹的壞人，而在包公的辦案過程中，這些該判死罪、即刻當斬惡徒，不能和一般平民相提並論。就算在倉米買賣之間有些爭執，自有國法處置，根本用不著大作文章，用御賜之鎚行刑！

然而，拋開御賜威權之物的出發點及目的，紫金鎚和寶劍卻是不分高下的！這使得擁有寶劍的包公要懲治握有鎚子的劉、楊兩人，竟是難如登天！令人拍案叫絕的是包公運用巧妙的計策，讓紫金鎚在惡人手中空存御賜之名，卻在包公安排的一齣戲中，起了決定性的作用（鎚死小衙內），並且，讓敕賜之劍以懲奸之名劃出血光。楊金吾和小衙內或許沒想過會有這麼一天，自己所擁有的「利器」竟成爲懲罰自己的工具！除了爲非作歹罪有應得的原因之外，誰叫他們要任意將皇上的賜予隨意給人？

於是，我們清晰地看見：在「人」之外所擁有的權威與地位。一隻劍、一把鎚子，加諸御賜的「封號」，就搖身一變，成了尊貴的行刑工具。但是，工具本身是無貴亦無罪的，那麼，要讓它救人抑或殺人，掌控者就最爲重要了。

紫金鎚在王粉蓮手中是唬人用具，王粉蓮也藉此鎚子提昇自己的地位，卻也換來責罰；在劉、張手裡是讓百姓閉嘴的保證品，讓他們耀武揚威了好一陣子，終究逃不了死罪；在包公手上卻是懲處奸人的刑具，不但讓陳州在荒年中雪上加霜的官吏害事解除，也讓「蒙難」的紫金鎚回歸真正的用途。

當紫金鎚和御賜寶劍碰觸在一起，也許，還要再加上一個清廉的包拯，才能用其所用，除暴安良。

五、矛盾中的抉擇

權威與弱勢的矛盾、發糧卻又傷民的矛盾、乃至於包公去與不去陳州的矛盾，更加強戲劇的衝突性。

從這段話，可知范仲淹顯然已經曉得至陳州糶米的兩人爲惡的事實：

> 老夫范仲淹。自從劉衙內保舉他兩個孩兒去陳州開倉糶米，誰想那兩個到的陳州，貪贓壞法，飲酒非爲。奉聖人的命，看老夫再差一員正直的去陳州，結斷此一椿公事。（第二折·頁98）

再說，倘若劉衙內是眾所公認之正直之士，自己兒子有爲非作歹的嫌疑，本就該避嫌。既然如此，又怎會派遣身爲小衙內與楊金吾至親的劉衙內去察訪呢？

然而話說回來，范仲淹等人對於陳州事件發展至出人命的情況，是必須擔負一些責任的。甚至，當劉衙內知道包公將前去查案，因而向范仲淹求救時，范仲淹竟主動爲他向皇上求得一紙赦書，不正是爲虎作倀嗎？

陳州亢旱，皇上欲差遣官員赴地方賑災，本是件好事。范仲淹、韓琦與呂夷簡的共同看法是「此乃國家緊急濟民之事，須選那清忠廉幹之人，方纔去的。」（楔子·頁89）就在劉衙內薦舉自己的孩兒及女婿時，范仲淹已覺不妥：「衙內這兩個便是你的孩兒，

老夫看了這兩個模樣動靜,敢不中去麼?」(楔子·頁90)韓琦也抱持反對意見:「學士,這兩個定去不的。」(楔子·頁90)但劉衙內的一番說詞,讓呂夷簡首先以「此事只憑天章學士主張。」(楔子·頁90)表示不反對的意見,於是,劉、楊二人至陳州糶米便成了定局。

如果說,決策權屬於范仲淹所有,無疑地,范仲淹以他的權勢,在官派賣米的人事中扮演決定性的角色地位,但這樣的權勢,卻導向錯誤的抉擇。並不是說派遣的官員非此二人,就必然不會有與民爭利的情狀發生,但因為劉、楊二人的囂張跋扈,引發命案,卻是不爭的事實!好在范仲淹並非是非不明之人,運用權勢作出錯誤決定之後,再次運用權勢,派出包拯,終究讓害群之馬接受裁罰!

「范仲淹的動議,像一顆試金石,試出包拯的真心;像一副催化劑,加劇了他與權豪勢要的對立。」[22]包拯因為看透政治中的複雜對現實清醒,因而萌生「不如及早歸山去」的意念,也因此面對陳州考察官吏、安撫黎民之行,並不熱衷,甚至推辭范仲淹的薦舉。然而當范仲淹以「待制堅意不肯去,劉衙內,你讓待制這一遭。他若不去,你便去。」(第二折·頁103)的一番「激將」(就包拯而言,如果劉衙內真至陳州考察,將只是徒具形式、包庇嫌犯而已,根本無法解決或呈現事實真象)催化,讓他「從來不劣方頭,恰便似火上燒油,我偏和那有勢力的官人每卯酉。」(第二折·頁104)的充滿正義的使命感與對抗權勢之形象,毅然表出。

作為一位讀者關心的是:這兩個賣米的壞蛋會不會得到制裁,

---

22 陳大海:〈陳州糶米〉,《待月西廂花影動──元雜劇賞析》(臺北:開今文化事業有限公司,1994年),頁243。

似乎不會對包公在赴任查案中所表現的反覆（去與不去）加以質疑，畢竟，在敵霸威權而我勢孤的政治環境裡，欲在複雜而紊亂、不明是非的機制中昂首闊步，實為難事。

當包拯婉拒范公的薦任，讀者正待狐疑有誰可以替代之時，劇情卻玩笑似地讓這屬於「惡勢力的劉衙內」去察查附屬在「惡勢力的劉衙內」中的另一股惡勢力，讓這件貪贓枉法的情事幾乎要被掩飾得逞！但很快地，正義的一方已沛然成候，在面對惡劣的政治風暴中，包拯考慮的已不是自己想要逃離的獨善其身，而是為平民主持公道的勇氣與決心。

沒有人會自甘與達貴顯要對立，尤其身處政治圈中的一員，包公也是人，當然也不可避免地具有常人的本質。那麼，先前包拯的推辭，正是一種在困境中的矛盾與煩擾，所不得已的抉擇，身為讀者的我們，是不該苛責的。但主持正義的清廉之士，終究還是挺身而出，也更讓人對他不拒強權的可貴更加肯定。正如顧頡剛所說：「從矛盾中刻劃人物，人物才會顯得具有生命活力。如若僅僅寫他嫉惡如仇的一面，在當時的社會裡，倒成為一個不可理解的、離開現實的簡單話的人物了。」[23]

看似先前「獨善其身」而後「兼善天下」的矛盾，更顯出包公無法擺脫拯救生民責任的重荷。「戲曲中大量的滑稽調笑成份，正好是戲取中同樣無處不在的悲情成份的必要補充。」[24]悲情中的滑

---

23 顧學頡：〈元雜劇分析欣賞舉例〉，《元明雜劇》（臺北：萬卷樓圖書有限公司，1993年），頁146。

24 同註7。頁129。劇作中的對白，由於沒有曲文的平仄格律限制，可容有自由的表現，甚至穿插在曲詞中的有趣話語，和有著較嚴肅或帶有憂鬱傷感的基調形成互補，也具有調節氣氛的作用。故事的呈現，在血淚中交織幽默，調節了氣氛，其實也正是對於生命中的苦難有加深突顯之意味。

稽，不是真正的歡笑，卻是災難的反襯，更是對於蒼天不憐的強烈呼喊。除此之外，在〈陳州糶米〉的幽默中思考，不也有著「使觀眾在笑聲中思索，體會到當一個爲民除害的清官的辛酸苦楚，從而愈加感到包拯的可敬可愛。」[25]的意義嗎？

從悲憫的角度而言，包公之所以必須暫時「淪落」到成爲煙花女子的「跟班僕人」，更可見他不打草驚蛇，因而不顧自己形象，只爲除奸捉弊、爲百姓主持正義的凜然精神，正如施旭升所言：

> 它的娛樂大眾的價值取向並不意味著只是一位地逗笑取樂，只是一種「大眾的狂歡」，而且還必然包孕著一種廣泛而深刻的悲天憫人的情懷。[26]

肆、〈陳州糶米〉中人物的鮮明對比

擁有權勢，是否必然要將它視爲一種驕傲或憑恃？劉衙內以貪婪之心，攪動一場陳州的人禍，讓飽受天災之苦的百姓，經歷一場人生浩劫；張千雖然沒有真正做出壞事，然而，服侍在正人君子的包公身邊，卻鮮明地表露出貪小便宜、狗仗人勢的人性醜惡。

一、包公與劉衙內

在現實社會中，或許清廉之吏猶如鳳毛麟角，尤其在元代這個善惡不明、是非不分的王朝。既然所處的是權豪勢要當道、人心險

25　同註20。頁259。
26　施旭升：《中國戲曲審美文化論》（北京：北京廣播學院出版社，2002年），頁235。

惡的境況，於是，便激發出向舊有時代追尋的意圖，在歷史上曾爲清官代表的包公形象，被劇作家移置到現實中，超越時空，狠狠地把現實中的作惡者打了一巴掌！

劉衙內、小衙內和楊金吾是一組；而其中最惡者，無疑是身爲長輩、且貴爲高官的劉衙內！從楊金吾、小衙內欲開倉賣米，劉衙內的「面授機宜」；直到想在小憋古誤認劉衙內爲包公的同時，「搓」掉這見駭人聽聞的慘事；更甚者想要「赦活的不赦死的」，在在顯示劉衙內掩蔽是非、不擇手段的殘暴。

小衙內、楊金吾充其量不過是小流氓的角色（從知道包公查案之時，兩人驚嚇的樣子，和張千狐假虎威時，奉承之態度，可以略知一二）只是長輩手中的一著棋和犧牲品而已！結果是小角色在胡鬧了一陣之後，被「以其道還人之身」，讓父伯的一句話和自己的貪婪害死。

然而，對劉衙內來說，走一錯步路、全盤皆輸。他輸掉的不僅是自己的兒子和姪子，以及承受無盡的失子之痛，同時，在一個勢力的政治圈中，何嘗不是宣告優渥權勢的瓦解？小憋古失去父親的痛苦，現在，劉衙內的人生才要開始感同身受失去親人的殘酷痛楚，這不是上天對作惡之人最嚴厲的懲罰嗎？

范仲淹、韓琦與包拯又是另一組；劇作主題在包公查訪糶米之事，其餘官吏的出現，無疑是襯托包公角色之特出。范仲淹、韓琦等官員，固然已看出賣米劫貧的錯誤與嚴重性，但真正的問題解決，是靠行動與決心，並非靠朝中愁眉不展的言論。

陳州的事件，仍猶待包公親臨走訪、懲奸平惡。如果說，包公最後仍以年老不適任，而拒絕范仲淹之請託，那麼，百姓是否仍生活在貧窮饑荒與囂張權貴的迫害與陰影中？然而，包公還是走了這

一遭，並且，給了一個讓人喝采的說法！老憨古那段將死而猶存一口氣、感人肺腑的字字控訴，卻成為陳州百姓重新在饑饉中活命的契機；而包公審案彰顯的公義，更讓老憨古用生命換取的結果更有了無可取代的價值。

那麼，包公形象的出現，不也是楊衙內作為仗權欺人貪吏的反激之物嗎？同為具有權勢地位的楊衙內與包公，也同樣在運用權勢中佈局，然而卻有全然不同的心態與行事風格：

包　拯	楊衙內
為大小憨古主持正義，也就等同為陳州百姓解決了權豪勢要的荼毒災難	為己私利，橫行不法，不顧民眾缺糧危機。當知曉包公視察，更只知保全自己生命
行事以智取為首。如巧扮老漢混入賊人「秘密機地」，委屈自己，[27] 目的便是刺探軍情，並取得劉、楊兩惡少「視御賜之鎚於無物」的充分證據，再巧計收回，取得事件的主導地位	只見氣急敗壞，就想靠更高的皇權解救，殊不知在擁有御賜之劍的包拯眼中，權貴犯法與庶民同罪的理念不會屈服，御賜權利落入對方手中，更不必談相互對抗
正大光明，用自我力量，完成佈局	消極防禦尋求外在的權勢企圖以霸制人

行事風格的差異與心態上的絕對反差間，實則便是官民之間的矛盾衝突。同為高官，但包拯所代表的是將心比心的瞭解與悲憫，

---

27 包公假扮莊家老兒，「有時還得使用欺騙的手段或委屈自己向犯人示好，⋯⋯」
　語見丁肇琴：《俗文學中的包公》（臺北：文津出版社，2000年）。頁340。

而劉衙內所代表的是則統治者運用絕對的威權統御。「懲除貪官污吏，打擊權豪勢要就是包公運用『自覺意志』，企圖實現的目標，而他與劉衙內的鬥爭，正是封建統治階級內部進步與腐朽兩種力量的社會性衝突。」[28]包公與劉衙內，一正一反的行事風格及心態，在法制失序的社會裡，益加鮮明。

二、包公與張千

作為一個權勢與地位的象徵，除了自己本身的裝扮之外，排場更是非同小可。不必談論皇帝或宰相，僅就皇帝所派遣的欽差或地方縣令為例，儀丈凜凜、人馬浩蕩，不可一世之慨，常是歷史中官吏出巡的複沓場景。

然而，在包公出巡訪查的過程中，不見包公帶領大批人馬前進陳州，甚至只帶了一個張千，自己扮演起村家老漢，儘吃些落解粥……。張千的一番話，雖然是對於包公行事的一番埋怨，但或許我們不該太過責怪張千，畢竟以地位和使命來說，包公實可排開氣勢，大搖大擺地進入陳州，名正言順地接受陳州官吏的接待；那麼，身為僕役的張千至少也沾一些光，莫說將擁有多少禮數的問候與崇敬，豐盛的餐宴是絕對少不了的。

但畢竟張千跟從的是一位只論百姓苦、不管己身樂的清官包公，連帶地，也只能就於現實，發發牢騷而已。當包公可以充份運用他的權勢與地位時，他卻把屬於自己生命外在所加諸的權力擱置在一旁，反而是地位卑微的僕役張千，卻要狐假虎威，妄想呼風喚

---

28 胡今望：〈論陳州糶米中包公形象的塑造及其審美價值〉，《古今藝文》第23卷第2期，頁40。

雨，趁機炫耀權勢。掌控權勢而不亂用權勢，地位崇高而不以地位為傲，不就是清廉且清苦的包公最佳典範嗎？

當張千左一句「肥子雞兒」、右一句「茶渾酒兒」之時，包公慢條斯理地，既詼諧又嚴肅的一句「著你吃那一口劍」，除了趣味橫生之外，更值得讓我們省思：威嚴與地位是用來保障好人、制裁犯人的特權，如果因擁有「階級」與「征服」的觀念，把被賦予的立場當成無上的特權，便要百姓奉承，這種強迫招待的方式，同樣擾民，那麼，和偷斤減兩的賣米有何差異？

伍、結論：還原真相，顯現正義

文崇一《歷史社會學——從歷史中尋找模式》說：

> 報恩與復仇，不論大小，不但獲得社會的承認，而且為社會所讚揚和鼓勵。顯然，它符合中國人以道德為中心的社會價值和規範的要求。[29]

在法律體系中，懲罰是必要的基礎。要解決興訟事件，唯有還原真相，還受害者一個公理，並對施暴者嚴懲。而這樣的事件，在老憨古的眼中，直指必須包公方能解決。

---

29 文崇一：〈報恩與復仇：交換行為的分析〉，《歷史社會學——從歷史中尋找模式》（臺北：三民書局，1995年），頁237。

　　小懺古向包公告狀，完成了為父報仇的心願，這樣的復仇強調
了小懺古的孝順，但這畢竟只是個人的、一時的，即使為社會價值
所認同，終究只具有消極意義。「殺人者死」是普遍觀念，但對於
罪犯的行刑者是劊子手，輪不到小懺古執行。然而包公卻一反常態
地讓小懺古親手處決不共戴天仇的惡人，更可見官吏和平民對復仇
的看法相當一致。

　　此舉不但是小懺古，連包公也算是犯了禁。然而，包公卻又巧
妙地以皇上的赦書，化解此事。這實在是因為「仇而不復，則人道
滅絕，天理淪亡。」的觀念深入人心，在一個法律無存的社會中，
民眾所期待的是問題的解決、壞人受到報應，而不是問案過程。

　　只是，報應的背後，仍有勸善的意圖。

　　如果人間的法律得不到落實、貪官污吏的罪惡得不到及時或令
人信服的懲處，事件便不會得到解決。雖然說，在〈陳州糶米〉的
故事裡，包公的斷案過程，不涉及完整的司法程序，迅速處決了惡
人，卻也因此而讓平民百姓含冤的心理得到補償，黎民百姓渴望政
治清明的期待，並不會因為包公違背了法律之前人人平等，依憑自
由意識用小衙內一命抵小懺古一命，開了皇權一個小玩笑而失落，
相反地，更加肯定包公出場平反，讓民眾取得精神上的勝利。就小
懺古而言，這樣的結局是報了父仇；就小衙內等惡官來說，是受到
報應。徐中明說：

　　　所謂「報應」，乃是在人間法律「缺席」甚至製造「罪惡」的
　　情況下，人們可以憑攜的最後一點希望。當然，在「報應」的
　　背後，也有「勸善」的意圖。……這種「報應」體現出來的意
　　涵即是人們關於「公平」與「正義」的理想與訴求。也就是

說，所謂「報應」乃是「罪與罰」之間的一種精神平衡——罰惡賞善或者有罪必罰。[30]

罪與罰的另一方面，是正義與公理的伸張，也是包公實現王法與天道的使命，包公不啻是王法與天道的守護者與實踐者，更是矯正王法缺失的一大功臣。

包公固然懲處了惡人，卻必須以皇帝御賜的金牌爲後盾，離開了劍，包公終究沒有實質力量。

皇權的象徵「勢劍金牌」一出，先斬後奏的行動有了合法的權力依據。也就是說，清官執法最終的依託仍舊是皇權。一把劍可以用來維持皇權、保障小民。操持御賜金劍的包公所代表的仍是皇權勢力，也是對皇權的絕對支持。

那麼，除了包公之外，有多少人爲了王法、爲了皇權而有所堅持？讚美包公平冤和爲民除害的同時，也蘊含著對於時代官員面貌的諷刺與批判。

就整個事件而言，陳州乾旱，提出放糧，並訂出糧價，基本上是一種王法的表達方式，也顯現上位者是了解民意的，可惜的是一群壞人踐踏司法，亦即是踐踏王法，視民意爲無物。壓抑的結果，必引爆民怨，因而形成的兩方對壘，衝突便生。

《中國戲劇發展史》提到：

在這些戲劇衝突的構設中，總出現兩個陣營力量的明確對壘：一方是代表著傳統美德的善良與正義，……另一方，則是代表

---

30 徐忠明：《包公故事：一個考察中國法律文化的視角》（北京：中國政法大學出版社，2002年），頁319。

著社會病態的醜惡與奸邪，體現為搶劫、霸佔、強取豪奪等惡
行。[31]

而這兩方面的碰撞與鬥爭，正形成了戲劇的衝突方式。沒有公
理的世界，正是道德的瓦解，包公挽救人命，事實上也在挽救頹廢
風氣。平民百姓和官員惡勢力的懸殊搏鬥，落得悲慘下場，唯有和
這些邪惡官員擁有相同地位的清官，才可能放手一搏，甚至要耍弄
一些技巧，才能將惡人繩之以法。

而包公在司法場域的一場戰爭中，超越法律，進行自由裁量。
權力在握的包公，自行偵查審理、決定罰責，進而正確超凡地判
斷，並藉由儀式的包裝懲惡除禍、為平民討回公道，正是象徵公理
正義的勝利。

「〈陳州糶米〉中宣揚的『王法』⋯⋯，實際上也正是人民
群眾中一種樸素的『平等』觀念以及對人起碼的生存權利要求的
反映。」[32]無可否認的，在中國歷史上，君權遠勝過任何機制或法
律，法律常常只規範臣民，卻無能約束皇帝。也因此，皇帝的一紙
赦書或定罪之詔，根本不是明訂的刑罰所能比擬的。「當制度無法
賦予人民任何預期可能性時，人民唯有期待聖人、賢君出現，以對
其個人德行、操守之信賴來等待救贖。」[33]在法律解釋模糊時（或
者說是一個灰色地帶，有很大的詮釋空間），斷案官的良心制裁與
權衡就更形重要。包拯，便是無可取代的清廉與公正的象徵。

---

31 廖奔、劉彥君：《中國戲劇發展史》第二卷（太原：山西教育出版社，2000
年），頁223。
32 鄧紹基：《元代文學史》（北京：人民文學出版社，1991年），頁282-283。
33 劉恆妏：〈由包公系列小說看傳統中國正義觀〉，《月旦法學雜誌》第53期
（1999年），頁43。

「張憋古之死，既暴露了封建官吏殘民以逞的罪惡，又揭露了封建王朝『開倉濟民』的欺騙性。」[34]但這被唾的威權，卻因爲有了包公而仍舊被賦與希望。包公用他的良心與智慧、權勢與地位，還原事實的真相，顯現實質上的正義。於是，「包公文化一進入文學藝術領域，立即產生爆炸性的傳播效果，……一個以除暴安良、扶正驅邪爲己任的包公，自然便成爲他們理想的化身，謳歌的對象。」[35]

一邊是擁有權位尊貴、掌握民眾生殺大權的官場吏役；一邊是只能眼睜睜地面對饑饉時，任由惡霸偷斤減兩的庶民。一個是有權而不知體諒民生疾苦，甚且猶然擴權、濫權；一個是無權而必須屈服於惡吏之下，「冤案的產生不是導源於權貴豪霸的枉顧人命，便是由於貪官污吏的見錢眼開，而受冤屈的永遠是無權無勢的老百姓。」[36]民眾所渴求的，只是得到一些米糧，可以在旱災中勉強渡日，但這微小願望，在權霸欺凌作梗之下，竟是難以達成！

權勢的有無與地位的高低，在官與民之間形成強烈的對比，擁有特權的一方，永遠不知道被壓抑與迫害的心酸與無奈。蒼天不憐，「亢旱三年，六料不收，黎民苦楚，幾至相食。」（第一折‧頁88）已經夠令人鼻酸了，奈何來了個救星，卻是凶神惡煞，不但未能讓生活得到保障，反而必須更忍氣吞聲？如果劉得中和楊金吾身懷重任，把上位者所賦予的權勢與地位扮演稱職，遵循欽定五兩白銀一石細米的規制，不僅不會有被斬被鎚的結局，甚至還有成爲

---

34 王起等：〈包待制陳州糶米〉，《中國戲曲選‧上冊》（北京：人民文學出版社，2000年），頁410。

35 程如峰：〈包公文化的形成與發展〉，《歷史月刊》第112期（1997年），頁73。

36 呂幸珍：《元代包公戲研究》（臺北：國立臺灣師範大學國文研究所碩士論文，1995年），頁31。

拯民英雄的可能。然而，有權又貪婪無厭的私心作祟，終究要接受擁有權勢卻痛恨專權的包公審判，喪失權位，也丟掉性命。[37]

　　同樣身居官場要職，有人是藉由被賦予的權威，搜刮民脂民膏，向下沉淪；有人是僅在必要關頭，為了解決百姓痛苦，因而藉著權位，對違抗聖命、荼毒生民的貪官加以懲處。權勢與地位本身並不是豺狼虎豹，相反地，有時甚且是救人的工具，然而，不一樣的拿捏，卻有天壤之別的結果。劉衙內、小衙內、楊金吾濫用威權的下場，反而十分諷刺地成了威權懲處下的罪人；包公用威權打破惡勢力，卻更加強了在人們心目中無可取代、清廉救民的地位。

　　經由這場糶米公案，失序的社會因此重新建立；糶米事件雖然只是冰山一角，但百姓終獲正義，顯現改造社會的可能。而包公知己知彼，掌握權與位的運轉，終於水到渠成，達到獎善懲惡的目的。

　　當權勢與地位攬在身上時，有多少人能夠將它視為雲淡風清的一抹煙塵？又有多少人把它的價值不斷擴充，用非正義的手段去壓制手無寸鐵的無辜百姓？一齣〈陳州糶米〉，呈現嚴肅與風趣的和諧統一、保善與懲奸的雙重效果。

　　用欣賞戲劇的方式，思考人類在社會中如何生存、在權勢與地位中如何放下與堅持，無疑是〈陳州糶米〉一劇所給予我們的啟示。

發表於《輔仁國文學報》，第二十一期，九十四年七月。

---

37 同註19一書。據〈大元通制條格〉所載，「大德二年正月，中書省河南行省咨朱參政呈軍民不便一件。游手好閒之人，不肯依本分作活，多於諸衙門宮人根底投做總領面前祗候。」可看出投身公門為祗候僕役者，有些曾是游手好閒之人，一但進入權勢與地位的公家機構，便狐假虎威，作威作福，藉機欺壓人民。陳州糶米中之張千，妄想賺吃賺喝，還自詡為「立的包待制」，便是欲假包公之權，向劉、楊二人行敲榨之實。

文化人的情意與詞心

論韋齋詞的生命情境與懷抱

摘 要

詩歌作爲情意生命的發顯，足以成爲作者心靈境界之載體；身爲閱讀者，更可從中領略其精神與懷抱。

本文以勞思光先生的詞作爲研究對象，其目的在彰顯先生文化哲學之外的情意生命面向及開展之心靈境界。主要探討內容爲：一、研究緣起、範疇及價值之說明；二、韋齋詞文本之詮釋；三、韋齋詞之風格、主題與特色；四、韋齋詞透顯的情意生命與襟抱。

關鍵詞：生命書寫、思光詩選、韋齋詞、勞思光

壹、前言

勞思光先生（1927[1]－）出身翰林世家，是湖南長沙人，本名勞榮瑋，字仲瓊，號韋齋。先生以「思光」作為筆名，最早見於一九五〇年的〈從文化史上看國家價值〉。[2]先生曾就讀北京大學哲學系，後轉入臺灣大學系就讀。之後赴港居住，並曾於哈佛大學及普林斯頓大學進行學術研究及訪問，現為華梵大學哲學系講座教授。

先生對於思想研究之透徹與精深，已是公論，而思光先生雅好賦詩，在港時期並曾參加過「芳洲詩社」[3]，每有感懷，便有即興吟詠之作，故而從先生的詩歌作品中可以體察其情意面向之開展及心靈境界。

吟詠詩歌是士人文化生命發皇的傳統力量與模式，因而先生的詩詞創作，即是文人生命的存在方式。文學生命在哲學智慧的通透之際可以得其深；哲學生命在文學意興的潤澤中更能呈顯其韻；是故，文學心靈與哲學智慧的融貫，是極其重要的。而勞思光先生是一位哲學家，也可以稱為是一位「古典詩人」（即是一位哲學家詩人），正是文學心靈與哲學智慧融貫的典範。因此，筆者於先生詩歌創作之研究中，希能藉此將其古典詩研究下貫至現代領域，並

1　九十三年筆者與敝系林碧玲教授申請國科會人文學研究中心補助《思光詩選讀書會》，林氏告知先生曾於91年6月6日告知：民國三十八年初至臺灣時，身分證誤載為民國11年（1922年）生，實則為民國16年（1927年）生。

2　見勞思光：〈從文化史上看國家價值〉，《民主潮》1卷4期（1950年11月25日），收入《哲學與政治——思光少作集（三）》，頁9-13。亦可參考劉國英、黎漢基編：〈勞思光先生著述繫年重編〉，《無涯理境——勞思光先生的學問與思想》（香港：中文大學出版社，2003年），頁288。

3　先生參與芳洲詩社活動相關事宜，為93年3月6日筆者與林碧玲教授主持「國科會人文學研究中心補助九十三至九十四年度《思光詩選》讀書會」第一次讀書會，先生主講「《思光詩選》的形成與路數」告知。

且在文本閱讀及解析的過程中，深掘勞思光先生「哲學生命」中的「情意我」面向，從而體會其人格形象與生命性靈，透過勞先生哲學家詩人詩作的特殊性，恢弘自家生命氣象，並進而廣開學術視域，闡明思光詩作之風格、主題與境界，探索其詩作在現代中國古典詩學發展中的意義及定位。

貳、研究緣起與研究範圍──「韋齋」詞與韋齋「詞」

先生之詩集名稱為《思光詩選》，曾於八十一年（時先生六十五歲），由三民書局出版。其中收錄了自先生二十三歲（庚寅，一九五〇年）至六十三歲（庚午，一九九〇年）四十年間的詩作，計有二百一十首，另附錄四首，共計二百一十四首。其中作品多為近體詩，而七言律詩數量最多。

先生於《思光詩選》之自序中嘗言：

其初每有所作，隨手棄置，未有輯成卷帙之想；既居香港，始偶有錄存，然佚散者固多於所存，自忖不屬詞林文苑之儔，亦未嘗措意。比年生徒閒話，頗有勸以詩稿付刊者，乃取所存舊稿，託黃生慧英代為整理，按年重錄一通。辛未秋，攜此稿來臺，適三民書局願為刊行，遂以稿付劉振強先生。題為《詩選》，以志所錄之不全耳。……是卷所錄，以乙未後之作為主，前此者不過數篇；下迄庚午，則因黃生於是時重錄，固偶然也。[4]

4 〈自序〉言所錄諸作以乙未（一九五五年）後為主，時先生二十八歲，於此年秋日赴港，因此《思光詩選》內容以先生留港時期作品為主。先生曾自謂二十七、八歲之前，方是詩作最多之時，然而早已散佚，故今日學術界討論「思光詩」，只能從已出版之《思光詩選》入手。

　　詩集名之爲「詩選」，一方面所收錄之作品自庚寅（一九五〇年）至庚午（一九九〇年），只是二十三歲至六十三歲之四十年間作品；另一方面，先生的詩稿如〈退居吟〉八首之八所詠：「唐音漢骨費才思，豈必雕蟲後世知。詩稿半生隨手棄，退居方錄遣懷詞。」[5]先生詩作是由香港嶺南大學哲學系黃慧英教授所整理[6]，作品多是留港時期的創作，二十七、八歲時創作高峰期的作品，多已散失。

　　筆者與敝系林碧玲教授曾主持國科會人文學研究中心補助九十三至九十四年度《思光詩選》讀書會，研讀《思光詩選》，會中由跨校老師組成團隊，對思光詩之文本加以述解。對於《思光詩選》之初步述解工作已經完成，而在讀書會過程中，陸續增補與續新之作品約有三十多首，其中先生補入之詞作共計有六闋，在兩百多首詩中，獨屬一類。

　　然而，對於先生之詩歌創作，以《思光詩選》之名稱之，已無法涵蓋先生之詩歌創作，有重新正名之必要。[7]而與筆者共同主持讀書會之林碧玲教授提到：

5　見《思光詩選》丁卯（一九八七年，六十歲），頁116。

6　先生退休後，師母曾將先生原先隨置於抽屜之中的詩稿收於一袋。六十二歲（己巳，一九八九年）再度赴臺執教清華大學前，當時任教香港嶺南大學哲學系之黃慧英，拜訪先生，建議重新整理詩稿，遂取得先生詩作稿重新謄錄，所錄詩作即師母陸續收存於袋中之作品。至庚午（一九九〇年）先生返港時，已完成謄錄。翌年辛未（一九九一年）秋日，先生攜稿來臺，就黃惠瑛蒐錄者，又增加庚午作品。此段本於九十三年三月六日筆者與林碧玲教授主持「國科會人文學研究中心補助九十三至九十四年度《思光詩選》第一次讀書會」，勞思光先生主講「《思光詩選》的形成與思光詩的路數」之內容。

7　請參考林碧玲：〈「韋齋詩研究」的對象之考察——從勞思光先生之《思光詩選》到《韋齋詩存述解新編》擬議〉，《華梵人文學報》第六期（2006年1月），頁187。

勞氏自七歲初習作詩之後，拈韻娛情乃成為他在亂世中，自我調理情志的主要方式，可謂詩齡猶比哲齡長。因此不管是就勞氏的詩人生命史而言，或就其所承自的中國文人之詩歌創作傳統而言，勞氏的詩作理應據其號而稱之為「韋齋詩」，是以對其詩作的研究自然就應稱之為「韋齋詩研究」，這應該是沒有疑義的。[8]

對於先生「思光詩」正名為「韋齋詩」的意義及必然性已有一番確切論述。先生號為韋齋，其意義是因於兩宋以來乃至明清的風氣，賦詩率用齋名的傳統，故而以《韓非子‧觀行》「佩韋佩弦」之義，而號韋齋。而先生之第一首開筆詩〈聞雷〉為七歲所作，故而林氏言其「詩齡猶比哲齡長」。

除此之外，《思光詩選》出版近十五年，陸續發現部分文本字句有誤；同時藉由讀書會的進行，除了《思光詩選》原本收錄的作品之外，又有增補之作。可見「思光詩選」一詞以不足以涵蓋先生之詩歌創作，因而在國科會補助讀書會結案的同時，筆者任教之華梵大學成立人文與藝術研究室，正式將「思光詩研究」轉移成「韋齋詩研究」，使思光先生的詩歌作品輯錄更為完整，同時亦可提供學界加以研究。

詩詞之同異，固然可從字句或意境中討論，而先生自謂其詞之風格接近北宋後期及南宋，所收述的是人生感受及國家興亡之感，頗有陸游、辛棄疾之人生感嘆，而非蘇軾的「以詩為詞」。先生曾言其詩歌具有宋詩「苦吟」之風格，而非袁枚所主張的「獨抒」性

---

8 同註7。

靈。先生雖然以宋代詩歌苦吟作為開顯文化的其中一種重要形式，從中透顯先生開展世界哲學的理智人格形象，多少和先生的學思歷程與哲學工作所強調的理性思維相契，然而這並不表示先生的詩歌之中沒有性情，而是涵蘊著一種具有時代擔當與批判社會之理想懷抱的真性情。而先生的詞作，較之詩作，更能突顯生命情意流露的價值與意義，是故筆者選定以先生之詞，作為本論文討論對象。

故而筆者未將題目定為「『思光』詞」而定為「『韋齋』詞」，即是本於「詩齡」與「完整性」之意義；而研究「韋齋『詞』」，則是表示先生除了在「詩」的文類之外，對於「詞」創亦有傑出表現，藉此表達「詞」亦為「韋齋詩歌研究」中不可或缺的一部分。

參、韋齋詞文本之詮釋

先生曾於《哲學問題源流論》中提出自我境界之說法即是在自覺心活動中，心自身留駐的一層即指述為自我境界。亦即指「以什麼為我」之自覺說[9]，並進而提出劃分：

> 在自我境界上就可以有如下的劃分：認知我、德性我與情意
> 我。其中，認知我以知覺理解及推理活動為內容，也就是要掌
> 握確定的知識、瞭解事物的規律；德性我以價值自覺為內容，

---

9 勞思光：〈編者跋〉，《哲學問題源流論》，原稿曾於一九五六年至一九五七年在香港《自由學人》雜誌中分章發表。時先生二十九、三十歲。

目的在於建立規範、秩序；情意我則以生命力及生命感為內容，指向個人才質和藝術情趣的領域。[10]

情意我的開展和生命感的呈顯，從藝術氣質和幽微的情韻中最易看出，故而詩歌便成為探究勞先生文化生命的特殊材料；研究詩歌的內涵與主題，也就更能對於先生「理論成分多於情感成分」有別開生面的認識。

若以先生現存詩作數量來看，遠遠多於詞作，因此，較之作詩而言，詞確實是「詩餘」，然而為數甚少的這六闋詞，卻都具有詞抒情意味濃厚的特性。文學本即具有憂傷、苦悶、缺憾的自我補償功能，而先生詞作中的傷感意緒多攸關民族命運、個人身世，亦有時光流逝之嘆，以「詞」之寫作寄寓情懷，最能把心裡精微而深沉的情感突顯出來。以下分別以先生六闋詞作，詮釋各闋詞之意義，一窺先生之情意生命。[11]

（一）臨江仙

〈臨江仙‧紀懷〉詞之作年待查。此詞以紀懷為題，抒發壯年意氣消磨之傷感，表現對現實境遇之慨歎。詞云：

---

10 勞思光：《新編中國哲學史》（一）（臺北：三民書局，1984年），頁148-149。另可參考先生受訪稿〈閒談閒適〉，載於《光華畫報》第二十三卷第四期（1979年12月）。

11 本文對於六闋詞之意義詮釋、分析，均以95年3月25日舉行「華梵大學人文暨藝術設計類研究室補助‧現當代古典詩研究室」之第二次讀書會，筆者述解資料為本，並對內容酌予增刪。

明鏡鬚眉唧石願，浮生長物無多。華燈玉管浪銷磨。文章聊復爾，興廢竟如何。　　恁是非情非恨際，依然牽惹絲蘿。誰參密意病維摩。可憐千萬劫，弱水自成波。

詞作以「銷磨」為詞眼，以「興廢」為中心，將年少「明鏡鬚眉唧石願」的堅定與昂揚與經歷「可憐千萬劫，弱水自成波」的嘆息對比，表現心境的變化。

詞作開頭言「明鏡鬚眉唧石願，浮生長物無多。」「明鏡鬚眉」，指先生自己的樣子；「唧石願」，則指先生懷藏在心中，年少擁抱的崇高理想。言先生攬鏡自照，感慨甚深，自覺許多東西都已失去，唯有自己的模樣及志氣猶在。身為一個文化人，先生清楚地知道自己所懷抱的文化意識為何，故而以「明鏡鬚眉唧石願」表達文化關懷的豪氣，並且用「浮生長物無多」彰顯初心、唯一的文化理想。

只是，這樣的期待與責任，在大時代的變化衝突中，竟是孤木難撐大局，雖說「華燈玉管浪銷磨」是謙詞，卻也是一種面對現實遭際最深切而直接的感受。「華燈玉管浪銷磨」華燈玉管，指影劇界而言。先生早年曾擔任香港文化工作協會書記，且曾受邀擔任影劇界之顧問。雖然初始目的，是希望藉由先生的研理富學來加強導演或演藝圈之文化氣質，然而，對於一個知識份子，本應在學術界開展其文化生命，卻必須書寫「雖屬善盡職責，卻是無關大局變化」的文章，無法在時代具有危機之時開展懷抱、承擔使命，是有深深遺憾的。故而言「文章聊復爾，興廢竟如何。」

下半闋以「恁是非情非恨際，依然牽惹絲蘿。」為起，實是先生在華燈藝界「銷磨」志氣的感慨。演藝世界的應對，自是人際關係中沒有意義卻又必須面對之事，如果只是因為與影劇圈人的形

式應酬,而被誤以爲一個文化心靈在通俗流行的五光十色中迷失自己,內心是否也會充滿無奈?

末了以「誰參密意病維摩,可憐千萬劫,弱水自成波。」爲結,頗有深深感慨,生活中的面向與真正的心情,旁人是無法體會的。無緣大慈,同體大悲,先生以維摩詰[12]自比,因此眾生有病,猶如己亦有病。然而眾人不解先生的文化心靈,因而「誰參密意」就是文化人失落感的慨歎。

興廢是什麼?情恨又是什麼?生命自有盛衰,面對事局,無法拯救與改變的時候,是否該選擇隱逸的瀟灑或迴避的逃離?或者,依然讓受傷的文化心靈,對於變質的社會擁有不變的關懷?

「浪」、「聊」、「牽惹」、「病」、「可憐」不僅是動詞與副詞的意義,更是負面心緒持續的表徵。何以如此?當是無法忘情吟歌的文化心靈對於困頓世間的深深嘆息吧!

(二)烏夜啼

〈烏夜啼‧兒時居故都,庭中玉蘭經雨零落,輒親拾之,不忍見其委泥沙也。戊戌流寓香島,忽於友人處見玉蘭滿枝,感而譜此。〉一詞作年待查。先生於香港友人徐訏家,見玉蘭滿枝,因思故園零落玉蘭,今昔對比,牽引出滄桑之感,故有此作。詞云:

---

12 維摩詰是在家的大乘佛教居士,梵文 Vimaiakirti。音譯爲維摩羅詰、毗摩羅詰、略稱維摩或維摩詰,意譯爲淨名、無垢稱詰,意思是潔淨無染之人。《維摩經》曾云:「維摩詰言:『從癡有愛,則我病生;以一切眾生病,是故我病;若一切眾生得不病者,則我病滅。』」維摩經爲佛教典籍。現存漢譯本有三:三國吳支謙所譯的維摩詰經二卷;後秦鳩摩羅什譯的維摩詰所說經三卷;唐玄奘譯的說無垢稱經六卷。經中維摩詰現身生病,以引來佛弟子和菩薩的探望,在病榻之前有精采的辯論。

閒庭曲檻流霞，舊時家，記得雨中親拾玉蘭花。　　紅羊劫，青衫客，負瓊葩，一樣可憐顏色在天涯。

　　花褪殘顏，連接的是兩個世界——一個是當下的，玉蘭滿枝的真實世界、一個是遙遠的曾經，玉蘭委泥的悲傷神態。昔日的雨中拾花，也許只是基於年少所擁有的「不忍」之情，而今流離人生中，乍見滿枝玉蘭，惹起平生往事，不禁感懷。

　　韓偓〈惜花〉詩：「皺白離情高處切，膩香愁態靜中深。眼隨片片沿流去，恨滿枝枝被雨淋。總得苔遮猶慰意，若教泥污更傷心。臨軒一醆悲春酒，明日池塘是綠陰。」藉由落花之飄零，感嘆生命來自於外在摧折的遺憾。而此闋詞，除了表現玉蘭生命的悲劇之外，又訴說著什麼？「閏戶寂無人，紛紛開且落。」花開花落，本是天經地義的，然而「經雨」而「零落」代表著無情的侵襲，在「自然」的意義中增添許多傷感的訊息；即使是如此，「安息」而不奢侈的渴求，總該是落花走向生命終極的方式吧！

　　只是，這樣的慰藉，無法達成，玉蘭承受著更痛苦的沉淪，為污泥所包圍！被雨打落、被泥污染，是玉蘭無法抉擇的，在生命消逝的同時，一種更加重的無奈與悲傷，歷歷在目。於是，我們可以知道：「流寓香島」不僅僅是一種現實的境遇、情感的抒發，更是飽含著對於外力剝奪的深沉嘆息。

　　青衫之客，遭遇浩劫，縱有滿滿豪情，也只能徒呼負負，「一樣可憐顏色在天涯」既是玉蘭之命運，亦是流離遊子的淪落之感。

（三）賀新郎

〈賀新郎‧乙巳除夕，夜宴於伯謙先生私宅，賦此乞正，調寄賀新郎〉一詞，作於乙巳年（一九六五年），先生三十八歲。先生赴李璜先生家，參與除夕夜宴，抒發對世局變化之憂，然亦呼盧行樂，頗似歡娛，實則樂中寄傷，感慨無限。詞云：

> 車馬芳洲道。又喧闐、千家爆竹，共迎春早。我已中年翁七十，相顧樽前一笑，負多少縱橫懷抱。北望中原南望海，漫紛綸棋局何時了。誰竟免，此鄉老。　　佳辰歡趣頻年少。最嗟予、詩腸多澀，酒腸偏小。講舌徒為從眾語，愧絕囊中舊稿，且相伴今宵醉倒。盧雉一呼行樂耳，看青陽破夜邊城曉。雲樹外，起啼鳥。

千家散竹，早春來臨，一個懷抱意氣的壯年之士與年屆七十的老翁進行一場忘年樽酒之約，互吐襟懷。

有志節的知識份子，即使是面臨困境，也會求取精神的安頓。流離的時代，許多人猶如征鴻一般，即使想要安身落土、偶留指爪，都是一件難事。當「縱橫懷抱」難以實現，「北望中原南望海，漫紛綸棋局何時了。」對於大陸與臺灣的世局慨歎，也就激盪不已。「誰竟免，此鄉老。」的苦悶傾吐，亦是心靈情緒的投影。

「詩腸多澀，酒腸偏小。」固然是客氣之語，卻也是一種寫實。「講舌徒為從眾語，愧絕囊中舊稿。」時中父大學猶待成設，學術風氣尚未建立，先生於崇基開課，講授基本學問，故而自謙未能將自己真正的學問與關懷授與學生，總是有些許遺憾。故而「相伴今宵醉倒」不是真正的歡笑，而是在醉飲中相互慰藉。

盧雉一呼之行樂，是人間偶一為之的熱鬧遊戲，算不得真正的歡悅與希望，唯有「青陽破夜」，邊城春曉，才是黑暗之後帶來的黎明。因而「雲樹外，起啼鳥。」的聲響，意味著展開新春的契機。

在或笑或傷的豐繁詩意裡，隱約透顯著先生孤絕感與蕭索的氣味，只是，一種昂揚的生命氣質，在開陽黎明中，猶然獨立。

（四）浣溪沙

〈浣溪沙〉詞約作於壬申（一九九二年），先生六十五歲。此詞詞意甚具歧義性。馮耀明以為此詞具有離騷傳統與時代感，全篇就政治而言，有興亡治亂之感；蔡美麗則認為此詞言綠葉成蔭子滿枝，通篇寫女子。[13]詞云：

> 又積征塵上客襟，相逢翻覺別痕深，青萍雪絮總浮沈。
> 夜氣正催秋似酒，天涯會見綠成陰，不須龜筮費搜尋。

此詞為先生自美國開會回港，中途停留臺灣之作。

上半闋書寫實狀：「又積征塵上客襟，相逢翻覺別痕深，青萍雪絮總浮沈。」「征塵」、「客襟」，一方面是寫實，另一方面也呈顯一種去國懷鄉的失意滄桑感。先生早年從大陸輾轉到臺灣，又從臺灣轉赴香港，離臺甚久，此次短暫停留，對於臺灣的政局隔閡，顯然又更多。「人生到處知何似？應似飛鴻踏雪泥。」偶然與無常，構成了人生的尋常基調。「相見時難別亦難」，黯然消魂唯

---

13 95年3月25日舉行「華梵大學人文暨藝術設計類研究室補助・現當代古典詩研究室」之第二次讀書會，筆者進行述解報告時，先生告知馮耀明與蔡美麗對於此詞之看法。

是別,面對相逢,是否惹起了曾經離別的傷感?雖然說人生聚散、別易見難,人事的滄桑、因緣之聚散,在征客的心裡,總是深烙著「青萍雪絮總浮沈」的嘆息,然而,對於時局的不可捉摸,恐怕才是更深一層的慨歎吧!

下半闋為先生對於時局之感慨及判斷。「夜氣正催秋似酒,天涯會見綠成陰,不須龜筮費搜尋。」表達的是無法振作的大環境,許多人猶醉生夢死,故而不必卜筮,「成蔭之綠意」的必然,已經可知。

此闋詞有著遺憾之意,一種遺憾之後的看淡,或許也有著慨歎之後的領悟,把孤寂與長吁的意味,轉化成不惑的寧靜。

(五)高陽臺

〈高陽臺・甲戌冬,作於香港海桐閣寓所〉作於甲戌(一九九四年),先生六十七歲。先生於冬日攬景言情,傷老亦傷國,故有此作。其詞云:

> 細雨侵簾,彤雲如幕,曉寒暗透窗紗。徙倚回廊,嫣紅猶見山花。霓裳翠羽匆匆過,又匆匆、夢向天涯。漫咨嗟,百劫悲歡,幾度蟲沙。　　平生意氣矜懷抱,枉目驅豺虎,手搏龍蛇。老臥南疆,一身破國亡家。文章解惑非誇世,論千秋、願已嫌奢。悵啼鴉,謝傅箏弦,白傅琵琶。

此詞心境低沉,瀰漫低迴的情調。

首句「細雨侵簾,彤雲如幕,曉寒暗透窗紗」以雨中之幽景開啟黯然心緒,為平生意義氣銷磨的感慨抒懷鋪墊。

　　詞作接著表現嗟嘆之意：迴廊中的徘徊，代表心緒的悵然波動，縱有山花嫣紅的美景，從憂傷的眼神看來，只是徒增傷感罷了！不論是大自然的美景看來是心痛的，或者是人間美盛的「霓裳翠羽」，讓人擁有耳目感官的愉悅，都已成天涯遠夢。一生中許多往事，盡是人生悲歡，讓人嘆息！

　　下半闋轉入年少懷抱的回想，透顯身世之感。「平生意氣矜懷抱，枉目驅豺虎，手搏龍蛇。」指的是早年參與文化運動的志氣與理想。「平生意氣矜懷抱」正是豪揚的態度和人生哲學的燦然呈現，然而一個「枉」字的表出，卻是豪情壯志的最大挫傷，加上「老臥南疆」、「破國亡家」之痛，足以讓人的理想銷磨殆盡。

　　從「顧已嫌奢」之語，彷彿閱讀到一個胸懷文化理想，卻少人理解的坎坷心靈。鴉啼的悵恨不是真正的悵恨，天涯淪落、恨無知音的悵然，才是真正的悵然。故而「謝傅箏弦，白傅琵琶。」的戛然而止，頗有雙關的意味，箏弦與琵琶只是表象，內在深長韻味的隱意——凡人未識的懷抱、踽踽遊子的傷感——才是詞心。

（六）齊天樂

　　〈齊天樂・1999年除夕〉作於己卯（一九九九年），先生七十二歲。先生感新歲將至，故有此作。當晚有人邀請聚會，先生因心情不好早早入睡，夢中恍若到達舊時之天安門，鬼影幢幢，便被驚醒，故賦此詞，[14]以夢前夢後之態抒懷，全詞籠罩一夢。詞云：

---

14 94年11月30日舉行「國科會人文學研究中心補助《思光詩選》讀書會（三）」第五次讀書會，先生曾述蓋此詞寫作背景。95年3月25日舉行「華梵大學人暨藝術設計類研究室補助・現當代古典詩研究室」之第二次讀書會，筆者進行述解報告時，先生復言此詞寫作時空。

佳辰不預笙歌會，高眠市樓寒雨。嚼蠟世情，凝霜詩筆，靜夜茫茫無緒。蝶飛栩栩。向冷月昏時，劫灰深處。似有幽靈，兩三相向含冤語。　　問人間黃粱熟未？猛青燈照眼，此身何處？幾輩英豪，幾番成敗，都付大江東去。悲歡何據？且手拂雲箋，漫題長句。一笑推窗，看今年新曙。

進入千禧佳辰之際，本該是擁有歡情的，然先生情緒不佳，未赴笙歌之會，故而在寒雨樓中獨眠。

除夕是一年將盡之夜。回首前塵，總是一番嘆息——如果生命中的期待是落空的、擁有的是傷感的。如同白居易〈除夜寄弟妹〉云：「感時思弟妹，不寐百憂生。萬里經年別，孤燈此夜情。……早晚重歡會，羈離各長成。」又或者戴叔倫〈除夕宿石頭驛〉說：「一年將盡夜，萬里未歸人。」、高適〈除夜作〉則言：「故鄉今夜思千里，霜鬢明朝又一年。」而崔塗〈除夜有作〉亦言：「那堪正飄泊，明日歲華新。」一年將盡，代表一個階段的結束與開始，看在詩人眼裡，正是漲滿情緒的當下，故而愁苦情緒瀰漫延展。

時空場景可以感染讀者，亦是催化詩人情緒敏感的重要因素。「嚼蠟世情，凝霜詩筆」，現實的愁緒，延伸至夢中，靜夜之茫茫無緒，故而有「蝶飛栩栩」之語。

夢境中的「冷月昏時」，疏冷而迷離的冷雨淒風氛圍，使先生有「此身何處」之慨，夢中同去的朋友提醒，方知夢中的場景是多年前記憶中的天安門。然而，夢中的天安門卻「似有幽靈，兩三相向含冤語」，彷彿孤魂怨鬼群聚傾吐冤屈，故而先生被驚醒，一片悵然若失之感。

「問人間黃粱熟未」，由夢境轉入夢醒之後的抒發感慨。現實的境地是落空的，低落的情緒，從夢前轉入夢中，更延續至夢醒；而在除夕之夜的時空，更代表著傷感的情緒從去年年尾，連接進入年頭。「大江東去」的慨歎，總是抹不去的滄桑意味。

推窗看新曙，代表醒來時天已將亮。在瀰漫的憂傷之後，一笑推窗的舉動，除了是記實的行為之外，是否也有這樣的期許：即使生命是不安的、志氣是消磨的，只要希望是存在的，也有新生的微光。對於新歲的企盼，取代看似「劫灰深處」的幽暗冷清，讓缺憾的存在，猶有生命拓展的可能。「一笑推窗，看今年新曙。」生命情境的追尋，從推窗中，或許猶可真誠展開。

肆、韋齋詞之內涵

（一）鄉關之情

在中華文化的歷史軌跡裡，鄉愁總是瀰漫不開的情緒。燈下的獨語或登臨的傷嘆，是許多孤獨遠遊的知識份子彌補心靈創痛的方式。鄉關之戀實可說是中國人共同擁有的文化情懷。而在先生的詞作中，鄉愁情緒亦是一種普遍的存在：

> 紅羊劫，青衫客，負瓊萉，一樣可憐顏色在天涯。
> （〈烏夜啼〉）

> 北望中原南望海，漫紛綸棋局何時了。誰竟免，此鄉老。
> （〈賀新郎〉）

又積征塵上客襟，相逢翻覺別痕深，青萍雪絮總浮沈。

（〈浣溪沙〉）

老臥南疆，一身破國亡家。（〈高陽臺〉）

〈高陽臺〉作於甲戌年冬天香港海桐閣寓所。先生早年由於戰爭亂離故而從大陸來台，卻又因為當時追求與提倡的自由主義理想，與當時嚴峻的政治背景反差太大，故而離臺赴港。雖然以文化哲人的身分赴港，然而「鄉愁」的情緒依然牽惹思維。有著「四川→北京→臺灣→香港」的客居事實，濃烈的懷鄉之情自然流露。曹丕〈雜詩〉云：「鬱鬱多悲思，綿綿思故鄉。」所書寫的是一種概念式的鄉愁，或許也替代了普世間許多厭倦被鄉心所擾的心靈，然而畢竟表達的不是具體的實際經驗；而先生的鄉心卻是具體的事實經驗。也就是說，「老臥南疆」的現狀原因，導源於「破國亡家」的真實苦難；而「破國亡家」的慘痛，以「老臥南疆」的漂泊來證實。

同樣的，〈賀新郎〉所說的「北望中原南望海，漫紛綸棋局何時了。誰竟免，此鄉老。」亦是相同的傷感。「破國亡家」、「漫紛綸棋局」便是牽動鄉愁的重要因子。

先生的「鄉愁」，有著特定的時空背景。就時間來說，〈烏夜啼〉有著「此時」與「昔時」的對照、〈賀新郎〉昨書寫於除夕之夜、〈浣溪沙〉迷漫秋意、〈高陽臺〉則是冬日之作。就空間而言，〈烏夜啼〉是故居與流寓的場景、〈賀新郎〉亦是中原與離島客居的對比、〈浣溪沙〉則是藉由旅宿征塵，訴說心弦的擺盪、〈高陽臺〉則是藉由眼情景和心中事的交揉，凝結一份鄉懷氣息。

　　旅途常是鄉愁湧現的空間場景，然而，對一個游子來說，即使是定居於一處，還是無法忘懷對故鄉的眷戀。〈烏夜啼〉的「天涯」、〈賀新郎〉的「此鄉」、〈高陽臺〉的「南疆」，均指香港而言。對於先生來說，固然是屬於長期客居之地的第二故鄉，然而對於故鄉的意識與概念，卻並未轉換。這或許也說明了：離開真正故鄉的人，才真正理解對於潮湧般的鄉愁。

　　多數的作者在表達鄉愁的同時，總是以客居生活的苦悶體驗作為傾吐的內容，而在先生的詞作中，並不著眼於客居生活的實際現狀與條件，非是「食梅常苦酸，衣葛常苦寒。」（鮑照〈代東門行〉）的艱苦，而是以心理上的飄泊與孤獨感呈現。不可諱言，許多詩人或是為了生活所困，又或者是為了求取功名，必須奔波，故而以詩歌創作訴說離別之情，便成為普遍現象。

　　就整體來說，這種鄉愁的痛苦，「時空」只是引子，鄉愁的真正意義不僅是對於故園的依戀，更是對於整個中華文化受到斲傷的深切遺憾。面對民族歷史的重大轉折與發展，先生身歷其境知其苦痛，卻又感其懷抱擔當無法展翼，因而只得擁抱孤懷理想。因此，先生「鄉愁」的本質即是對於文化家國懷想的「生命感」，這種情意心靈的興發感動，或許是私我的，其內涵卻是廣大的。這種藝術表現是先生個人的，然而這種情感體驗卻又是代表了許多面對人生流離的中國情懷之概括。亦即先生個人的感受（主觀的世界），以詞作的方式呈現出來，所代表的除了擁有自身的獨特感受之外，更具有通向時代意義的連結，代表當代遊子文化心靈的普遍性情境。

（二）憂患感時

李白〈古風〉曾說：「逝水與流光，飄忽不相待。」流水與時間的共置，形成生命的韻味與存在的感悟。對於一個生命個體而言，存在著一種自我的時間，當心理的情感狀態被喚醒之際，作為存在體驗的的心靈更為敏銳，尤其面對美麗卻讓人嘆息的意象或氣氛，更是凝結一種傷時之感：

> 華燈玉管浪銷磨。文章聊復爾，興廢竟如何。（〈臨江仙〉）

> 紅羊劫，青衫客，負瓊葩，一樣可憐顏色在天涯。
> （〈烏夜啼〉）

> 我已中年翁七十，相顧樽前一笑，負多少縱橫懷抱。
> （〈賀新郎〉）

> 青萍雪絮總浮沈。（〈浣溪沙〉）

> 霓裳翠羽匆匆過，又匆匆、夢向天涯。漫咨嗟，百劫悲歡，幾
> 度蟲沙。（〈高陽臺〉）

> 問人間黃粱熟未？猛青燈照眼，此身何處？幾輩英豪，幾番成
> 敗，都付大江東去。悲歡何據？（〈齊天樂〉）

雖然歷史的模式是任何人都無法擺脫的，但是唯有在文化心理被喚醒的同時，心理狀態才會透過文字而呈顯。華燈玉管，卻是銷

磨；玉蘭瓊葩，卻是可憐意象。或許可以說，先生的嘆息雖然是一種否定的情感形式，而真正的意義卻是來自於心中最深層渴望的強烈生命力，亦即否定的顯示，實是具有轉化為生命中肯定力量的意義。

先生的詩作，或詠史、或感時，多具有深刻的現實感與凝重的歷史意義。而在詞作中的歷史感，並不以單一事件為感慨對象，而是具有濃厚的抒情感。而這種抒情的歷史感，除了是以時間（「我已中年翁七十」、「霓裳翠羽匆匆過」）表現之外，更是透過心靈伸展的幅度空間，表現「悲歡」、「成敗」的情緒。

在書寫歷史的同時，也蘊含了對於時間無情流逝的暗示。人世間的美好，在時間的推移下，逐漸消失，於是興起「霓裳翠羽匆匆過，又匆匆、夢向天涯。」的滄桑之感。

所謂的歷史意識即是飽含著人生的憂患意識，故而先生對於時間的流逝抱持著痛苦卻又清醒的意識。「負多少縱橫懷抱。」、「百劫悲歡，幾度蟲沙。」、「幾輩英豪，幾番成敗，都付大江東去。」河水是時間的象徵，歷史一去不回，浪花淘盡英雄是悲壯，卻也是憾恨。

過去的「匆匆」，代表著時間之流的瞬間存在，也代表再多的「縱橫懷抱」都成過眼雲煙；「百劫悲歡」、「悲歡何據」則是面對歷史、洞察人生之後的體會。

《文心雕龍·明詩》說：「慷慨以任氣，磊落以使才。」而岑參〈送李副使赴磧西官軍〉詩云：「功名祇向馬上取，真是英雄一丈夫。」人生理想與價值觀充分展現主體氣質，也是自我生命力的外顯方式。只是，面對爭鬥的政治型態，先生縱有昂揚的社會責任感，亦不免有無法伸展的壓抑感。民族的衰微與個體生命壯懷的

失落互相撞擊的結果，形成無限苦悶的侵蝕，故而引出深刻的沉思與質問——「興廢竟如何？」、「負多少縱橫懷抱？」、「百劫悲歡，幾度蟲沙？」、「悲歡何據？」

這種沉吟即是英雄的苦悶抒發，現實生命受到扼殺，在看似淡悲的文字之中，實則是展示高度的孤獨與憂慮、生命清醒之證悟。

（三）生命的自覺

生命理想在時間的催促中「匆匆」而過，緊迫而焦急的意味衝撞心靈。然而，誠如胡曉明所說：「由時間感而引起的痛苦感，只屬於真正珍惜生命的有志之士。」[15]故而「由一種自傷、自悼之中，升起一份自珍、自愛之情，含有勉勵生命的人文品性。」[16]所謂的「銷磨」，實是一種生命無法安頓、美好的理想無法完成的遺憾；然而不也是一種個人情感的真實剖白、對於生命意味的自覺？

生命的困頓，實是提升探索生命價值的重要關鍵。雖然殘酷的現實，讓先生的詞作多少具有悲劇性的意味。所謂的「悲劇」不在於落魄傷感，而是在於知其不可為而為之、努力過了卻未得到相對回饋卻又堅持不悔的精神。先生的人生感嘆也不在於生命短促的悲哀，而是在國家紛擾、文化困塞的時代危機中，承擔興亡使命的感時之作，是具有時代憂患感的。

誠如呂師正惠云：「對於傳統的中國文人來講，……當他們意識到歷史的困境無法突破時，……你可以閉目不看外在世界，因而

15　胡曉明：〈時間感悟〉，《中國詩學之精神》（南昌：江西人民出版社，2001年9月），頁218。

16　同註15，頁219。

沒有看到客觀的限制，因而保留了『內心最大的自由』；但是你無法壓抑內心蠢蠢欲動的欲望，無法否認自己的「生命力」有尋求表現的衝動。……「生命」是以「沒有生命」的型態表現出來，這是中國傳統文人典型的『悲劇』。」[17]這種「沒有生命」的型態，如果只是以「用之則行，舍之則藏。」的退路展現，固然是自我保護的方法，卻總是顯得悲觀消極。

就先生的詞作而言，具有傳統文人的生命型態，即是對於生命的虛擲與落空，有著感慨與創傷。在生命實踐的同時，總是追溯至源頭的孤獨，而孤獨感即來自於對外在環境的不安：故鄉與異鄉的對照、自由理想與文化凋傷的反差，都是造成落寞、悲劇的原因。而懷海德說：「悲劇的本質並非不幸，而是事物無情活動的嚴肅性。」[18]「悲劇」不必然是「不幸的」，悲劇的真正意義與目的在於自由與救贖，因而悲劇的社會卻也成就了具有社會意義的創作，曹操〈步出夏門行〉云：「老驥伏櫪，志在千里；烈士暮年，壯心不已。」（《先秦漢魏晉南北朝詩・魏詩》卷一）是一種承受苦難的精神生命型態。面對困境，人生態度不必然要是傷感的，生命的沉吟猶可在歎老哀衰的憂患中揚昇，從〈賀新郎〉的「盧雉一呼行樂耳，看青陽破夜邊城曉。雲樹外，起啼鳥。」和〈齊天樂〉「一笑推窗，看今年新曙。」可以看出先生在抒發一番風雨深沉的心情之後，選擇了自我釋懷、轉移了苦悶，「啼鳥」和「新曙」所代表的，便是從痛苦中拔起與淨化的意義。

---

17 呂正惠：〈「內斂」的生命型態與「孤絕」的生命境界〉，《抒情傳統與政治現實》（臺北：大安出版社，1989年9月），頁218。

18 傅佩榮譯：《科學與現代世界》（臺北：黎明文化事業公司，1981年8月），頁12。

伍、韋齋詞之形式表現

（一）遣詞用字——文字的生命化

　　柯慶明說：「運用優美的文字來表現，即使只是對於語言型構本身之優美諧律的講求，其實就已經是一種人類精神自由的實現，美感觀照的基本態度的持守了。」[19]以〈臨江仙〉為例，「明鏡鬢眉唧石願，浮生長物無多。華燈玉管浪銷磨。文章聊復爾，興廢竟如何。　　恁是非情非恨際，依然牽惹絲蘿。誰參密意病維摩。可憐千萬劫，弱水自成波。」先生以詞作說明自己當時所處情境的不堪，畢竟消磨於五光十色的世界又有著吾人理解的痛苦總是生命中的憾事。但是透過「華燈玉管」、「非情非恨」、「牽惹絲蘿」等美麗的字眼呈現，卻因此與現實的遭際產生強烈反差。這種怨而不怒的美感所塑造的生命經驗，反而足以感動閱者，產生共鳴，因而使人情的真實流露蘊涵得更深。

　　同樣的，〈烏夜啼〉說：「紅羊劫，青衫客，負瓊葩，一樣可憐顏色在天涯。」「紅羊」、「青衫」固然有特定意義，但是將「紅」與「青」兩種顏色共寫，加上「瓊葩」一詞，更是惹人注目。詩詞中的色彩雖不必然有象徵意義，但卻容易從聯想中引致感情的深化。「紅羊」既指火星，所代表的意義是燃燒與熱情，卻是成「劫」的災難；「青衫」是青色之衣，多為低階的官服或卑賤者的衣服，所代表的意義是寂寞與淒清，讓因具有「客」之身分的主體，益顯孤單。蕭水順說：「就『動感』而言，紅色有向前逼近的

---

19 柯慶明：《文學美縱論》（臺北：長安出版社，1986年10月），頁35。

情勢，青色則有後退性。」[20]色彩學中所謂的前進色是指在視覺上有拉近效果的顏色，反之，後退色則是拉遠了視覺的顏色。紅色是彩度明亮的暖色系，屬於前進色，具有擴散作用；而藍色是彩度低的寒色系，則歸類爲後退色，具有收斂作用。此處借用色彩學的說法，說明色彩的運動性，用意是強調熱切的情感（紅）已是失落（劫），更何況身爲客，更突顯疏離（青）的意味。

「可憐」的雖然是兩地異時的玉蘭，卻不是一種和生命情境不相關的事物。畢竟自我意識的強化，物即著我之色彩。意即透過玉蘭這種清新脫俗的物象，反映先生生命的徵象——書寫的是玉蘭的生命，實際上也就是書寫先生。透過時空的展現，主體人格和自然物之間構成契合，玉蘭的情感化與生命化也就更鮮明。

〈齊天樂〉中的「向冷月昏時，劫灰深處。似有幽靈，兩三相向含冤語。」算是先生在詞作中表現的特殊措辭與美感經驗。捕捉「幽靈」的含冤情態，固然是夢境的寫照，卻造成畫龍點睛的效果。先生曾說「早期曾到過天安門，後來沒再去，在夢境中有人提醒這兒是天安門。」那麼，何以有「含冤幽靈」？六四天安門事變融攝在其中，也突顯了此詞的戲劇性效果。也就是說，這種情境狀況蘊含著豐富的情感意涵。

（二）詞題與詞序──吟詠性情的真實

先生的詞作具有「爲情造文」吟詠性情的真實，故而呈顯的主體心靈是豐富而明確的，故而比一般虛擬泛情的創作更具意義。

不可否認，多數詞人是以細膩柔婉而見長，即使是表達人生的

20 蕭水順：《青紅皂白》（臺北：月房子出版社，1994年1月），頁26。

失落感，也多是含蓄委曲、或是用模糊隱晦的方式呈現。即使是自身遭受挫折，也多不會以「事件」說明。馮延巳的〈鵲踏枝〉說：「日日花前常病酒，不辭鏡裡朱顏瘦。」代表一種對於理想的堅持，卻不是具體的事件。即使是秦觀以〈踏莎行〉「霧失樓台，月迷津渡，桃源望斷無尋處。可堪孤館閉春寒，杜鵑聲裡斜陽暮。」來表達貶謫事件的受傷心靈，卻也未在詞作中明言，而是選擇以「霧」、「樓台」、「月」、「津渡」、「斜陽」、「杜鵑」等意象，承載淒苦的憂傷。這種強調內在幽微而深沉的寫作方式，提供了讀者進入作者內心世界的橋樑，雖然對於詞作意義的理解與詮釋，只要能與氛圍契合，當能得其韻致，卻總覺與「真相」、「事實」有疏離感。而先生的詞作表現手法，是以記實為主的，意即所書寫的是具體事件的感發之作。

先生詞作的記實感發，直接的呈現便是詞題與詞序。先生現存六闋詞中，有五首具有詞題或詞序。如：

詞牌名	詞題或詞序	詞題或詞序之作用
臨江仙	紀懷	交代為詞目的
烏夜啼	兒時居故都，庭中玉蘭經雨零落，輒親拾之，不忍見其委泥沙也。戊戌流寓香島，忽於友人處見玉蘭滿枝，感而譜此。	交代寫作動機、寫作時間、寫作地點
賀新郎	乙巳除夕，夜宴於伯謙先生私宅，賦此乞正，調寄賀新郎。	交代創作緣起、寫作時間、寫作地點
高陽臺	甲戌冬，作於香港海桐閣寓所	交代寫作時間、寫作地點
齊天樂	1999年除夕	交代寫作時間

先生大量使用詞題或詞序，具有表達感事而發的意義，如此一來，詞作本身和詞題詞序的契合度是非常高的。〈臨江仙〉題為「紀懷」，呈顯記實性；〈賀新郎〉題為「乙巳除夕，夜宴於伯謙先生私宅，賦此乞正，調寄賀新郎。」表示此詞書寫的是舊年將盡新歲將來的境況，亦透顯與伯謙先生之友誼關係；〈高陽臺〉以「甲戌冬，作於香港海桐閣寓所」為題，強調季節性與地域性，和文本中「老臥南疆」的流離失落相互印證；〈齊天樂〉以「1999年除夕」為題，強調時間性，進入千禧之年，更具有時間的獨特意義；尤其是〈烏夜啼〉以「兒時居故都，庭中玉蘭經雨零落，輒親拾之，不忍見其委泥沙也。戊戌流寓香島，忽於友人處見玉蘭滿枝，感而譜此。」為序，藉由「玉蘭」的今昔對比、「委泥」與「流寓香島」的相似情境，襯托出和玉蘭「一樣可憐」的游子形象。

是而可以說：先生的詞題和詞序，為文本的情感指向，提供了線索，其意義是從詞題和詞序中，吾人便能探測先生的情感及人生態度。

（三）大量用典──婉曲的暗示

文本的構成，必須強調傳達的效果。先生之詞，除了多有題序之外，大量運用典故亦是特色。[21]先生運用典故，信手拈來，且未見有刻意或蹇澀之感。先生詞作用典如下：

---

21 先生大量用典，不僅表現於詞作中，詩作亦大量用典，因而可說大量用典的特色是涵蓋詩詞作品的。

明鏡鬚眉啣石願。（〈臨江仙〉）

「明鏡」指的是清明的鏡子，《淮南子・俶真》云：「莫窺形於生鐵，而窺形於明鏡者，以睹其易也。」亦可比喻見解清晰，《南史・卷七十六・隱逸傳下・陶弘景傳》：「弘景為人員通謙謹，出處冥會，心如明鏡，遇物便了。」又可形容人的明曉。「鬚眉」則是比喻成年男子。明・凌濛初・《紅拂記・第四齣》：「枉鬚眉不識人，卻被俺女娘們笑破口。」明鏡鬚眉，意指先生自己的樣子。「啣石願」則是黃帝幼女溺死東海，化為精衛鳥，銜木石以填東海的故事。《山海經・北山經》云：「炎帝之少女名曰女娃，女娃游于東海，溺而不返，故為精衛，常銜西山之木石，以堙于東海。」此處借指先生懷藏在心中，年少擁抱的崇高理想，亦即對於世變的憂慮與承擔。

誰參密意病維摩，可憐千萬劫，弱水自成波。（〈臨江仙〉）

《維摩經》云：「維摩詰言：『從癡有愛，則我病生；以一切眾生病，是故我病；若一切眾生得不病者，則我病滅。』」而「劫」則是梵語音譯「劫波」（kalpa）的略稱，指的是一個極為長久的時間單位。佛教以世界經歷若干萬年即毀滅一次，再重新開始為一劫。劫亦可指災難、災禍，此處或指中共破壞文化，亦可指整個中華民族之正處於離亂時代之「劫」。先生感於文化心靈無人知曉，故云「誰參密意病維摩」。

「弱水自成波。」則出自於《紅樓夢・第九十一回・縱淫心寶蟾工設計，布疑陣寶玉妄談禪》之典故：「任憑弱水三千，我只取一瓢飲。」弱水三千，是客觀存在；只取一瓢，是主觀需求。此處

先生取其精神意義，人生之一瓢可澆灌將枯之草亦可使污水線出一點清白，一方面代表先生因文化困頓而有終身之憂；另一方面亦表示執著不悔之精神。

「弱水三千，只取一瓢。」對先生哲學生命的開展來說，有幾個重要的分水嶺：[22]

時　　　間	歲　　數	重　要　意　義
三十年 （一九四一年）	十四歲	入北大哲學系進修，是正式進入哲學領域的標誌。
三十六年 （一九四七年）	二十歲	第一個分水嶺。二十歲前的先生，充滿救亡意識，但是「世界人」的觀念與「世界哲學問題」的根本關懷，驅策他往「世界中之中國」的方向前進，漸漸脫離救亡意識與民族感情的限制。
四十四年 （一九五五年）	二十八歲	第二個分水嶺。二十八歲以前，先生以中國儒學及德國觀念論為依據，處理中國文化哲學的路向問題，頗有黑格爾色彩。二十八歲以後，至四十二歲之間，先生不再拘守廣義的黑格爾模型，而是轉向哲學分析的探索。
五十八年 （一九六九年）	四十二歲	第三個分水嶺。深入探索六〇年代之後的歐洲思潮，由浮現的問題與探索，引領理境的轉進，而以世界性哲學的探索，回應「徹底的省思與系統化的清理」的內在呼喚。
七、八十年 （一九八〇年後）	五、六十歲之後	批判現代哲學思潮，即不同理論語言之功能與限制。

22　以下資料可參考勞思光：〈自序〉，《思辯錄——思光近作集》，頁2-3；勞思光著，梁美儀編：〈附錄二‧關於牟宗三先生哲學與文化思想之書簡〉，《思光人物論集》（香港：中文大學出版社，2001年），頁109-111。林碧玲曾於〈「思光詩研究」的價值與文獻之考察〉一文中說明「此書簡寫於二零零零年十二月六日，時先生七十三歲。」《華梵人文學報》第五期（2005年7月），頁33。

　　吳有能於《百家出入心無礙──勞思光教授》一書中，亦提及先生之學術成果為：

一、哲學的功能與中國哲學的基源問題
二、最高自由與心性論
三、重視文化精神
四、文化的繼承與創新[23]

　　可見先生有著具有文化擔當與理想的堅持。因而「誰參密意病維摩，可憐千萬劫，弱水自成波。」是藉由典故呈顯先生為文化承擔之孤絕感，亦突顯心致懷抱之生命歷程。

　　紅羊劫，青衫客。（〈烏夜啼〉）

　　最早提出紅羊說法，為南宋理宗年間柴望所著《丙丁龜鑒》。其中記載：「丙午丁未者有一，其年皆值中國有浩劫戰亂之年。」亦即在每一甲子的六十年中，凡是逢丙午、丁未之年，社會上就會發生大的動亂及災禍。紅羊浩劫，指會有兵燹之災。此處指中共不僅以暴力蹂躪大陸，更高階文化之名義，行戕害民族之實。
　　「青衫客」則出自於唐‧白居易之〈琵琶行〉：「座中泣下誰最多？江州司馬青衫濕。」青衫即青色的衣服，多為低階的官服或卑賤者的衣服。先生自謂青衫客，感今傷昔，頗有白居易天涯淪落之感。

---

23 吳有能：〈學術成果推介〉《百家出入心無礙──勞思光教授》（臺北：文史哲出版社，1999年4月），頁69-87。

謝傅箏弦，白傅琵琶。（〈高陽臺〉）

「謝傅箏弦」指的是《晉書・桓伊傳》之故事。謝安女婿王國寶離間帝與謝安。某日孝武召桓伊飲宴，謝安陪席。桓伊撫箏，並請家奴為笛，「而歌〈怨詩〉曰：『為君良獨難。忠信事不顯，乃有見疑患，周且佐文、武，〈金縢〉功不刊，推心輔王政，二叔反流言。』聲節慷慨俯仰可觀。安泣下沾襟，……帝甚有愧色。」謝傅即謝安。傳說東晉時，桓伊曾撫箏而歌，諷諫孝武帝不應猜疑有功之臣宰相謝安。先生慨歎「老臥南疆，一身破國亡家。」亦有無人知曉其心靈情懷之苦。

「白傅琵琶」則出自於唐・白居易的〈琵琶行〉。白居易聞琵琶女之音聲，慨歎「同是天涯淪落人」，而有貶謫意，故作〈琵琶行〉。先生由聽聞「啼鴉」之聲，惹起飽含「家」、「國」、自身與文化淪落的鄉愁。多數人的今作多以白居易的〈琵琶行〉暗示同是天涯淪落人的感慨，可以說，用白居易的文本表現「懷才不遇」，是一種常態的模式，而先生把謝安聽箏、樂天聞琴並寫，加上「悵啼鴉」的哀音，更透顯出困境中哀深的巨痛。吾人可以看到此處藉由典故，把積累的鬱悶宣洩，壯志即使消磨殆盡，生命的本質依然存在。

蝶飛栩栩。（〈齊天樂〉）

《莊子・齊物論》云：「昔者莊周夢為蝴蝶，栩栩然蝴蝶也，自喻適志與！不知周也。俄然覺，則蘧蘧然周也。不知周之夢為蝴蝶與？蝴蝶之夢為周與？周與蝴蝶，則必有分矣。此之謂物化。」

就文學而言，此段話說的是夢與現實；就哲學來說，莊子與蝴蝶，是消解形體，擺脫局限。莊子與蝴蝶，理應有別，然而在夢境中，卻不知莊子和蝴蝶是有分別的，即是物我界線消解，萬物與我為一。此處先生固然是以「蝶飛栩栩」表明夢境，然而除此意義，或亦具暗示作用。先生曾言此夢境場域為天安門，卻是出現「幽靈」且吐露「含冤語」，不禁讓人想起六四學運導致多人傷亡的慘劇。[24]對一個提倡自由主義的文化心靈而言，這是一場無可回復的浩劫，因而這樣的夢境，可說是一種不可言說的言說，藉由有意與無意間，表達心靈的感受。

幾輩英豪，幾番成敗，都付大江東去。（〈齊天樂〉）

蘇軾·〈念奴嬌·大江東去〉詞：「大江東去，浪淘盡千古風流人物。」先生以大江東去表達時間流逝之概念，亦慨歎原有志氣消磨。

先生對於詩歌意在言外的審美特性是有相當自覺的，故而先生運用典故，除了是自如的運用之外，重要的是表現隱曲委婉的意義，具有暗示性的效果，「不盡之意，見於言外。」（歐陽修·《六一詩話》）這種含蓄的表現，使先生的詞作十分具有審美效果。

---

24 六四天安門事件發生於一九八九年四月，學生藉悼胡耀邦逝世，要求民主自由。中國知識界哀痛胡耀邦逝世，呼籲民主改革，聚於天安門廣場，持續至五月。近三十萬學生和群眾且上街遊行、學生罷課，千名學生且絕食靜坐，要求鄧小平、李鵬辭職，李鵬指學運為「動亂」。五月二十日宣布戒嚴。六月二日，解放軍在木樨地輾斃三人，人民激憤。六月三日，軍警鎮壓學生市民，向天安門前進，並掃射群眾。六月四日，軍隊進行血腥屠殺，開槍射殺群眾，坦克及裝甲車輾斃多人。

陸、結論──展露主體的生命情調

　　呂師正惠曾言：「宋詞裡的長調，……可說是中國抒情傳統的極致表現。……把經驗凝定在某一特殊範圍之內，來專注地沉思與品味。……這種以感性，尤其是感情爲主體的特殊經驗，已化爲『本體性』的東西，成爲人生中唯一的『實體』；……從深刻的一面來說，這對於人生的某一面是非常具有透視力的。」[25]先生的詩作中有大量的時代憂患之感。例如：〈庚寅春謁李嘯風丈於臺灣，侍談竟夕。親長者之高風，顧前塵而微悵。吟俚詩四章，錄呈誨正〉，提及影響歷史甚鉅的楊永泰定策「石達開路線」剿共史事。[26]〈獨坐〉則是因當時台灣政治局勢的變化，致使先生轉赴香港。[27]〈感時七律四首〉則是論及大陸文化大革命時期的局勢；[28]〈山居即事〉寫作背景爲毛澤東已死、華國鋒登台，爲感時之作。第一首即事；第二首「偶因當戶惜芝蘭」意謂人才若是阻礙政治方向，將被犧牲，即指當時大陸情狀──文革雖結束，仍打壓知識份子；第三首完全說大陸情勢；第四首言當時感受。[29]〈六四夜坐〉二首，

25　呂正惠：〈中國文學形式與抒情傳統〉，《抒情傳統與政治現實》（臺北：大安出版社，1989年9月），頁186。

26　《思光詩選》甲午（一九五四年，二十七歲），頁1。九十三年度《思光詩選》第二次讀書會，彭雅玲主講，勞思光先生指導：「《思光詩選》述解之一」，2004年4月17日。

27　《思光詩選》甲午（一九五四年，二十七歲），頁4。九十三年度《思光詩選》第二次讀書會，彭雅玲主講，勞思光先生指導：「《思光詩選》述解之一」，2004年4月17日。

28　《思光詩選》丁酉（一九五七年，三十歲），頁12。九十三年度《思光詩選》第三次讀書會，王隆升主講，勞思光先生指導：「《思光詩選》述解之二」，2004年5月1日。

29　《思光詩選》丁酉（一九五七年，三十歲），頁14-15。九十三年度《思光詩選》第三次讀書會，陳旻志主講，勞思光先生指導：「《思光詩選》述解之十七」，2005年9月10日。

其一書寫感懷，其二書寫嚴家其先生自大陸脫險經港欲至法國，先生喜聞嚴家其脫險，托人送嚴先生一詩。[30]……

對於許多歷史轉折身歷其中的先生，進行情意心靈的書寫，以詩寫懷。這種感情主體的特殊經驗，在詞作中用細膩情致表現，憂患感與文化懷抱依然深刻。也就是說，憂患的傷感情緒是普遍存在先生的詩作與詞作之中的。不同之處在於「詩」多以人物為中心，引出具體事件「評論」興發，多具翻陳新典之形式技巧，詩心與調性主理；「詞」則是以個人為中心，進行一場自我心靈的剖析，充滿細膩韻致，充分表現情意特徵。

誠如先生所言，對於詩歌作品的態度是「每有所作，隨手棄置，未有輯成卷帙之想。」表現的創作心態是自在的，本不是為了炫燿而作，而單純是情感的抒發。然而，因緣際會，黃惠英先生的整理，催生了《思光詩選》的出版；《思光詩選》讀書會的舉辦，為充滿著人格生命的文字存在，進行爬梳與詮釋，增加思光詩作的能見度；而在補遺與續新的過程中，更是蒐集了未曾收錄的詞作。除此之外，從《思光詩選》的研讀轉為《韋齋詩存》的研究，更是在學術界所熟悉的「哲學的勞思光」中，建構另一種「文學的勞思光」[31]的形象。

---

30 《思光詩選》丁酉（一九五七年，三十歲），頁2-5。九十四年度《思光詩選》（三）第五次讀書會，陳慷玲主講，勞思光先生指導：「《思光詩選》述解之二十」，2005年12月10日。

31 目前學界對於勞思光先生的詩歌研究論文有三篇：（一）張善穎：〈情意我與心靈境界——從《思光詩選》一探勞思光先生的哲學生命〉，收入華梵大學哲學系編，《勞思光思想與中國哲學世界化學術研討會論文集》，2002年11月；（二）林碧玲：〈「思光詩研究」的價值與文獻之考察〉，《華梵人文學報》第五期，2005年7月、（三）林碧玲：〈「韋齋詩研究」的對象之考察——從勞思光先生之《思光詩選》到《韋齋詩存述解新編》擬議〉，《華梵人文學報》第六期，2006年1月。從中均可進入先生詩歌情意世界。

　　詩詞作爲人格生命型態的外顯，具有自彰、自明，自顯胸臆的文化特質。即使只有六闋，但是透過先生的詞作，吾人可以發現先生一以貫之的生命感——面對家國大變的靈敏感受，表達知識份子在亂世中對於斲傷文化的悵憾憂苦，並且透顯哲人的生命襟抱與孤懷——是不容置疑的。

　　相較於詩作而言，先生的詞不但有創作美感的興味與生命感動之韻致，更具有情意主體流露的特質。「弱水三千，只取一瓢。」對於文化理想堅持、「玉蘭」「瓊葩」與「平生意氣矜懷抱」所透顯的自信與自愛的人格精神、「盧雉一呼行樂耳，看青陽破夜邊城曉。雲樹外，起啼鳥。」與「且手拂雲箋，漫題長句。一笑推窗，看今年新曙。」對未來猶寄希望的凜然情懷，透顯著高遠之懷抱，在在都映現著詞人合一的君子氣息。

　　因之，先生的詞作，具有情意心靈的豐富性，寄寓先生個人的生命擔當與人生感悟，同時，亦是先生憂患與承擔的懷抱與推動時代變革的情意心靈紀錄。

發表於《彰化師大國文學誌》，第十二期，九十五年六月。

試論韋齋詞的生命情懷

以感傷為基調的呈現

摘 要

　　本論文旨在從勞思光先生詞作文本著手，探討其詞作中的感傷
基調，藉以呈顯其生命情懷。詞是抒情文學，而勞氏之作具有傷感
情懷，其中不僅飽含自身的流離懷傷，更具有家國憂思：敏感而沈
痛的靈魂，以感傷的基調呈現，卻也顯現嚴肅而深刻的意義。本論
文討論進程，擬先說明韋齋詞與宋詞之差異及論文寫作意義；其次
從游子意識與時空意識，探討韋齋詞之感傷基調；再從時空跨越與
情境開展，探討韋齋詞之感傷表現手法；末了呈顯韋齋詞之感傷意
義，並以韋齋詞具有深刻的意蘊為結。

關鍵詞：勞思光、韋齋詩、感傷、生命情懷

壹、前言

一、從宋詞到韋齋詞

　　文學創作是在一個具有活動生命的社會中完成的，有其普遍及客觀性的意義；但是，身爲一個生命個體，面對變遷的環境，自然會雕塑出一個獨特的文學世界。可以說，生命意識固然會隨著社會環境及情狀而影響，然而更重要的是：個人的生命意識，終究會決定其對於生命價值的瞭解與生命抉擇的意義。因之，就一個文學創作者來說，其主體意識當呈顯於其創作取向上，亦即，創作者所呈現的精神面貌可以從其創作文本的選擇中獲得訊息。

　　文化是人類精神活動的創作和表現，對於文學創作來說，透顯時代精神和時代情感，以表現對社會的關懷，正是蘊含著作者意識。特殊的社會背景，會造就出一種特殊的情感色彩，也就是劉尊明所言：「文學歸根跟到底是人學，它必然要在一定程度上積澱和蘊含該民族所特有的文化心理內涵。」[1]而詩詞的創作，反映的正是人生況味，亦透顯著時代精神與風貌。

　　就詩歌形式而言，當詩歌的律化形成，造就唐代的律詩蓬勃發展。之後，參差長短句的出現，產生一方面有規律的限制、另一方面卻又容許有自由句式的新的詩歌體製，開展出貼近人情感觸的「詞體」。抒情本是詩歌的本質特徵，而詞又是表現自由心性的一種文學樣式，抒情加上自由，因而「詞體」自然成爲流露心靈幽微本質的最佳載體。

---

1 劉尊明：〈緒論〉，《唐五代詞的文化關照》（臺北：文津出版社，1994年12月），頁20。

　　以詞之文類而言，崇尚詩情畫意的背景及柔婉情韻的內涵被視為正統，至於豪氣干雲、慷慨氣魄的抒發，被視為變體。雖然，蘇軾以豪放之姿為詞，一新天下耳目，但試觀詞壇發展，秦觀、李清照、姜夔、吳文英等人，將以濃摯的情韻編織深隱的情懷表現奉為圭臬，強調詞之本色即是具有「別是一家」的細膩情感。詞的創作不必如詩一般，表現儒家正統的大雅精神，而是應該反映平民生活情狀——或書寫愛情的追求與失落，或鋪陳官場的失意牢騷，——方是詞家正宗。其實不論是「詞是小道」或是「以詞體為尊」的看法，都失之偏頗，長嘯為詞，抒發心志鬱積之氣，或者表現精妙典雅的生活情態，均可藉詞而發。

　　以歐陽修為例，他具有文學家與政治家的雙重身份，除了對於國家政事的擅長之外，歐陽修的文學成就亦高。歐陽修擅長古文，然其詞作亦有特殊風貌。在心態上，歐陽修雖視作詞為小道[2]，然而，卻也因為歐陽修將作詞視為小道的緣故，其詞作反而呈現出細膩感受的一面，[3]亦即：在大塊文章彰顯道德面向之外，歐陽修亦是一位敏感而多情的作詞家。這樣的現象不僅是歐陽修，范仲淹、晏殊、宋祁等宋代名臣，都有以天下為己任的憂國情懷，但卻也都擁有觸動感發的心靈。或者說，在表現遊戲小詞之際，往往流露出心性品格或襟懷理想，因而使讀者對於其人生態度有更深刻的認識。

2　歐陽修〈采桑子〉一詞，以一段「西湖念語」為開場連章之敘述短文。其念語云：「因翻舊闋之辭，寫以新聲之調。敢陳薄伎，聊佐清歡。」此念語除表達其遣玩志興之外，更提出詞作是一種小技，其意在提供聚會間的歡樂而已。

3　以〈生查子〉為例：「去年元月時，花市燈如畫，月上柳梢頭，人約黃昏後。今年元月時，月與燈依舊，不見去年人，淚溼春衫袖。」此詞以元宵為背景，描寫元宵的熱鬧，月光、柳樹與燈火相互輝映；然而去年的雙人的約定與今年孤寂的反差，卻顯出內心的落寞。身為士子與朝廷重官，亦是古文大家，歐陽修卻在作詞時卸下嚴肅的道德面具，顯出細膩情致的一面。

　　回到勞思光先生[4]的文學創作來看，其詩不屬性靈之派，而是以宋詩苦吟為表現風格。猶如同光體的學人，呈現縱橫淋漓、雄偉博瞻的詩風。同光詩人陳衍曾提出「學人之言與詩人之言合」[5]的論點，強調學人重學問而詩人重性情，若能二者為一，方為最勝。

　　以學人之詩界定勞氏的詩歌風格（類別）應屬公論。勞氏的詩作，顯然具有學人之詩的特性，即是以紮實的學問為根基，講求「證據精確」（《石遺室詩話卷十四》）的理性基調，以古代之事典為線索，引出對於今事的思致。而勞氏之詞作，除了以豐富智識為根基外，更具有突出其性情根柢於學問的特徵。

　　勞氏詩歌固然展現著學問與人格風範，亦時有情感的流露，然而，其詞作所呈現的，比起詩作有更生活化的、更細緻而敏感的情愫在其中。尤其，將悲慨與賞玩的矛盾放置在一闋詞裡（看似書寫景色，卻是表現悲傷的情緒，但卻又藉著傷感的意象，排解心中的鬱悶），形成勞氏詞作的特色。

　　勞氏的詞作，收錄在《思光詩選》（三民書局出版）一書之附錄，原僅〈臨江仙・紀懷〉、〈乙巳除夕，夜宴於伯謙先生私宅，賦此乞正，調寄賀新郎〉兩首；另勞氏於敝系林碧玲教授與筆者主持之「思光詩選讀書會」（國科會人文學研究中心補助）、「現當代古典詩研究室——韋齋詩存述解與研究」（華梵大學人文藝術類研究室補助）中，補入四首。因而預計於今年十月出版之《韋齋詩存述解新編》中，收錄之勞氏詞作將有六首。

4　為呈現論文客觀性，本文以下論述均以「勞氏」稱之。
5　見詩人之言與學人之言結合，為同光體詩人陳衍所提。陳衍（一八五六～一九三八），字叔伊，一字石遺，室名大江草堂，福建侯官人。學問淵博，精通三禮，尤長於詩，與陳三立、鄭孝胥均為「同光體」詩人。「同光體」詩學宋調，以新為貴，反對必求合古的詩風。

　　雖然勞氏尚有其它詞作並未收錄，然若就此觀之，和兩百多首詩作相較，顯然不成比例。因此，首先要討論的是：勞氏的詞作何以數量不若詩來得多？

　　以「詞」之文類而言，除了「媚」和「豔科」的理解和評斷之外，所展現的情調究竟為何？自晚唐五代以來，社會流離，主導了文化心理的轉變；北宋的黨派之爭、南宋的憂患世局，更使得依戀惋惜的情懷主導了詞作傷感基調的形成。亦即詞家個人生活體悟因而引致的傷感情懷，成為詞作中的普遍表現。是故自我理想無法施展、自我價值得不到肯定，因而生成的感傷意識，瀰漫在詞作中。

　　宋代的哲理詩和議論詩盛行，卻也因此導致了文人無法在詩的體例中宣洩，只能讓真實的內在情感向詞句裡流動。王國維說：「詞之為體，要眇宜修，能言詩之所不能言，而不能盡詩之所能言。詩之境闊，詞之言長。」說明了細微的、受到壓抑的情感，在詞作中的表現遠比在詩作裡更為容易（或者說表現地更為深刻、細膩）。

　　勞氏以一個知識份子，從大陸輾轉至臺，卻又曲折至港，孤寂的情懷中不僅包含著自身的流離憂傷，更飽含著家國的憂思。而這種對於人生價值思考所流露的感傷情調，藉由詞調而微吟詠歎。

　　因而勞氏的詞作數量不如詩多的因素，筆者以為：一方面，勞氏書寫創作當時感懷，僅為個體對於自身或世界的情緒表達，並無意藉此將自身懷想公諸於世，隨手置放未加蒐集的結果，數量自然不多；另一方面，勞氏具有眾所熟知的哲學心靈，對於詩歌的創作，以宋詩風格為主要表現形式與手法，而「詞」的特徵或審美規範，歷來多從「媚」著眼，故而在詞作文本的表現手法上，總是以嫻靜溫柔為主流，雖然不能說與勞氏的哲學理性思致矛盾，但是，必須在表現「言志」或「言情」當中作一選擇時，畢竟普遍觀念中

詩「言志」的「嚴謹」與「懷抱矜持」,較之詞「言情」的「溫柔」與「委婉曲折」,和自身傾全力開展的學術領域與人生價值理想較爲相契。職是之故,勞氏的詩歌創作偏向於詩,尤其是具有宋詩特色的詩作。然而,卻也因爲勞氏有「詩──宋詩──宋詩立意、煉字、煉句、志之所至」的觀念,因此,反而使勞氏心靈感發的生命力量,透過詞體的情感表現形式顯現,更加深刻而動人。

換句話說,勞氏以建立中國哲學之學術觀爲其生命重心,故其畢生心力多投入在理性的哲思。而勞氏的詩歌創作以宋詩風格爲主,表現其理想懷抱,而早期的歌辭之詞,並不具有書寫情志之意識,自然與勞氏自由主義的意志與胸懷沒有太大的連結。然而,綜觀勞氏之詞作,又並非如歐陽修以遊戲筆墨爲詞之心態,而是透顯著文人早已熟悉的詩學傳統中言志抒情的寫作方式,讓剪紅依翠、嬌柔旖旎的詞風之外,呈現懷抱意志,而在書寫情志的同時,卻仍表現了一種直接感發力量的質素,保有詞作曲折含蓄的美感。

二、本文寫作意義

勞思光(1927[6]-)是湖南長沙人,本名勞榮瑋,字仲瓊,號韋齋。勞氏於一九五〇年〈從文化史上看國家價值〉[7]一文中,以「思光」作爲筆名,自此即以「思光」之名著世。勞氏曾就讀北京

---

6 九十三年筆者與敝系林碧玲教授申請國科會人文學研究中心補助《思光詩選讀書會》,林氏告知先生曾於91年6月6日告知:民國三十八年初至臺灣時,身分證誤載爲民國11(1922)年生,實則爲民國16(1927)年生。

7 勞思光:〈從文化史上看國家價值〉,《民主潮》1卷4期(1950年11月25日),收入《哲學與政治──思光少作集(三)》,頁9-13。亦可參考劉美英、黎漢基編:〈勞思光先生著述繫年重編〉,《無涯理境──勞思光先生的學問與思想》(香港:中文大學出版社,2003年),頁288。

大學哲學系，輾轉至臺後，轉入臺灣大學哲學系就讀。其後赴香港居住，並曾於哈佛大學及普林斯頓大學進行學術研究及訪問，之後亦於臺灣清華大學、政治大學等校擔任講座，現擔任華梵大學哲學系講座教授。

勞氏出身翰林世家，自幼即浸淫傳統文化，並書寫詩作。勞氏對於學術思想之研究十分用功且透徹，已屬公論，除此之外，勞氏雅好賦詩，在港期間並曾參加過「芳洲詩社」[8]，與詩友唱和，每有感懷，便發為吟詠，因而探索勞氏的詩詞創作，可體察其情意面向之開展及心靈境界。

「吟詠詩歌是士人文化生命發皇的傳統力量與模式，因而先生的詩詞創作，即是文人生命的存在方式。」[9]文學生命若能注入哲學智慧，在通透之際，更可以得其深；哲學生命在文學意興的潤澤裡，更能呈顯其涵泳之意味；是故，文學心靈與哲學智慧的融匯，即是更臻圓滿的生命情境。勞氏具有眾人所知曉的哲學學問，亦有眾人所未知的文學生命，因此可以說：勞氏是一位哲學家，亦是一位「古典詩人」（即是一位哲學家詩人），正是文學心靈與哲學智慧融貫的典範。

從勞氏的詩詞創作去體悟其生命的深度，吾以為比起從哲學出發，去理解其建構的學術理論，更有巨大的魅力。勞氏的哲學大師地位，世所共譽，透過勞氏的文學創作，進入深層濃郁的文化意味，更能激動人心。

---

8 勞氏參與芳洲詩社活動相關事宜，為93年3月6日筆者與林碧玲教授主持「國科會人文學研究中心補助九十三至九十四年度《思光詩選》讀書會」第一次讀書會，先生主講「《思光詩選》的形成與路數」告知。

9 王隆升：〈文化人的情意與詞心——論韋齋詞的生命情境與懷抱〉，《彰化師大國文學誌》（彰化：國立彰化師範大學國文學系，2006年），頁348-349。

　　自古以來，立德、立功、立言[10]即被視為是三不朽；而《論語・衛靈公》亦云：「君子疾沒世而名不稱焉。」作為生命價值的觀念，「立言」的寫作型態是跟生命的意義相連結的，換句話說，文章是生命意義的寄託，亦是人生態度的展現。

　　三不朽是難以達成的高遠目標，然而亦有人並不將此視為必然的炫耀，而視為人生一部份歷程罷了。勞氏創作詩詞，原即不以炫耀與流傳為目的，但在因緣際會中，卻得以從紀錄的初衷裡，被重新賦予意義。可以說，勞氏的詩詞作品綴寫紀錄之後，為人所閱讀、流傳，不僅可以藉此知曉一個以哲學名世的文化人詩化的人生，更是理解其文化品格的重要材料。

　　文學的表現不是純粹為了知識，而是在於經驗與超越經驗碰撞而產生的張力。勞氏是抱負滿懷、崇尚自由的，這在勞氏企圖建構中國哲學的使命來看，無疑是重要的，可以說，勞氏是近現代華人思想學術界的典型代表。而從勞氏的文學作品，能閱讀到屬於勞氏學術之外的另一個面向。透過歌詞文字，可以感受到：勞氏因緣際會到達臺灣，移居港島，看似歸隱，實則比退隱遁世具有更深刻而沈重的哀傷。

　　因此，筆者嘗試從勞氏的文學創作出發，希望能在文本閱讀及解析的過程中，深掘勞氏「哲學生命」中的情感面向，進而體會其人格形象與生命性靈，透過勞氏哲學家詩人創作的特殊性，開展學術視域，闡明勞氏文學創作（詞）之面貌風格，探索其在現代中國古典詩學發展中的意義。

10　《左傳・襄公二十四年》：「太上有立德，其次有立功，其次有立言，雖久不廢，此之謂不朽。」指立德、立言、立功，是三件可以永遠受人懷念與敬仰之事。

貳、韋齋詞的情感內涵──感傷的基調

一、韋齋詞的感傷成分

　　詩詞本來即是以韻取勝、陶養性靈的創作。照理說，「霜葉紅於二月花」（杜牧〈山行〉）、「野渡無人舟自橫」（韋應物〈滁州西澗〉）帶有恬逸的情境；或是「落日照大旗，馬鳴風蕭蕭。」（杜甫〈後出塞〉）、「星垂平野闊，月湧大江流。」（杜甫〈旅夜書懷〉）的浩瀚氣魄，方是詩境呈現的大宗。然而，詩詞中的「苦吟」，因為負荷了大量的人生苦難，甚至承載歷史時空的憂懷，因而更能突顯詩人的生命意識。蔣寅曾說：「苦吟意味著對詩歌的期望值的提升──願意付出艱苦努力的事，一定寄託著人們很高的追求。……詩歌的價值和意義就在它參與生命過程本身。……不平則鳴是志士仁人對命運的抗爭。」[11] 文人面對的人生挫折，不勝枚舉，從離鄉到應考、從落寞到拔高，因為有「昔日齷齪不足誇」的困頓，因而「一日看盡長安花」的恩賜，也就更顯珍貴。[12]但是，有更多的讀書人被摒除於功名之外，或是在平靜的仕途中掀起波瀾，因而將憂憤或感傷的情緒化為文字。江順詒《詞學集成》卷七引趙慶熹《花簾詞序》云：「斯主人之所以能愁，主人之詞所以能工。」而鄧喬彬亦言：

11　蔣寅：〈以詩為性命〉，《古典詩學的現代詮釋》，（北京：中華書局出版社，2003年），頁242-248。
12　孟郊〈登科後〉詩云：「昔日齷齪不足誇，今朝放蕩思無涯。春風得意馬蹄疾，一日看盡長安花。」唐科舉放榜後，擇進士二人，於長安城中探花。孟郊高中進士之年，為探花者之一，故有此詩。此詩將落榜與考取的兩種情境對照，透顯文人的窮達差異。

> 自《詩經》「飢者歌其食,勞者歌其事」以來,詩與「悲」的
> 關係最為密切。……屈、宋各有悲世、悲己之情,漢樂府民歌
> 「感於哀樂」實側重於「哀」,建安的「慷慨」實為悲慨,正
> 始的主調是嗟生、憂時;……古詩十九首……是死生之嗟的悲
> 涼,……六朝,陶、謝、鮑、庾都有悲的一面。……作為繼詩
> 而起的韻文代表,詞確有匡其不逮之處,這就是在「情」的深
> 化上。……側重在自我抒發,……[13]

　　苦吟不該視為無病呻吟,如果和「窮而後工」的觀念相配,應
該說:詩人窮而苦吟,其意義是藉由苦吟將其心志吟詠表現;而陳
廷焯《白雨齋詞話》卷八「情以鬱而後深」的說法,即是如此。

　　「窮而後工」的表現,非獨見於詩歌,即連詞作亦是如此。而
勞氏的詩歌創作,以「苦吟」的方式吟詠呈現,在沉重的文字裡,
訴說的不僅是生命的困頓,更是對於生命價值的探索。那麼,詞作
的表現中,是否亦具有苦吟的風貌?

　　苦吟的標誌來自於宋詩,當然不表示必然只能是詩體的風格或
表現方式,只是,以「感傷」來標誌勞氏的詞作面貌,比「苦吟」
更為貼近表現之內在蘊含。

　　感傷的產生有其必然性。當生命在時空中產生價值理想的疑惑
時,心靈碰撞的結果,便產生感傷。苦吟固然是表現感傷的一種方
式,然而感傷卻是飽含生存價值的思索、是攸關精神狀態的選擇,
更是進行生命療癒不得不發的傾吐。勞氏其顛沛之生命歷程,在時
空中漂泊,實是被無法控制的環境所逼迫而造成的結果,故而騷動
於心的遺憾,便成感傷。

---

13 鄧喬彬:〈唐宋詞的藝術境界〉,《唐宋詞美學》,(濟南:齊魯書社,2004 年
　 10月),頁111-112。

　　從漫長的文學歷史中檢視，無論是中方或西方作品，總是脫離不了情感的呈現。西方文學中的所謂「感傷主義」（Sentimentalism）[14]崇尚情感，然而這種情感卻流露出消極而憂傷的情緒。強調的是人民的不幸遭遇，即使是書寫人民的歡愉時，常是伴隨著淚水與愁緒的。這種情調無疑是軟弱而自怨自艾，虛無而淒涼。對於東方文學而言，〈古詩十九首〉說：「生年不滿百，常懷千歲憂。」、蔡琰〈悲憤詩〉云：「人生幾何時，懷憂終年歲。」劉勰《文心雕龍‧時序》亦言：「世積亂離，風衰俗怨。」苦難的年代，讓中國文人心靈烙下深刻的傷痕，因而發出感恨之詞。

　　作為中國感傷主義文學傳統的集大成者的巴金（1904～2005），其作品具有一種無法如願、飄零憂傷的氛圍，充滿悲憫情懷和濃郁的感傷基調。又如蕭紅、張愛玲、白先勇等作家，亦被視為感傷文學的代表。因而可以說，不論東西方，文學作品的感傷成分是普遍存在的。

　　現實的世界會催發憂患意識，然而真正的關鍵，卻是作者本身的人生理想，或源於承擔的信念、或是使命感使然。尤其，當困頓無法消解，以文學作為抒發的載體，成了許多知識份子的選擇。社會的變異，對於詞人心靈的撞擊與震盪，使悲哀的情緒瀰漫，成為普遍現象。心靈與社會現實的衝突，常是引致生命落空或疏離的最大原因；感傷的基調便是源自於詞人的內在心裡和社會政治、外在環境產生摩擦或者背道而馳的衝突，因而發為詠歎。

---

14 從西方文藝思潮流派上來說，十八世紀後半期，歐洲文學從古典主義演變為注重個人生活之中情感的感傷主義。這種情感，主要是哀怨憂傷，多愁善感。因此，感傷主義具有情感性、傷感性、敏感性。感傷主義的說法源自於英國作家斯特恩，他於1768年出版《法國和義大利的感傷的旅行》的小說，之後有愛德華‧揚格和托瑪斯‧葛雷等作家，亦以感傷成分著名於世。

　　從勞氏的詞作中,可以探索其生命結構的軌跡,亦流露其自身的生命氣質。勞氏目前的詞作雖僅存有六首,然而「感傷」的成分卻是普遍的存在:

明鏡鬢眉嘲石顧,浮生長物無多。華燈玉管浪銷磨。文章聊復爾,興廢竟如何。　　怎是非情非恨際,依然牽惹絲蘿。誰參密意病維摩。可憐千萬劫,弱水自成波。〈臨江仙‧紀懷〉

閒庭曲檻流霞,舊時家,記得雨中親拾玉蘭花。　　**紅羊劫,青衫客,負瓊葩,**一樣可憐顏色在天涯。〈烏夜啼‧兒時居故都,庭中玉蘭經雨零落,輒親拾之,不忍見其委泥沙也。戊戌流寓香島,忽於友人處見玉蘭滿枝,感而譜此。〉

車馬芳洲道。又喧闐、千家爆竹,共迎春早。我已中年翁七十,相顧樽前一笑,負多少縱橫懷抱。**北望中原南望海,漫紛綸棋局何時了。誰竟免,此鄉老。**　　佳辰歡趣頻年少。最嗟予、詩腸多澀,酒腸偏小。講舌徒為從眾語,愧絕囊中舊稿,且相伴今宵醉倒。盧雉一呼行樂耳,看青陽破夜邊城曉。雲樹外,起啼鳥。〈賀新郎‧乙巳除夕,夜宴於伯謙先生私宅,賦此乞正,調寄賀新郎〉

又積征塵上客襟,相逢翻覺別痕深,青萍雪絮總浮沈。夜氣正催秋似酒,天涯會見綠成陰,不須龜筮費搜尋。〈浣溪沙〉

細雨侵簾，彤雲如幕，曉寒暗透窗紗。徙倚回廊，嫣紅猶見山花。霓裳翠羽匆匆過，又匆匆、夢向天涯。**漫咨嗟，百劫悲歡，幾度蟲沙**。　　平生意氣矜懷抱，杜目驅豺虎，手搏龍蛇。**老臥南疆，一身破國亡家**。文章解惑非誇世，論千秋、願已嫌奢。**悵啼鴉，謝傅箏弦，白傅琵琶**。〈高陽臺·甲戌冬，作於香港海桐閣寓所〉

佳辰不預笙歌會，高眠市樓寒雨。**嚼蠟世情，凝霜詩筆，靜夜茫茫無緒**。蝶飛栩栩。向冷月昏時，劫灰深處。似有幽靈，兩三相向含冤語。　　問人間黃粱熟未？猛青燈照眼，**此身何處**？幾輩英豪，幾番成敗，都付大江東去。悲歡何據？且手拂雲箋，漫題長句。一笑推窗，看今年新曙。〈齊天樂·1999年除夕〉

　　寂寞與孤獨固然是一種失落的心理狀態，但是，當詞作所表現的情懷被作者充分表現、被讀者充分領受時，必然有其意義——因著作者的個性與敏感的心靈，表現出異於他人的殊性意味，亦即表現出一種「對於現實的情狀失望，遺憾世俗的墮落或不堪，卻猶抱一絲希求，奈何卻因此而顯得獨立不群。」的心情。孤獨的心理獲得排遣，卻也將懷抱的理想刻鏤成痕。

　　勞氏的感傷，其實來自於對人生理想的無法實現，社會的體制不僅沒有提供讀書人自由思考與安身立命的空間，更以斲傷的方式在消耗文化傳統的命脈。[15]

---

15 陸玉林曾說：「傳統社會的體制既未給士階層人生理想的實現提供足夠的空間和場所，同時也不允許士階層擁有自由的生存空間。」勞氏的感傷，當即來自於此。參考陸玉林：《傳統詩詞的文化解釋》（北京：中國社會科學出版社，2003年8月），頁84。

　　詞是抒情文學,故而在表現人生主題的同時,無法逃避去面對生命內在的痛苦。一個敏感而傷痛的靈魂,在憂患意識的重壓下掙扎,卻也顯現出一種嚴肅而深刻的意義。因而可以說,一個具有深刻內涵的作品,所包含的意義不會是表象的、平面的、個人的,而是可以超越個體,置諸於歷史時空中,體現其深廣的人類共有的憂患,亦即一己的悲傷,卻有著人類共有的永恆深遠意義。

二、游子意識與家國之思

　　曹操〈卻東西門行〉詩云:「鴻雁出塞北,乃在無人鄉。舉翅萬餘里,行止自成行。冬節食南稻,春日復北翔。田中有轉蓬,隨風遠飄揚。長與故根絕,萬歲不相當。奈何此征夫,安得去四方?戎馬不解鞍,鎧甲不離傍。冉冉老將至,何時返故鄉?神龍藏深泉,猛獸步高岡。狐死歸首丘,故鄉安可忘?」抒發了征夫長期邊境征戰、思念故鄉的哀傷。而李益〈夜上受降城聞笛〉云:「回樂峰前沙似雪,受降城外月如霜。不知何處吹蘆管,一夜征人盡望鄉。」孤獨的漂泊,讓一個敏銳的生命個體,深刻書寫出屬於鄉園的永恒主題。「晨風動喬木,枝葉日夜零。遊子暮思歸,塞耳不能聽。」(李陵〈錄別詩八首其二〉)、「江漢思歸客」(杜甫〈江漢〉)、「何事成遷客?思歸不見鄉。」(皇甫冉〈送從弟豫貶遠州〉)從大量的思鄉詩中,可以看出歸鄉的意涵,那便是:不論我們經歷了多少的困頓與歡愉,經歷了窮達仕隱、見證了多少生命的起伏,終究還是要回歸鄉園,回到一個可以讓生命和緩與安頓的安身立命之處。

　　落葉歸根是一種期望,只是,是否能如願以償,猶是未知數,因而在現實的遠眺中,藉由山水風色,將物理的空間改造,讓故鄉

與自我的親密關係由此建立，化成一種創作的情懷。

　　情緒或者是短暫的事件所牽引的，時間一久便消逝無蹤。然而，卻也有些情緒，並非一時的翻騰，而是長久持續著。個人遭遇的順境或逆境，攸關情緒的引發與呈顯。許多理智的知識份子，卻也不能免於傷感的滲透，為人生事件或情境深深嘆息。

　　人往往是不耐於漂泊的，然而正如冷成金所說：「人的高貴之處，正在於要為自己動盪不安的心靈尋覓最後的家園。……中國人沒有外在超越的價值，只有在孤獨中用自己的一生不斷地向那個本體靠近。」[16]故而安頓心靈，成了一件重要的事。

　　詩歌的感傷世界，表現在生命催促的歲月無情中。山川相隔造就漂泊之苦，故而作者筆中的游子形象，即是詞人悵然心靈的外現。韓經太曾說：

> 作為複雜的矛盾體的「游子」意識，當其表現為詩歌吟詠中的「客愁」中，……呈現出複雜的型態。……首先，當詩人天涯傷淪落而「愁來賦別離」時，由於其倦游厭旅的情緒中已包含著游無所成的牢騷和憤郁，所以其情思索繫，往往並不局限於詩歌形象的表層指向，而是有著「別有感發」的隱喻與象徵意味。……其次，由於「游子」之「客愁」與生命哀傷屬於同一抒情主體的情感心理內容，故而那苦於空間阻隔的，思鄉念遠之情未嘗不與驚心節物的生命主惕相交織。[17]

16　冷成金：《唐詩宋詞研究》（中國人民出版社，2005年4月），頁339。

17　韓經太：〈論中國古典詩歌的悲劇性美〉，《詩學美論與詩詞美境》(北京語言文化大學出版社，2000年1月)，頁65-66。

　　從作品中，可以領略作者對於一個可感知卻無法碰觸的故園緬懷之情。勞氏的詞作呈現的，即是一種極具客愁的「游子」意識，給人的直覺感受是凝重而渾厚的，卻也充滿世事滄桑的無常之嘆與英雄失路的遺憾。

　　從〈烏夜啼〉的詞句「閒庭曲檻流霞，舊時家，記得雨中親拾玉蘭花。　　紅羊劫，青衫客，負瓊葩，一樣可憐顏色在天涯。」來看，此詞無非是藉由書寫落花飄零，感嘆生命受外在摧殘的遺憾。除了表現玉蘭的生命悲劇之外，實則亦有「君子」落難的訊息；如果再配合詞序中所言「兒時居故都，庭中玉蘭經雨零落，輒親拾之，不忍見其委泥沙也。戊戌流寓香島，忽於友人處見玉蘭滿枝，感而譜此。」理解勞氏之「感」，更能體悟出時間的過往與現實、空間的彼與此、自然凋零與人生的失落，意蘊深刻。

　　人與物的情感共生共發，阻隔的空間在此交織，傷花之懷亦有悲己的意味，故而悲花即是在悲自身的抱恨，看似含蓄溫婉的詞風中，卻隱約有沈痛的傾訴；雖然寫「花」，卻是在形塑一個隱蔽的身影與面孔。

　　王乾坤曾說：

> 原型是人類對於本己生活的一種原初記憶……在最終的意義上，我們所嚮往的其實就是原初幸福與自由，是一種回到子宮與伊甸園的復歸期望……賣櫝還珠，失去對家園的記憶，這是人類很容易患的一種現代病：哲學、藝術、宗教、美學的任務之一，就是各自從不同的角度，喚起雖然是原初的但是永恆的生命記憶。[18]

18　王乾坤：〈藝術的生命之門〉，《文學的承諾》（北京 三聯書店 2005年4月），頁294-296。

　　家園之思是勞氏詞作中的主旋律。看到故國的沉淪，對於家國處境感到憂傷，故而離鄉背井的遊子，因著愛國情操，想要爲積弱不振的民族作些改變。因而，勞氏提筆爲詞，自然表現著一個最易引起迴響的主題，一個在許多知識份子心中大家共同擁有的苦悶。

　　〈賀新郎〉一詞云：「我已中年翁七十，相顧樽前一笑，負多少縱橫懷抱。北望中原南望海，漫紛綸棋局何時了。誰竟免，此鄉老。」「登望」，自古以來即是傷感（如送別、相思、懷古等主題）中的原型構思，故而「北望中原南望海」所訴說的，以空間延闊其思念之情，實際上中原是在望不見的北方，目力即使弗及，心神卻更憂思。這種憂思的深化結果，更是突顯了現實與理想之間的反差。家國意識與現實的衝突，造成了傷感的原因，而經世觀念與人生理想無法付諸實行，造成更強烈的失落感。

　　而〈賀新郎〉云「北望中原南望海，漫紛綸棋局何時了。」、〈高陽臺〉云：「老臥南疆，一身破國亡家。」則是強調空間的隔離，表現游子遠離故國的悵然失落，而更深刻的意涵則是對於人生價值受到衝擊的文化浩劫，感到悲傷。

　　〈高陽臺〉云「細雨侵簾，彤雲如幕，曉寒暗透窗紗。徙倚回廊，嫣紅猶見山花。……悵啼鴉，謝傅箏弦，白傅琵琶。」游子的客愁，猶如杜審言〈和晉陵早春遊望〉所說：「獨有宦游人，偏驚物候新。」對於風物的變異，常有驚覺之慨。亦可說，勞氏傷感的本質是藉由物候或特定景物，抒發悵憾之忱，尤其以「鴉啼」引出白謝幽咽之琴音，發抒「同是天涯淪落人」之意，更是突顯游子情感生命的內涵。

　　抒寫失意的哀傷或描繪山水景物，情調常是蕭瑟、寂寞而感傷的。故〈齊天樂〉云：「高眠市樓寒雨」、「靜夜茫茫無緒」、

「向冷月昏時」、「劫灰深處」、「猛青燈照眼」。這些字句的氣氛與色彩，呈現一種迷離與境象，事實上，也可以說因為這樣的時空景象，提供了作者表達游子失落的淒楚情緒。

沈家庄說：

> 中國人對故土的依戀，對家國的神往，就不僅僅是對家庭的一種責任感和一種依戀情懷，而且是一種生命的回歸意識，是人對個體生命的終極超越。[19]

離鄉是被迫的選擇，故而思鄉是對於家國故舊的具體情感指向。對一個充滿哲學理智的學者而言，感傷並非是他的標誌，然而，作詞是一種趨於內心獨白式的咀嚼，也是坦露心跡的方式，即使是理性的勞氏，在詞體的情意世界裡，猶是表現生命最真實的感發。

勞氏以歌吟的才氣與悟性，書寫眼中的人情世界，其感傷氣息是極為濃厚的。同時，游子以飄忽不定的生命歷程，面對時空，亦將生起嘆老之慨。

三、時空意識與嘆老之傷

文學情感的表達即是個人悲歡喜怨的生命歷程。而時空意識的揭示，更是際遇窮通時的情感主調。

王力曾說：「在傷春悲秋、由物及我的感情線索中建立生命化了的自然與自然化了的人生間聯繫；用聚散憂分，別時憶見之痛對

---

19 沈家庄：《宋詞的文化定位》（長沙：湖南人民出版社，2005年1月），頁285。

待人事交往，在傷離惜別、由人關己的倫理程序中強化親友與自身間的情感紐帶。」[20]怨嗟之嘆是自我情感的抒發，亦是文人面對外在景物的榮枯，萌生蒼涼焦慮的憂患情懷。不論是「誰竟免，此鄉老。」或是「老臥南疆，一身破國亡家。」都標誌著衰老的意義，而生命的衰老，便來自於別離。離別，擾亂了生命的歷程，進而形成生命的缺憾。當生命的別離導致時間在孤寂中消逝，喟歎於焉形成。

以訴諸聽覺的方式，喚醒思鄉的心緒。〈高陽臺・甲戌冬，作於香港海桐閣寓所〉一詞云：

悵啼鴉，謝傅箏弦，白傅琵琶。

聲音的描寫與選擇，實則亦是書寫作者心情的表徵。「啼鴉」雖然不若「胡笳」、「杜鵑」等聲音，喚醒人們內心的悲傷哀淒，容易淚滿衣襟，卻也具有文化意涵，傳遞著傷感與的氣息。冬寒之際，鴉聲響起，牽惹出的不只是思鄉情懷，更是對於自身有志難伸的慨嘆；或者說，詞作所表達的是主體對於人生的失落感，將「音響」、「自身遭遇」、「歷史情懷」進行意緒的濃縮與凝結。外界的鴉聲喚起了作者思鄉的感受，更喚醒了歷史記憶，使主體生命延伸，和古老時空人物的生命情境契合，形成凝重而悵然的情緒。

傷感是勞氏所處人生的文化氛圍，感傷於江山的殘破與自我理想不爲人知的現實，揉成嘆老傷逝與黍離之悲的壓卷之作：

---

20 王力：〈中國古代文學中的惜時主題〉，《中國古代文學十大主題——原型與流變》（臺北：文史哲出版社，1994年7月），頁47-48。

細雨侵簾，彤雲如幕，曉寒暗透窗紗。徙倚回廊，嫣紅猶見山花。霓裳翠羽匆匆過，又匆匆、夢向天涯。**漫咨嗟，百劫悲歡，幾度蟲沙。** 平生意氣矜懷抱，枉目驅豺虎，手搏龍蛇。**老臥南疆，一身破國亡家。**文章解惑非誇世，論千秋、願已嫌奢。**悵啼鴉，謝傅箏弦，白傅琵琶。**〈高陽臺・甲戌冬，作於香港海桐閣寓所〉

余秋雨嘗言：「人要直觀自身，只能把人置放在一個有著空間限定和時間滄桑的世界之中，毫無遺問，這就是人生。」[21]〈高陽臺〉一詞，即是在一個限定的空間裡（香港、寓所）藉由省視自身的遭際（滄桑的世界），展示著失落的悲哀與不為人解的孤寂。

此詞以雨中之景為起，表明低沉之心境，亦為平生意義氣銷磨的感慨抒懷鋪墊。迴廊的徘徊，代表靈魂的不安，因而縱有嫣紅的山花入眼，仍舊是感傷！即便是美盛的「霓裳翠羽」，亦已成過往。「平生意氣矜懷抱」正是少年的豪情壯志、參與文化運動的志氣與理想，然而一個「枉」字的表出，已讓少年豪情盡成傷，卻又加諸「老臥南疆」、「破國亡家」之痛，更讓人理想銷磨殆盡。最後以鴉啼的悵恨與「謝傅箏弦，白傅琵琶。」為結，儼然充滿著內在深遠的隱意，一種凡人未識的懷抱、天涯時空的悲感，深刻而動人。

對於人生的反省，勞氏以「嘆老」的感謂表現：

---

21 余秋雨：〈意蘊的開掘〉，《藝術創造工程》（臺北：允陳文化事業公司，1990年3月），頁110。

我已中年翁七十，相顧樽前一笑，負多少縱橫懷抱。北望中原
南望海，漫紛綸棋局何時了。誰竟免，**此鄉老**。〈賀新郎·乙巳
除夕，夜宴於伯謙先生私宅，賦此乞正，調寄賀新郎〉

飽嚐人生苦難，中年的身軀卻有老人的心境。面對紛擾的世
局，透顯一種疲乏無奈的人生失意感。而：〈高陽臺·甲戌冬，作
於香港海桐閣寓所〉云：

老臥南疆，一身破國亡家。文章解惑非誇世，論千秋、願已嫌
奢。悵啼鴉，謝傅箏弦，白傅琵琶。

現實的人事無情，家國盡成過去，故而老臥南疆的生活充滿不
可解脫的遺憾。

因而可以說，時光的不可逆、歷史的嬗變，讓勞氏的嘆老意
識，飽滿著沈痛的家國失落感。

許多詞人總在詞作中呈顯著年華老去，表現對於功名無法擁有
的失意情懷，因而顯露鬱悶的生命型態。然而，勞氏面對處境，或
有時不我予與的感慨，卻是以超越時間與空間的視點，在個人的身
世俯仰與歷史時空的變化中，流露其對於生命的深刻悟解：興廢、
浮沈、多少縱橫懷抱、悲歡……，繁華與挫傷，竟在彈指之間：

華燈玉管浪銷磨。文章聊復爾，**興廢竟如何**。〈臨江仙·紀懷〉

紅羊劫，青衫客，負瓊葩，一樣可憐顏色在天涯。〈烏夜啼·兒
時居故都，庭中玉蘭經雨零落，輒親拾之，不忍見其委泥沙也。
戊戌流寓香島，忽於友人處見玉蘭滿枝，感而譜此。〉

我已中年翁七十，相顧樽前一笑，負多少縱橫懷抱。北望中原南望海，漫紛綸棋局何時了。誰竟免，此鄉老。〈賀新郎·乙巳除夕，夜宴於伯謙先生私宅，賦此乞正，調寄賀新郎〉

又積征塵上客襟，相逢翻覺別痕深，**青萍雪絮總浮沈**。
〈浣溪沙〉

百劫悲歡，幾度蟲沙。〈高陽臺·甲戌冬，作於香港海桐閣寓所〉

問人間黃粱熟未？猛青燈照眼，此身何處？**幾輩英豪，幾番成敗，都付大江東去**。**悲歡何據**？〈齊天樂·1999年除夕〉

「幾輩英豪，幾番成敗。」既懷古亦傷今，「大江東去」看似大筆揮灑的開闊與氣魄，卻蘊含著豪情中的悲壯。英豪與成敗是人事，而江水東流是自然景象；然而，英雄豪傑在或成或敗的流轉機運中，盡成過往。故而勞氏提出「悲歡何據」的慨嘆。

傷感的背後所隱藏的，或許是文化的積累。首先，主體的生命遭際與現實感受，引出自我的悲慨，而家國衰落，帶來對於人生現實的威脅，更讓人對於未來理想的無法期待，產生沈痛的失落感。這種情緒固然是根深蒂固於內在情緒，更重要的是往往也因於歷史變遷中重要的衝擊與變化裡，方能釋放出來的巨大能量。勞氏的詞作中，呈現的不單只是一個榮華時代的衰敗，更是傷今悼往——對於一個主體人在時空變異裡的情緒震撼。

四、小結

詞是一種內心傾吐式的心緒文學，緣於情感而發之以含蓄，因而其主要的表現內涵並不是「言志」或「載道」，而是展示情感世界。

李白云「哀怨起騷人」（〈古風其一〉）、柳永亦說「當時宋玉悲感，向此臨水與登山。」（〈戚氏〉）詩人吟詠中飽涵著落拓之情與不平之慨，這種悵然表現在登臨山水與感物悲時的抒情模式中。然而，在勞氏的詞作中，登望（北望中原南望海）、感時（浪銷磨、幾輩英豪，幾番成敗，都付大江東去），畢竟只是一種表象或牢騷，真正的內涵實是感士不遇中的失所之悲（老臥南疆）與途窮之傷（一身破國亡家）。這種對於生命歷程的失落感，表達對於生命的哀憐與對「人生幾何」的無奈（百劫悲歡、悲歡何據）。

感傷成分的實質內涵，其實便是別離。孤獨的感傷，來自於生命的缺憾；疏離的生存狀態，來自於流離。從大片江山來到叢薾之地，復從孤懸小島隻身到彈丸之地，勞氏詞作所呈現的，便是一個外在孤獨（文化觀點、習俗、人事）與內在孤獨（失落感），不被社會和時代所理解的知識份子。

參、韋齋詞的感傷表現手法

一、以時空的跨越，表現感傷的遍存

社會的變異對於詞人心靈的撞擊與震盪，使悲哀的情緒普遍存在。心靈與社會現實的衝突，常是引致生命落空或疏離的最大原因，因而感傷的基調便是源自於詞人的內在心裡和社會政治、外在

環境產生摩擦或者背道而馳的衝突，於是發爲詠歎。藉由歷史時空，思問自身之通達，其意義是將歷史的興亡衰敗與自然連結，於此，更可打破詞人與歷史時空的間隔，因著歷史與現實重疊，讓古老的懷想與當下的現境交融。

凝眺與夢境，都可以是一種時空的跨越。

就凝眺而言，詞人在遠望的當下，面對時空，已然引出「歷史的——當下的——未來的」牽繫，關乎詞人的生命狀態。雖然說自然的永恆與人生的短暫（自然與人生的對比），映現詞人的寂寞與悲涼；然而，無法忘懷的堅定，往往也透顯詞人現實意識與歷史意識巍然挺立的意義。畢竟，就人類而言，因著歷史時空的變異與自然界悠長的永恆存在來說，一種身爲人的共感、共鳴、共相，所具有的生命感更加動人。

〈賀新郎・乙巳除夕，夜宴於伯謙先生私宅，賦此乞正，調寄賀新郎〉詞云：

> 北望中原南望海，漫紛綸棋局何時了。誰竟免，此鄉老。

遼遠的空間與蒼茫的宇宙，是喚起人生流離與歷史滄桑的元兇。當詞人懷抱著自我生命力與外在的時空接觸之際，敏銳的心靈必有所感，這種感傷是超越個人、也是歷史限囿的；「棋局」的紛綸是外在的、而「此鄉老」卻是自我的。過去即有、甚至延續至今的混亂世局，已讓人感傷，而我個人必須承擔孤老異鄉的結果，更讓人遺憾。因而此闋詞所透顯的感傷情懷，更爲沈重。

就夢境而言，佛洛伊德認爲，夢是一種具有意義的精神結構。然而，夢境在文學作品中的意義，不必然要由佛洛伊德《作家的白

日夢》的精神分析出發，而是從一種現實之外的另一個情境著眼。如果現實是容易獲得的，還需要藉由夢境的碰觸而獲得嗎？因而可以說，在作品中的夢境，往往具有代償需要，常表現的是生存中的不安或匱乏。人在現實中就是一種有限，現實侷限了時空，侷限了自由，因而透過作夢的手段，進行渴求與超越的過程。這個想像世界是非現實的，卻產生了重要的文學效果。因此，這樣的夢已不是僅有空中樓閣而已，而是具有隱喻的意義。

《全宋詞》中出現過四千零二十一個夢字，多為泛寫人生之夢。部分則是以夢為事典，比喻人生百態，如黃粱夢、蝴蝶夢。另一類則是記夢之作，書寫夢中所見所感，一方面描述夢中所見的事物或感受，另一方面反應作者在夢境中所要呈現的思想情懷和心理。透過夢境所構築的時空，可以感受與現實相異的情境。〈齊天樂·1999年除夕〉云：

> 佳辰不預笙歌會，高眠市樓寒雨。嚼蠟世情，凝霜詩筆，靜夜茫茫無緒。蝶飛栩栩。向冷月昏時，劫灰深處。似有幽靈，兩三相向含冤語。　　問人間黃粱熟未？猛青燈照眼，此身何處？幾輩英豪，幾番成敗，都付大江東去。悲歡何據？且手拂雲箋，漫題長句。一笑推窗，看今年新曙。

勞氏以靜夜之思為起，在夢境中書寫靈魂的追憶與人性的憂傷。一般而言，夢境可以補償現實的失落，然而，在勞氏的筆下，夢裡的場景卻呈現幽咽低迴的情調。當夢境被現實的情境喚醒，真實的生命狀態中卻加入了更為孤寂的沈重份量。尤其，一個太過寂寞的色板，卻又用冤靈來襯托，在夢境裡更讓人無法喘息。

　　勞氏詞中之夢，以蝴蝶夢為起，化用了《莊子‧齊物論》：
「昔者莊周夢為蝴蝶，栩栩然蝴也，自喻適志與。」而又以黃粱夢
為結，係化用《太平廣記‧卷八十二‧呂翁》和沈既濟《枕中記》
一則。盧生在邯鄲旅店遇道士呂翁，盧生自嘆窮困，呂翁便取枕，
使盧生枕睡，時店主正蒸煮黃粱。之後，盧生從享盡榮華富貴之夢
境中醒來，黃粱尚未蒸熟。比喻富貴榮華如夢一般，短促而虛幻；
亦比喻希望落空。

　　以夢境剪裁六四天安門事件的歷史，將歷史濃縮在一個場景之
中，詞人不書寫事件的歷程與結果，僅以鬼魅的含冤之語為焦點，
雖然看似輕描淡寫，卻是沈痛怨憤的表徵。裁剪的目的，一方面表
達對於事件的遺憾與傷感，另一方面也是突出了作者當下寂寞惆悵
的情懷。或者說，「夢裡不知身是客」的「一晌貪歡」難以獲得，
反而在夢境與現實中都讓人引起對於歷史、人生的無常與悲涼感。

　　畢竟這是一闋詞，而不是現場報導。因此，詞作中創造一個全
然的主觀情境，常識意義上的許多事物被刪除。取而代之的是與鬼
魅的冷眼相對。

　　天安門在歷史時空的意義是漫長而嚴肅的，然而一個時空中
局部與偶然的六四天安門事件，卻充滿著最深刻與沉痛的意義。勞
氏採取了夢境與現實的交替，顯然不是運用報導式的抒寫方法，而
是藉由在夢境中虛幻的幽靈，傳達社會戕害的殘暴與個人含冤的悲
傷。夢境已是非真實，而非真實中的虛幻，更是突顯著縈繞不去
的、滌盪不已的落寞。

　　若有似無、縹緲朦朧的審美情致，常具有不盡之意在於言外的
意義。因而就夢境而言，跨越現實世界，不僅可以進入歷史，更可
以錯置時空。

〈齊天樂〉說「問人間黃粱熟未？猛青燈照眼，此身何處？幾輩英豪，幾番成敗，都付大江東去。」看起來是勞氏自身對於「夢與現實」的疑問，實則又藉由歷史的分分合合與爭權奪利，書寫人類共有的感慨。

如真似幻的夢境是朦朧的、沒有秩序的，也因為這樣無可捉摸的時間與空間，可以強化人生的疏離與孤獨感受。

二、以情境的開展，表現感傷的效果

許多事物被放置在一定的次序與關聯之中，具有特定指向的意義。文學中的起、承、轉、合，一直是意義組合中，最平穩的表現結構。勞氏的詞作中，對於意志的安排與開展，是一種思索組織後的呈現。

從勞氏六闋詞來看，三闋以環境景物為起（〈烏夜啼〉開庭曲檻流霞、〈賀新郎〉車馬芳洲道、〈高陽臺〉細雨侵簾）、一闋言己之志向（〈臨江仙〉明鏡鬚眉啣石願）、兩闋表達自己當時所面對的情境（〈浣溪沙〉又積征塵上客襟、〈齊天樂〉佳辰不預笙歌會）看似沒有相同的意義指向，然而，卻多具有語氣改變，造成情境逆轉的效果。

如〈臨江仙〉、〈烏夜啼〉、〈高陽臺〉均是以正面情緒為前奏，卻以負面傷感收尾：

〈臨江仙〉：明鏡鬚眉啣石願（正向的願望）→可憐千萬劫，弱水自成波。（負向的情緒）

〈烏夜啼〉：閒庭曲檻流霞（美好的景致，正面情緒）→一樣
可憐顏色在天涯（感傷的情緒）

〈高陽臺〉：細雨侵簾→（現在的，看似書寫時景，然何以選
擇下雨時書寫？又用一「侵」字，可見是負面情緒）平生意氣
矜懷抱→（曾有的，偉大志向與豪氣，正面情緒）→論千秋、
願已嫌奢。（現在的，心願落空的傷感）

而〈賀新郎〉、〈齊天樂〉則是進行「逆轉再逆轉」的情境轉
換：

〈賀新郎〉：車馬芳洲道。又喧闐、千家爆竹，共迎春早。
（美好春日街景，正向情緒）→誰竟免，此鄉老。（離鄉背井
的悵然，負面情緒）→雲樹外，起啼鳥。（希望猶是美好，再
轉為正向情緒）

〈齊天樂〉：佳辰不預笙歌會，高眠市樓寒雨。（未參與笙歌
之會，選擇獨處。與〈高陽臺〉相同，選擇一個下雨的日子書
寫此詞，負面情緒）→一笑推窗，看今年新曙。（正向的期許）

這樣的情境逆轉，產生對比與衝擊，除了造成詞作的張力之
外，更會因此而感受勞氏所表達的真切情懷。

除此之外，勞氏的詞作亦呈顯一種「靜態悲劇」。[22]

---

22 陳世驤於〈中國詩之分析與鑑賞示例〉一文中，引用十九世紀末歐洲文藝理論家
梅特林克（Maurice Maeterinck）所提出的「靜態悲劇」觀念，指出「生命裡面真
的悲劇成分之開始，要在所謂一切驚險、悲哀和危難都消失過後，只要純粹完全
的由赤裸裸的個人孤獨的面對著無窮的大宇宙，才是悲劇的最高興趣。」

　　中國詩歌裡的典型「靜態悲劇」不見得是激情的呼喊，而是用靜默的景象來展示。一般來說，以詩歌的齊言或短小的五絕、七絕來表達靜態悲劇，所能達到的平和與沈思意味最爲深遠。例如杜甫的〈八陣圖〉[23]展示的是一個逆轉的情境，人（諸葛亮）、事（功、名、遺恨之事）、物（八陣圖）在時空流動的變化，造成詩意的深邃與衝突，以「遺恨失吞吳」收束全詩，正是運用靜默的方式，引導情境的完成。

　　雖然勞氏詞作中的相反情境並非在五絕或七絕的短小形式中呈現，然而，仍具有戲劇性的展示。所謂的戲劇性是詞人隱於詞作背後，讓事物本身作直接的呈現和演出，而不以主觀的說明表現。以〈高陽臺‧甲戌冬，作於香港海桐閣寓所〉來說：

> 細雨侵簾，彤雲如幕，曉寒暗透窗紗。徙倚回廊，嫣紅猶見山花。霓裳翠羽匆匆過，又匆匆、夢向天涯。漫咨嗟，百劫悲歡，幾度蟲沙。　　平生意氣矜懷抱，柱目驅豺虎，手搏龍蛇。老臥南疆，一身破國亡家。文章解惑非誇世，論千秋、願已嫌奢。悵啼鴉，謝傅箏弦，白傅琵琶。

　　許多人的生命歷程中，總會有歡愉、傷感的相異情境，而此詞以「匆匆」爲引子，展現時間意涵，藉由「細雨侵簾」、「彤雲如幕」開展出空間的孤寂情調，意味著「平生意氣」和現實生命的嚴重落差，「老臥南疆，一身破國亡家。」更是從兩重情境的對峙衝擊中所激發出來的傷感情意。而「匆匆、夢向天涯。」、「百劫悲

23　參考同註22一文，對於杜甫〈八陣圖〉之分析。收錄在呂正惠編：《唐詩論文選集》一書（臺北：長安出版社，1985年4月），頁234-248。

歡」、「平生意氣……，枉目驅豺虎。」、「老臥南疆，一身破國亡家。」、「願已嫌奢」層層重疊在一起的落空，將過去與現在的悲哀串連，邃覺更加悲傷。

若沒有前文的烘托與加倍的書寫，也不易襯出後面的感傷。自傷衰遲的主旨與無窮的感喟，是此闋詞的基調。情緒的層面（悲歡、枉、恨）與知性的層面（對於生命的思索），超越時空的限制，雖然詞作中並未具體言說作者在真實世界所遭遇的困頓，但是，卻呈顯著個人存在中的覺醒意義。

「鳥」本來應該是自由活潑的生命象徵，無礙地飛翔在廣域之際，飄逸且悠閒。然而文學意象，一但獲得了普遍性的認同意義，具有約定俗成的意味，便無法輕易更改。「鴉」[24]是具有隱喻性的傳達感情媒介，透顯著民族心靈的意義延續，也因此鴉之「啼」在詞人聽來具有悵然之感，一種失落的情緒便凝結成傷。

詞作以「謝傅箏弦，白傅琵琶。」為結，孤獨的情緒十分明顯，隔絕與心理的流放，便是詞人的心境表白。音樂本來應該具有讓抑鬱心情獲得抒解與宣洩的功能，但是在詞作中卻恰巧相反，引出更深沈的悲慨。因而可以說此闋詞的呈現，同時也是展示著一齣靜態悲劇。

除此之外，勞氏詞作中，多以具有傾訴式抒情意味的字詞，表現其傷感的情緒。

---

24 自從庾信〈烏夜啼〉之後，「烏鴉」的意象產生變化。烏鴉意象從「吉兆」變成「凶兆」，從此，只要是書寫烏鴉，一種悵然若失的情緒便會瀰漫開來。庾信〈烏夜啼〉一詩云：「促柱繁弦非子夜，歌聲舞態異前溪。御史府中何處宿，洛陽城頭那得棲。彈琴蜀郡卓家女，織錦秦川竇氏妻。詎不自驚長淚落，到頭啼烏恆夜啼。」

〈臨江仙〉由「恁是……，依然……。誰參密意……。可憐……。」字眼串成，表達的是知識份子在現實的華燈藝界裡「銷磨」志氣，因而無法在時代具有危機之時開展懷抱、承擔使命的遺憾。興廢是什麼？情恨又是什麼？設問的技巧，讓詞作中文化人的失落感更顯凝重。

〈烏夜啼〉所言，表現的即是落花飄零，感嘆生命來自於外在摧折的遺憾。詞作所描寫的固然是兒時的情景，卻藉由「紅羊劫，青衫客。」的字眼引領出「一樣可憐」的情態，將舊日的落花與當下的落花綰合，更進而隱含著自我流寓的傷感。

〈賀新郎〉一詞中，由：「我已……，負多少……。北望……南望……，漫紛綸……。誰竟免，……最嗟予……，愧絕……，且相伴……。」等字眼串成，表現強烈的抒情力量。從字串中發現，「流離」是最被凸顯的情境，「縱橫懷抱」難以實現，「北望」與「南望」的游移（亦可說是猶疑）與「漫紛綸」的世局恰巧構成了心靈情緒的苦悶傾吐。

〈高陽臺〉以低迴的情調，用雨中的幽景開端，喚起黯然心緒，為平生意義氣銷磨的感慨抒懷鋪墊。「又匆匆……。漫咨嗟……。枉……。悵……。」就詩作而言，若加入一個「又」的虛詞，不僅不夠精煉，更會破壞詩歌的呈現性。然而，在詞作中，一個「又」字，卻帶出了感慨意味，將時光的流逝與豪氣的銷磨殆盡一筆帶出，因而「漫咨嗟」、「枉」、「悵」等字的主觀傾訴，無疑是表示豪情壯志的最大挫傷與知音無覓的傷感。

〈齊天樂〉由「向冷月……。問人間……？猛……，幾輩……，幾番……，都付……。且……。」等字串組成。「向」、「且」等領調字眼，看似無甚實際意義，實則有渲染的作用，使詞

作意味深長。領調字的技巧增添了主觀情緒的引導，使得原本即是
抒情的字句中，又有更深切的「悲」感。除此之外，並以詰問的形
式，表現感傷的思考：「問人間黃粱熟未？」的設問方式，表達對
生命的疑問與現實情緒的低落更潛藏著不可言說的傷感，使詞作具
有波瀾生起之效果；而「幾輩英豪」、「幾番成敗」的看似疑惑
中，卻具有悵然若失的意味。

由此可知，勞氏詞作中以設問、虛詞、領調等方式表現情緒，這
種具有傾訴式的抒情意味，讓「傷感」的情緒表現，更加深透有力。

肆、韋齋詞的感傷意義

季節風候與山水風色，影響著作者的心靈世界，引出感傷的意
緒。沈浸在這樣的氛圍裡，自我解脫的方式便是書寫。書寫可以示
情緒的抒發，也可以視為注意力的轉移。這其中如果「解脫困境」
是自我的意識，便是一種覺醒。事實上，積鬱的念頭與情緒並非
一時的頓悟或山水景物可以消除，然而，如若可以成功，便是在抒
發、寄託中放下現實，超越自我；但是，如果憂傷的心靈急於掙脫
桎梏卻得不到撫慰或回應，反而更加沈浸在悲傷的情緒中，而生命
與文化的本質問題，伴隨其生。

心靈創傷來自於特定的歷史背景。由於時空的變化，產生無可
言欲的沈重感，深刻、廣泛地、長久地斲傷詞人的心靈。其深刻的
意義在於這種時代的轉變、沈淪，讓知識份子感受到所堅持的理想
與價值崩毀；而其長久的意義在於憂傷的心靈被揮之不去的情節纏
繞，無能解脫。

　　然而，心靈的感傷，卻又會因為覺省而創造出一種挫敗之後的豐富心靈。一般來說，文學家總是多愁而善感，如李煜、柳永、秦觀，顯達與失意的錯落，對於情緒的波動與志氣的消長有極大關係；然而，多愁是善感，善感卻未必是多愁，勞氏的感傷，是感傷，卻又不只是感傷，看似矛盾，其實不然。勞氏因感而傷，雖然藉由詞作傾吐，情感的表現卻不是憤怒與徹底的絕望，正如田崇雪所說：「感傷……是情感真正走向成熟、深沈、博大和穩定的人生的中年、老年，就文學藝術家來說感傷成了他的生活方式無實無處不在，融於血肉，深入骨髓，滲透靈魂。」[25]感傷的情愫積累的結果，使感傷不只是單一的事件造成的短暫心緒轉變，而具有綿長持久的深刻意義。也正因為如此，並非文學作品中的感傷境界都是相同的。個人的感傷程度不同、事件亦有差異，有人因著愛情的糾葛而感傷、有人因著自我的仕途遭受無情打擊而憂，感觸與情調雖然不同，但是眷戀的往往是自我的信仰。然而，卻也有人在書寫文學的當下，為敏感的心靈指引情感趨向，用生命的意識思考侷限與超越的意義。因而這種創傷性體驗呈顯的不是瞬間外放的憤怒、呼喊，而是在感傷中透顯著關懷、反省、與承擔的內蘊。勞氏的詞作，即是如此。

　　勞氏的孤獨表現於外在的孤獨（個人的獨居——必須遠離鄉園進學、因著時代亂離至臺、堅持自由的理想赴港）、內在的孤獨（建構學術的案牘勞形、思索文化斲傷的困境解決），然而最重要的意義是突顯著一種超越的孤獨——尋找文化的皈依，不僅是個人

---

25 田崇雪：〈感傷是文學藝術家心靈的最高境界〉，《文學與感傷》（北京：新華書店，2006年9月），頁76-77。

價值的體現，更具有承載憂患意識、創造思潮的意涵。勞氏以其先覺而理性的敏銳度，在精神、意識與思想等面向，均具有突出而卓越的觀點，故能對於中國哲學的理想型態建構具有貢獻。

勞氏以其孤獨而高遠的情懷，造就哲學的高峰，這是學人選擇的生命表現方式。而文學創作正可以填補這種學術理性之外的心靈感受的抒發，「孤獨」又恰巧避開了外在的干擾與刺激，更能傾聽心靈的律動，對於生命本質與意義的探索，具有更深刻的意義。

伍、結論

詩歌作爲一種文學形式，亦具有體現個體生命的意義。當哲人以知識份子進入詞的情意世界結構，身分也變成了演繹生命的個體。

勞氏出生成長於大陸，因爲大時代的亂離，輾轉到了臺灣、香港，因懷抱著對於現實文化的關懷、反省傳統觀念的制度，成爲知識份子學術的典範。勞氏具有坎坷的生命情境，在深刻的學問累積、哲學思考的碰撞之外，更有敏銳的情感、銳利的視角，因而其思想內蘊深刻而豐富，其詞作感傷而深刻。

詩歌是直抒胸臆、自我意識的表達。以勞氏書寫作品之後即隨手置放，可知其創作詩詞並無「應世」之功利思想，亦沒有表現「名世」之企圖；只是，在無「立言」意識的情況下，文學創作被意外蒐集整理，因而流傳下來，讓讀者可以目睹一種最真實的情感流露。亦即：勞氏並不以抒發自己內心最真摯感受的詩詞創作，換取「不朽」的歌讚，詩詞創作對於勞氏而言，不是炫耀與輝煌的表徵，而是人生經歷的過程，有所感而隨手記之，能否流傳顯世，本

非重要意義。

在勞氏筆下，詩歌與生活有最真實與自然的聯繫，尤其是詞作，更是透顯勞氏幽微的情懷，可以說，勞氏詞作中的語境，都十分強調自身對於生命過程的參與以及在生命活動中的自我呈現。這些詞作儼然是有機體，真實而深刻地記錄哲人心靈的詩人情懷。

勞氏以他追求自由心境與長期關懷學術、客觀品評價值的理想，爲哲學的闡釋開展豐沛的道路；另一方面，勞氏亦在審美感知的藝術成分裡，尋求邏輯論理之外的另一種傳達其對於社會的深刻觀察。在勞氏的詞作中，展現了哲學家少有的感性吐露，亦即勞氏的詞作並不執意於論證社會的價值觀，而是在文字間留下空白，讓人思索反省的可能。

遊子思鄉、嘆老感傷，是詩詞創作中永恆的母題吟調，勞氏的詞作，表現的亦是遊子心情及嘆老的傷感，然而，這都只是文字表象所訴說的情意呈顯，精神力量的挺拔才是突顯作者生命情態的最終意義。再者，文學家藉由作品書寫感傷情緒，表達對於現實的憂慮，亦即擔荷著人類在面對社會變化中沈鬱所引致的思考與痛苦的超越。身爲知識份子，在文化的衝突中反省，因反省而與現實衝突，因衝突而帶來痛苦，卻終究將痛苦轉化爲書寫的能量與自我超越的動力，這不就具有一種療癒的深刻意義嗎？

勞氏詞作的感傷，表現其生命情懷，更是彰顯著一種對生命的的終極關懷，吾以爲即是所謂的超越與承擔。如果只是停留在「淚濕欄杆」、「暗淚滴」的低訴與悲哀，只會落入無法自拔的情感深淵，故而悲觀感傷中的清醒，就顯得意義重大了。在勞氏的詞作中，「感傷」帶有體悟的意義，同時也具有具體關懷的成分。因此，雖然〈臨江仙〉、〈烏夜啼〉、〈高陽臺〉以惆悵的心緒爲

結，卻帶引我們進行對於生命的思索；而〈賀新郎〉、〈齊天樂〉雖然亦具有感傷成分，但是卻也透露猶有希望可能的訊息。

因而可以說：勞氏詞中的感傷，並非是價值追求不到的壓抑，而是對於終極關懷的失落，作品浸潤著人生憂患，表現出孤獨與失落感，宣洩的意義在於實現情感的超越。超越的方式是在時空的變異中，調整心態，告別過去、迎接未來。

吾以爲，勞氏的詞作雖具有「感傷」成分，然而「感傷」的成分中卻也深具兩個意義：

一、勞氏以貼近社會現實，書寫生命的成敗悲歡，在個體生命與總體社會間交匯吟詠，形成了個別與普遍生命相容的情態，因而讓詞作的意蘊有了更深刻的開拓。

二、勞氏的傷感不等於悲泣或幻滅，而是敏感於生命的失落——一種對於生命真相的發現，亦即生命的真實處境，而因爲敏感於失落的困境探求，實是反省與療癒的開始。

感傷與否並非是衡量文學作品等第的準則，然而，勞氏詞作中的感傷成分源自於生命底蘊最熱切的奔流，亦是對於生命的終極關懷。閱讀勞氏詞中的感傷情懷，吾人可以發現其生命情懷是精神的、心靈的，而非只是肉體的；其內涵是個人的，卻也是世界的。

是故，勞氏詞作中的普遍感傷，是一種排遣愁苦的表現手法，無可消解卻又無可避免的傷感，讓文本的情感顯得負荷而沈重。然而，在追求理想與失意隱遁間的徬徨嘆息，也正引領著心靈棲居的詩意追尋，從複雜而沈鬱的內心世界中，呼喚最通透澄淨的清醒，詞中所展現的主體意識與生命情懷，燦然而動人。

發表於《香港中文大學哲學詮釋、文化批判與詩藝探索——勞思光教授八十大壽學術會議》，九十六年十二月。

試論韋齋詞的文化心靈與意涵

摘 要

　　文學是人生的一種形式，亦是人生體驗的延伸，故而從文學創作中，可以探索作者對於生命個體的價值選擇，並從中獲得意義。本文旨在探討勞思光先生詞作中的文化心靈。討論進程爲：一、前言，概述勞思光先生作爲一個在文化建構中的學者，亦有其詞情的呈現；二、從「困惑」中「清醒」、在「禁錮」中「自由」探討勞思光先生內在生命的價值取向；三、從意志的銷磨與情感的悵然，討論韋齋詞的感悟——生命之痛：四、探討韋齋詞的文化心靈及意涵；五、總結論文成果。

關鍵詞：勞思光、韋齋詞、文化心靈、生命價值

壹、前言

文學是人生的一種形式，亦是人生體驗的延伸；文學作品之所以使人感動與永恆的原因，最重要的是作家以深刻而飽含的態度，對於生命記憶與經驗累積，進行書寫。

對於一個哲學家而言，當吟詩賦詞已成為生活的一部份，且面對滄桑巨變、有著無可告語的感賦，造成文人的失落感，一種生命力的呼喚便流向詩詞。

作為抒情主體的詞人，其生命遭際與性情學養之間，有極大關係。以溫庭筠為主的花間詞人，作品多屬應歌之作，男子而為閨音，兒女氣多，表現的多是除了抒情主體之外的他人世界。到了馮延巳、李煜之際，詞的內容已經逐漸擴大，也開始走向自我，對於自身的生命感受，融於詞作之中，詞也因為主體性的萌生與高揚，成為有我之詞。因而，一闋具有自我生命感的創作，一方面是緣事而書，有感而作；另一方面，也能從中領略作者的情感是否具有托寓比興的意義，進而認識詞人的情操。

作為一個在文化建構中希冀奮飛的學者，勞思光先生[1]的人生體驗，無疑是豐富的；同時，勞氏在學術情節之外，猶有文學的殿堂可入。筆者曾撰寫〈文化人的情意與詞心——論韋齋詞的生命情境與懷抱〉[2]、〈試論韋齋詞的生命情懷——以感傷為基調的呈現〉[3]等論文，探討勞氏的詞作，指出其作品時而有憂憤之氣，時而有溫婉

---

1 為呈顯論文的客觀性，本文以下論述，均以「勞氏」稱之。

2 本文發表於彰化師範大學詩學會議（彰化：2006年5月27日），並刊登於《彰化師大國文學誌》第十二期（2006年7月）。

3 本文發表於香港中文大學哲學系、華梵大學哲學系合辦，哲學詮釋、文化批判與詩藝探索——勞思光教授八十大壽學術會議（香港：2007年10月24日至26日）。

之情，或有時意緒跌宕，或有時風調閒雅；同時，展現的氣度與胸襟、自我期許與社會關涉意義，亦十分深刻。

本文擬進一步從文化心靈、才識學養等面向，探討勞氏韋齋詞的意義。

貳、勞氏內在生命的價值取向

一、生命的價值取向

詩歌是掌握世界的一種方式，當面對自然景物，以詩歌方式呈現，必然是被主體世界所認識的事物，以感受為基礎，強調內心世界的表現，注重主觀情意的抒發。

雖然曹丕《典論‧論文》說「詩賦欲麗」，將詩歌界定為表現華美的文類，而陸機《文賦》說：「詩緣情而綺靡。」提出對於文學基本特徵的認識，建立「詩緣情」的文學觀念；然而，緣情只是言志理論在發展過程中的因著歷史時空的條件而發展的，因而可以說「在情志一體的角度，陸機的『緣情』說仍是在『言志』的系統下，只是突顯情感因素在詩歌中的重大意義而已。」[4] 況且，陸機在言情（「信情貌之不差，故每變而在顏。思涉樂其必笑，方言哀而已歎。」）與言志（「悲落葉於勁秋，喜柔條於芳春，心懍懍以懷霜，志眇眇而臨雲。」）或言志並舉（「佇中區以玄覽，頤情志於典墳。」）的使用上，都是指向人的思想感情，在意義上都是相近

---

4 蕭麗華：〈從儒佛交涉的角度看嚴羽《滄浪詩話》的詩學觀念〉，《佛學研究中心學報》第五期（2000年7月），頁253。

的。因此,表現在詩歌中的,不是以道理服人,而是以情動人。

由此看來,詩歌所謂的美感或情志,實是來自於真摯的情懷。而真誠的情懷,即是出自於肺腑。明代薛瑄的《讀書錄》云:「凡詩人出於真情則工,昔人所謂出於肺腑者也。……凡作詩文皆以真情為主。」而葉燮《原詩‧內篇》說:「詩者,詩人之胸襟也。有胸襟,然後能載其性情智慧、聰明才辨以出,隨遇發生,隨生即盛。……有是胸襟以為基,而後可以為詩文。……故每詩以人見,人又以詩見。……(杜甫)其詩隨所遇之人之境之事之物,無處不發其思君王、憂禍亂、悲時日、念朋友、悼古人、懷遠道,凡歡愉、憂愁、離合、今昔之感,一一觸類而起,因遇得題,因題達情,因情敷句,皆因甫有其胸襟以為基。」強調作者之情感與作品之情感是一致的;如果說才、膽、識、力是與創作直接相關的審美心理品格、寫作的題材元素是創作的誘發與內涵,「胸襟」就是間接作用的倫理品格。因此,如果沒有人品的支撐,審美品格也就成了無根之木。因而葉燮稱胸襟為作詩之基礎,是性情智慧與心靈品格之載體,換句話說,一個真摯剴切的創作,都是由才、膽、識、力的抒發,最終會體現創作者的人品風格。[5]

誠然,在時空背景中,文學作者會因為時代環境的影響而於作品中有群體意識的表現,然而,真正影響作品的風格或表現手法、內涵,仍是存在人生理想和價值觀念。因此,時代的文藝氣氛固然構成某一種基調,但個人的人格心境,更是主宰創作的情調。這樣的說法,並非是排除時事政局或社會風尚的影響,而是強調處外與

---

5 除此之外,劉熙載《藝概‧詩概》亦說「詩品出於人品」,沈德潛《說詩晬語》亦說「有第一等襟抱,斯有第一等真詩。」均屬同意。

內省兩兩相加的情緒，共同構成騷動心靈的外顯。

抑鬱沈痛或喜樂歡愉，都是創作的重要心理態勢，而人文環境與個體情感對於創作都有深刻之影響；只是，即使是相同遭遇的作家，因不同的年歲或心理構成，會彰顯不一樣的文化性格。以魏晉名士竹林七賢為例，面對世局變化因而表現憤世嫉俗的態度，並且選擇放浪形骸、孤傲任情，這或許是看似痛快而瀟灑的自覺，但背後所隱藏的卻是過度膨脹自我意識、唯我獨尊的價值觀。而陶淵明面對世局，以質性純真自然、平淡和諧的心靈，卻塑造出「一語天然萬古新，豪華落盡見真淳。」[6]的詩風，展現風骨。

而勞氏在詞作中所展現的，正是「一以貫之的生命感－－面對家國大變的靈敏感受，表達知識份子在亂世中對於斲傷文化的悵憾憂苦，並且透顯哲人的生命襟抱與孤懷」[7]，讓詞人的經歷與生命體驗，在語言中結晶，形成一種屬於個人主體生命的意義世界。

以歌詩合為事而作的意義來看，勞氏的作品具有時代感，更具有強烈的憂患意識。歷史的腳步經過曲折，時空早已變異，每一個不同的時空看似擁有不同的課題，卻又讓人驚心地醒悟：當權者重蹈覆轍地斲傷文化，無異是精神狀態與道德的沈淪，如果一個國家民族不斷在進行混亂荒謬的否定與爭鬥中，未來的希望在哪裡？

對於勞氏而言，其生命的價值取向，包含著一個身為平凡人的價值取向——透過自我奮鬥，獲取一個平穩而安定的自由生活空間；除此之外，亦包含一個不凡文化人的價值取向——關懷民族歷史的發展與變遷，為困惑與錯亂的時代創造理想價值、尋找出山」。

---

6 元好問：《遺山先生文集》卷十一，論詩絕句三十首之四，四庫叢刊本。

7 同註2一文。

在「困惑」中「清醒」、在「禁錮」中「自由」。

有時候，生命的課題才是文學表現的根本。將詞作片段重疊的結果，常帶來對於生命清醒的意義。

嘯歌傷懷，囈寐獨語，是文人的生活方式，透顯著出路抉擇的焦慮。價值世界和現實的遭際難以尋得一處自然的連結點，更無法獲得心靈的慰藉。

勞氏的詞作重視次第安排的鋪陳，並時而有幽咽之音。在勞氏心中，應該有兩種力量相互激盪，其中一種力量源自於勞氏本身對於家國與故園的依戀情懷，另一種力量則是來自外在現實世界對於勞氏情志無法理解的傷感，因而「沈鬱」、「感傷」成為勞氏詞作中的普遍風格。

從作品的藝術價值立論，兼及人格之評述，應是探討勞覦詞作之方式。畢竟，作者對於詞作的創發是最主要的動力，若是純粹對文本進行爬梳，總是無法完全契合作者的想法與安排的意義。因此，若以泯除作者個性（Inpersonality）之理論探討勞氏作品，對於勞氏詞作之作意，總是無法貼近。

二、才識的表現與人格

嚴羽《滄浪詩話》說：「詩有別材，非關書也；詩有別趣，非關理也。」詩歌不是將知識加以堆砌，也不是道理的探索，而是性情吟詠的妙趣與興感的書寫。由此看來，詩歌強調的是心性的、感受的。然而「非多讀書，多窮理，則不能極其至。」詩人以感性的心理結構進行文字書寫活動時，如果沒有理性關注的成分，或許無法讓詩作的宏遠意義更為彰顯。

童慶炳說：

> 人作為主體在面對客體時，已有一個格局（schema），一個有
> 先天條件和後天環境所形成的格局。……劉勰講「目既往還，
> 心亦吐納」，實際上也就是講詩人面對外物時的同化與順化作
> 用。所謂「吐」，就是「同化」，即詩人以原有的格局（才、
> 膽、識、力等）去整合給定的對象，使對象嫁接到詩人前此就
> 以生成的格局上。這是詩人向對象的投贈，對象因為有了這種
> 投贈而充滿了詩情畫意。……所謂「納」，就是「順化」，即
> 詩人的格局是開放的，他在「吐」「贈」的同時，也接受對象
> 的酬答，從而豐富和改變了自己。[8]

　　就儒家觀念而言，詩源自於德性，因而詩品即是人品的表徵。
朱熹〈答楊宗卿〉曾說：「然則詩者，豈復有工拙哉？亦視其志之
所向者高下如何耳。」葉燮說：「詩之基，其人之胸襟是也。」沈
德潛云：「有第一等襟抱，第一等學識，斯有第一等真詩。」袁枚
亦曰：「人必先具芬芳悱惻之懷，而後有沈鬱頓挫之作。」詩品與
人品之關係由此可見。

　　然而，詩人的高尚品格或淡泊的心靈，呈現於詩作之中固然有
其意義，但是，並非全部。劉勰《文心雕龍·事類》說：「屬意立
文，心與筆謀，才為盟主，學以輔佐，主佐合德，文采必霸，才學
偏狹，雖美少功。」劉勰認為先天條件猶重於後天學習的看法雖然

8　童慶炳：〈有所「吐」才能有所《「納」——「才、膽、識、力」作為詩人的
　　心理結構〉《中國古代心理詩學與美學》（臺北：萬卷樓圖書公司，1994年8
　　月），頁29-30。

仍可討論，但是，卻也說明了詩人心理結構不應只是品格，而是飽含了內在涵養與外在薰習兩部份。

因而，勞氏以其生活週遭的景物與事件，作為創作元素，進而從孤立的意象或語象中營造豐富的情境，進行詩作的結構組織。而豐厚的智識學養和人文精神的關懷，創造神韻或是意在言外的悠遠感，讓詞作的生命感有了最極致的發揮。

參、感悟──生命之痛

一、意志的銷磨

歷來許多中國知識份子，在生存的世界中，與時代政治產生的衝突與緊張狀態，已成為一種常態。這種狀態，造成無數的知識份子現實生命的困頓與人格的焦慮。然而，沈淪於自我營造的狂傲世界是一種方式、以詩詞為宣洩渠道，成為排解與安頓修養的功夫，又是另一種方式。呂正惠曾說：「一個詩人不斷地、直接地在他的作品中，表現他對現實政治的看法與感情，……，那麼，他已在無形中呈現了最積極的政治心態。」[9]將這段文字轉換，也可以說，一個創作者，在其作品中，如果不斷地表達相似的情境或意象時，便表示其生命在此情境或意象中沈浸流轉。勞氏於詞作中，恆常地表現著「辜負」、「銷磨」、「壯志已逝」的情境：

---

9 呂正惠：〈中國詩人與政治〉，《抒情傳統與政治現實》（臺北：大安出版社，1989年9月），頁230。

明鏡鬚眉啣石願，浮生長物無多。華燈玉管浪銷磨。文章聊復爾，興廢竟如何。　恁是非情非恨際，依然牽惹絲蘿。誰參密意病維摩。可憐千萬劫，弱水自成波。〈臨江仙‧紀懷〉（《思光詩選》頁129）

閒庭曲檻流霞，舊時家，記得雨中親拾玉蘭花。　紅羊劫，青衫客，負瓊葩，一樣可憐顏色在天涯。〈烏夜啼‧兒時居故都，庭中玉蘭經雨零落，輒親拾之，不忍見其委泥沙也。戊戌流寓香島，忽於友人處見玉蘭滿枝，感而譜此。〉（《思光詩選》頁130）

車馬芳洲道。又喧闐、千家爆竹，共迎春早。我已中年翁七十，相顧樽前一笑，負多少縱橫懷抱。北望中原南望海，漫紛綸棋局何時了。誰竟免，此鄉老。　佳辰歡趣頻年少。最嗟予、詩腸多澀，酒腸偏小。講舌徒為從眾語，愧絕囊中舊稿，且相伴今宵醉倒。盧雄一呼行樂耳，看青陽破夜邊城曉。雲樹外，起啼鳥。〈賀新郎‧乙巳除夕，夜宴於伯謙先生私宅，賦此乞正，調寄賀新郎〉（《思光詩選》頁131）

又積征塵上客襟，相逢翻覺別痕深，青萍雪絮總浮沈。
夜氣正催秋似酒，天涯會見綠成陰，不須龜筮費搜尋。
〈浣溪沙〉[10]

---

10 除〈臨江仙〉、〈烏夜啼〉、〈賀新郎〉三闋詞外，餘三闋詞均為勞氏於敝人與林碧玲教授主持之「華梵大學現當代古典詩研究室」舉行之「思光詩選讀書會」中告知。

細雨侵簾，彤雲如幕，曉寒暗透窗紗。徙倚迴廊，嫣紅猶見山花。霓裳翠羽匆匆過，又匆匆、夢向天涯。漫咨嗟，百劫悲歡，幾度蟲沙。　　平生意氣矜懷抱，枉目驅豺虎，手搏龍蛇。老臥南疆，一身破國亡家。文章解惑非誇世，論千秋、願已嫌奢。悵啼鴉，謝傅箏弦，白傅琵琶。〈高陽臺‧甲戌冬，作於香港海桐閣寓所〉

佳辰不預笙歌會，高眠市樓寒雨。嚼蠟世情，凝霜詩筆，靜夜茫茫無緒。蝶飛栩栩。向冷月昏時，劫灰深處。似有幽靈，兩三相向含冤語。　　問人間黃粱熟未？猛青燈照眼，此身何處？幾輩英豪，幾番成敗，都付大江東去。悲歡何據？且手拂雲箋，漫題長句。一笑推窗，看今年新曙。〈齊天樂‧1999年除夕〉

雖然是「辜負」、「銷磨」、「壯志已逝」，但勞氏之詞，已不是詞人之詞的悲哀，而是哲人之詞憂傷，其意義在於：同樣是傷春悲秋、同樣是感時傷逝、同樣是詠歎人生，勞氏卻將其傷感的意義放置在歷史文化的廣大背景與前途命脈中，對民族文化的興亡盛衰真切留語！懷抱的文化理想越深刻，在反差越大的同時，也就更會斲傷心靈。千家爆竹、笙歌宴會，是無法澆熄生命困頓的塊壘的，而懷抱的辜負、志氣的消磨，卻是慨然爽直地切出詞人的生命之痛。這已然不是一種以具體的事件表現苦難的書寫模式，而是一種對於「文化神州」[11]的傷悼之嘆！這樣的傷懷，何人可識？因而

---

11 「文化神州」一詞，出自陳寅恪於一九二七年為紀念王國維逝世而寫的〈挽王靜安先生〉一詩：「敢將私誼哭斯人，文化神州喪一身。越甲未應公獨恥，湘纍寧與俗同塵。吾儕所學關天意，並世相知妒道真。贏得大清乾淨水，年年嗚咽說靈均。」

可以說，在勞氏詞作的文字背後，具有生命存在的豐沛意義，一個傷痛的靈魂，具有偉大的孤懷，卻也有無盡的憾恨。

勞氏作為一個睿智的哲學家與善感的詞人，因著民族爭鬥導致的流離，加上無法在現實社會中實現文化理想，因而懷抱傷感，卻也因著這樣的遭遇，提供了更多感悟生命的可能。

二、情感的悵然

許多人以為具有理性思考的勞氏，即使是詩詞作品也會具有說理成分。然而，勞氏具有詩人般的敏感氣質與豐沛情感，在詞作中表露無遺。在勞氏的哲學大世界中，並不妨礙詞作精緻而溫婉的世界存在。

勞氏的憂懷成分，並非是茶餘飯後、觀景賞時的人生感嘆，而是具有憂患意識的自覺成分。看似是生活體驗，卻是觸及人生意義的深層意涵；愁緒積累甚深，卻不是採取激切的呼喊方式，而是藉助物象引發讀者的想法。

以〈浣溪沙〉為例，勞氏藉由詞作中描寫的景物，表現出詞人心靈思緒的流動性：

> 又積征塵上客襟，相逢翻覺別痕深，青萍雪絮總浮沈。
> 夜氣正催秋似酒，天涯會見綠成陰，不須龜筮費搜尋。
> 〈浣溪沙〉

「青萍」是植物名，是浮水的小草，葉狀體呈扁平倒卵形，綠色無柄，只有一條細根。萍的特性是隨水而流，蹤跡難料，在文學中多除了是現實的景物之外，更多具有比喻人四處飄泊，行蹤不

定的意義。如明朝楊柔勝《玉環記》第十四齣:「萍蹤浪跡,此生無所依。」明朝梅鼎祚《玉合記》第二十三齣:「想歸海樓船未有期,夢與飄風會,似斷梗飄萍誰可繫。」均是如此。而「絮」,則是附在植物上的茸毛。絮多用於「飄絮」、「柳絮」等詞,亦有飄飛的意義。因而,看似「青萍」、「雪絮」的寫景,實是表現「征」、「客」的漂泊意味。

勞氏詞中所表達的多是身世之感,生活中長期的實際體驗,讓生命意識在詞作中發酵。具體的描寫與心靈深處感發是相關的,故而從〈齊天樂・1999年除夕〉作品便能看出:

> 佳辰不預笙歌會,高眠市樓寒雨。嚼蠟世情,凝霜詩筆,靜夜茫茫無緒。蝶飛栩栩。向冷月昏時,劫灰深處。似有幽靈,兩三相向含冤語。　　問人間黃粱熟未?猛青燈照眼,此身何處?幾輩英豪,幾番成敗,都付大江東去。悲歡何據?且手拂雲箋,漫題長句。一笑推窗,看今年新曙。

詞作中所呈現的地點與時間,旨在突出蕭瑟淒涼的場景,以表現詞人無限悵然之情緒。此詞即是以外在物象的書寫,透露出寒雨樓中獨眠的失落與迷惘。

時空場景可以感染讀者,亦是催化詩人情緒敏感的重要因素。除夕是一年將盡之夜。一年將盡,代表一個舊階段的結束與新時空的開始。從現實的愁緒,延伸至夢境,營造一個疏冷迷離的氛圍,逼出一句「此身何處」之感慨,而這個「似有幽靈,兩三相向含冤語」,竟是發生六四事件的天安門。繼而孤魂怨鬼群聚,傾吐冤屈,被驚醒的勞氏,一片悵然若失之感。

「問人間黃粱熟未」，是夢醒之後的抒感。現實的境地是落空的；而在除夕之夜的時空，更代表著傷感的情緒從去年年尾，連接進入年頭。一句「大江東去」的慨歎，更是滿懷著滄桑意味。

有的作品有具體的指陳事件（〈齊天樂〉六四事件），有的作品並無確切的事件（〈高陽台〉百劫悲歡，幾度蟲沙），場面的書寫只是在鋪陳一種情緒，其目的在讓作者失志的抑鬱充分展現。然而卻也不可忽略的是，藉由物象與時空場景的渲染，反而詞人的意緒可以含蓄地表達。亦即詞人自覺地將景物納入自我的主體心態，使之成爲情感的載體。

詞作中表現往日的人生情境，一方面必然感動著作者故發而爲作品，同時也讓讀者因之而生起普遍的情感。之所以如此，原因在於人生回憶拉開了與現實的距離，因著距離便產生美感；而時間的距離往往讓人想起「一江春水向東流」的時間流逝是無可挽回的事實，從而也喚醒了悠悠往事的惆悵之憾，自然也就對於作品有了認同。除此之外，卻也可以如此看待：人生回憶固然拉開與現實的距離，但是如若作者因著此刻的生命情境而與舊日的回憶連結，充滿懷古（此處的懷古指的是懷想舊日情事，而非一般詠懷古蹟之意）傷今的情懷。

詞作成了勞氏吐露心事的重要方式，因而在詞作中亦可以一窺其隱密於內心的情感。〈高陽台〉云：

> 細雨侵簾，彤雲如幕，曉寒暗透窗紗。徙倚回廊，嫣紅猶見山花。霓裳翠羽匆匆過，又匆匆、夢向天涯。漫咨嗟，百劫悲歡，幾度蟲沙。　　平生意氣矜懷抱，枉目驅豺虎，手搏龍蛇。老臥南疆，一身破國亡家。文章解惑非誇世，論千秋、願

已嫌奢。悵啼鴉，謝傅箏弦，白傅琵琶。〈高陽臺・甲戌冬，作於香港海桐閣寓所〉

　　許多文人面對時代潮流，總是順應著時代的趨勢而生存。於是，當出仕意願高漲的時候，便以政治仕途作為人生的重要成就；當失意落魄時，便轉以隱逸為尚。功名利祿固然是從古至今文人追尋的目標，但是，隱逸生活卻似乎是一種重要的人格修養必然的修練。「終南捷徑」不只是故事而已，許多文人因著隱遁養晦而名顯於世，提供出仕的最佳條件，「飛詔下林丘」（岑參〈宿關西客舍寄東山嚴許二山人時天寶初七月初三日在內學見有高道舉徵〉）的情狀，成為先隱後仕、獲取功名的尋常手法。然而勞氏選擇離臺居港，並非如同歷史上多數的文人歸隱，——將「隱逸和從政」從「相反」關係變為「相成」關係，——而是選擇遠離政治的漩渦、敝屣於名位，埋首於文化關懷與學術的建構。只是，不參與政治的爭權奪利，勞氏對於中華文化的發展猶是憂心忡忡。大陸的肅殺氛圍與臺灣的偏安，讓中華文化處於衰歇碎裂的狀態，而自己身處仍為英國治理之下的港島，猶如被摒棄於邊緣，縱有恆常的文化情感和熱切的愛國情操，卻因為被壓抑的鬱悶與痛苦的孤絕感，讓此闋詞呈現一種以「謝、白」為結的、具有焦慮感的壓縮性結果。

　　勞氏從歷史文化的探索中來深化個人的生命體驗，亦由於身為一個哲學家，除了經驗感受的成分之外，更多了屬於理性的思考。因而，所獲致的人生意義也就會更為深刻，從經驗走向智慧，從純粹的書寫個人生命處境的抒情成分著手，卻能深化成為一種帶有歷史反省意識的文化思索。

肆、韋齋詞的文化心靈與意涵

一、深刻的文化心靈

胡曉明曾說：「文化心靈，即在代代相承的文學傳統中養成的、具有悠久深厚文化內涵、具有深刻的華夏民族特點的藝術心靈。」[12]勞氏以其學思歷程與近代中國的發展與改變相關，故而從勞氏的作品中可看見其對於時代變化的真切感受，而其作品中亦具有時代的歷史情懷與詩人心靈的潤澤。也就是說，勞氏的作品，不僅具有歷史的影像，也有自我主體意識的昂揚，因之從中型塑了一個豐沛的文化心靈。

勞氏的「感發」，具有豐富的文化心靈意味。以〈烏夜啼〉為例：

闌庭曲檻流霞，舊時家，記得雨中親拾玉蘭花。　　紅羊劫，青衫客，負瓊葩，一樣可憐顏色在天涯。〈烏夜啼·兒時居故都，庭中玉蘭經雨零落，輒親拾之，不忍見其委泥沙也。戊戌流寓香島，忽於友人處見玉蘭滿枝，感而譜此。〉（《思光詩選》頁130）

詞人視見玉蘭，受自然之物感動興發，進而以生命相感進行情意的流轉。當生命與生命的接觸成形，具有生命意蘊的深度接觸也就生發了。

---

12 胡曉明：〈從幾首桃花詩看中國詩的文化心靈〉，《詩與文化心靈》（北京：中華書局，2006年12月），頁452。

面對的是花開的欣然或是花落的傷感，意義大不相同。原本只是在被限制的時空中接觸的事物，瞬間讓詩人開啓了記憶圖像。生命流轉、好景殞落於無常，悲劇性於焉完成。這是屬於勞氏的睹物生情，卻也是屬於所有受傷心靈的情懷。試看——玉蘭是「經雨」而零落的，而我「親」拾之，不假他人之手，其因在於「不忍」其「委地」也。——這透露了什麼訊息？玉蘭爲花中之聖潔者，卻被外在的雨所侵襲，因而落難。面對此景，詞人是不吝於伸出支援之手的，即使花落無法復原，一種憐惜之情卻油然而生。兒時的玉蘭凋落，已是過去式，而今日的玉蘭，卻是花顏滿枝，看似一種無與有、衰與盛的對比，實則是暗示：現實情境中的玉蘭終會如兒時玉蘭一般，天涯凋零。

此闋詞中，玉蘭是一種具有意味的意象。雖然，玉蘭經雨零落是必然之姿，然而，天地寬闊，此落亦有它開，展現一種頑強的生命力；只是，在「紅羊劫」造就的「青衫客」眼中，天涯淪落的傷感，實是人生之大痛！

然而，吾以爲將「玉蘭」視爲焦點之外，更重要的是「兒時居故都」與「流寓香島」所透顯的文化意識。王維〈渭城曲〉曾說：「渭城朝雨浥輕塵，客舍青青柳色新。勸君更盡一杯酒，西出陽關無故人。」「陽關」不只是單純的地名意象而已，所包含的是歷史意義。雖然，在唐代的疆界來看，陽關仍屬大唐統領之地，然而，陽關一出，便是塞外，與中原民族生活的文化環境有極大的差異。回到此詞來看，兒時的玉蘭是凋落的，卻是勞氏在回憶中深刻而無法忘懷的情懷；現實的玉蘭是飽滿的，卻是勞氏在流離之際的場景。同是華人的世界，在勞氏來看，卻是像極了「異域」，那麼，飽滿的豈止是花？更多隱藏的，是對於異質文化的漂泊傷感，也是

無盡的天涯憂傷。

　　詞人想得很深，內心是痛苦的，但又透顯著一個思考而巍峨的心靈，一個憂患卻圓融的心靈，因而可以說勞氏的心靈不是破碎而封閉的，這也就是吾以為從勞氏的詞作中，可以充分領受其文化心靈。

二、文化意涵──用典及衍義的詮釋

　　徐復觀說：「用典用得好，便可成為文學上最經濟的一種手段，⋯⋯一個典故的自身，即是一個完整的小小世界。」[13]用典是一種修辭方法，但其意義卻不僅於此。除了帶有典故原有語境的因素之外，其中所寄寓的意義或許有著豐富的文化意涵。杜甫說：「讀書破萬卷，下筆如有神。」破者，即是指將原有的知識意義消化之後，成為自己所擁有的內蘊生命意涵；而運用典故，即具有「破」舊「造」新的意義。

　　以〈臨江仙〉為例：

　　　誰參密意病維摩，可憐千萬劫，弱水自成波。（〈臨江仙〉）

　　勞氏以佛教的「劫」來表示中華民族的離亂時代[14]；又以《紅

13　徐復觀：〈詩詞的創作過程及其表現效果〉，《中國文學精神》（上海：上海書店出版社，2004年6月），頁44。

14　《維摩經》云：「維摩詰言：『從癡有愛，則我病生；以一切眾生病，是故我病；若一切眾生得不病者，則我病滅。』」而「劫」則是梵語音譯「劫波」（kalpa）的略稱，指的是一個極為長久的時間單位。佛教以世界經歷若干萬年即毀滅一次，再重新開始為一劫。劫亦可指災難、災禍，此處或指中共破壞文化，亦可指整個中華民族之正處於離亂時代之「劫」。勞氏感於文化心靈無人知曉，故云「誰參密意病維摩」。

樓夢》的「任憑弱水三千，我只取一瓢飲。」[15]代表其因文化困頓
而有終身之憂；另一方面，亦表示其堅持不悔之精神。如果不是具
有深厚的智識基礎，實在難以將「劫」、「弱水三千，只取一瓢」
等典故化用入詞。

又如〈高陽台〉云：

> 謝傅箏弦，白傅琵琶。（〈高陽臺〉）

音樂的作用，在於傳遞情感的訊息，或者引起主體心靈的感
受。特定的音響在某些時空中，產生的效應極大，尤其是在最為孤
獨敏感的當下，情緒最易被渲染而悠長。勞氏以聽聞「啼鴉」之聲
為起，繼而用謝安及白居易的典故，傾吐「家」、「國」、自身與
文化淪落的鄉愁。一般而言，白居易的〈琵琶行〉最普遍地被運用
在思鄉、懷才不遇等去國或貶謫情境，以暗示「同是天涯淪落人」
的感慨；然而，勞氏又以「謝傅箏弦」[16]之故事，慨歎「老臥南
疆，一身破國亡家。」表現無人知曉其憂患情懷之苦。音響重疊的

---

15 「弱水自成波。」則出自於《紅樓夢·第九十一回·縱淫心寶 蟾工設計，布疑陣寶玉妄談禪》之
典故：「任憑弱水三千，我只取一瓢飲。」弱水三千，是客觀存在；只取一瓢，是主觀需求。此
處勞氏取其精神意義，人生之一瓢可澆灌將枯之草亦可使污水線出一點清白，一方面代表勞氏因
文化困頓而有終身之憂；另一方面亦表示執著不悔之精神。

16 「謝傅箏弦」指的是《晉書·桓伊傳》之故事。謝安女婿王國寶離間帝與謝安。某日孝武召桓伊
飲宴，謝安陪席。桓伊撫箏，並請家奴為笛，「而歌〈怨詩〉曰：『為君良獨難。忠信事不顯，
乃有見疑患，周且佐文、武，〈金縢〉功不刊，推心輔王政，二叔反流言。』聲節慷慨俯仰可
觀。安泣下沾襟，……帝甚有愧色。」謝傅即謝安。傳說東晉時，桓伊曾撫箏而歌，諷諫孝武帝
不應猜疑有功之臣宰相謝安。「白傅琵琶」出自於唐·白居易的〈琵琶行〉。白居易聞琵琶女之
音聲，慨歎「同是天涯淪落人」，而有貶謫意，故作〈琵琶行〉。勞氏由聽聞「啼鴉」之聲，惹
起飽含「家」、「國」、自身與文化淪落的鄉愁。多數人的今作多以白居易的〈琵琶行〉暗示同
是天涯淪落人的感慨，可以說，用白居易的文本表現「懷才不遇」，是一種常態的模式，而勞氏
把謝安聽箏、樂天聞琴並寫，加上「悵啼鴉」的哀音，更透顯出困境中深刻的痛楚。吾人可以看
到此處藉由典故，把積累的鬱悶宣洩，壯志即使消磨殆盡，生命的本質依然存在。

結果，造成的沈鬱感自不待言。

傳統的言說方式，其目的在於以明白曉暢的文字，讓閱聽人瞭解其意義。然而，可傳達的多是表面的，真正的本質或深刻的，則是不可傳達。也因為不可傳達、言不盡意，故而詩歌的張力就大了。而詩歌文字所構成的文本，在表達上具有豐富的暗示性，具有意在言外的特徵，即如梅堯臣所云：「狀難寫之景如在目前，含不盡之意見於言外，然後為致矣。」[17]

王國維《人間詞話》云：「詞之為體，要眇宜修，能言詩之所不能言，而不能盡言詩之所能言，詩之境闊，詞之言長。」標舉詞作要眇宜修、表現深刻幽微感發的特點，比起詩歌明顯言志的表現更足以引起讀者的感發與聯想。而勞氏以其學問為基礎，將典故融於今事之中，以含蓄不露表現，因而，對於典故的詮釋與情意的連結，也就有更多衍義（Significance）的可能。

以〈浣溪沙〉來看：

> 又積征塵上客襟，相逢翻覺別痕深，青萍雪絮總浮沈。
> 夜氣正催秋似酒，天涯會見綠成陰，不須龜筮費搜尋。

此詞詞意具有歧義性[18]。馮耀明以為此詞具有政治意涵，是就時代的局勢而言；蔡美麗則認為此詞言綠葉成蔭子滿枝，書寫的是

---

17 歐陽修《六一詩話》引《歷代詩話》（中華書局：1981年），上冊，頁267。而司馬光亦言：「古人為詩，貴於意在言外。」見《歷代詩話》《溫公續詩話》（中華書局1981年），上冊，頁277。

18 95年3月25日舉行「華梵大學人文暨藝術設計類研究室補助・現當代古典詩研究室」之第二次讀書會，筆者進行述解報告時，先生告知馮耀明（香港中文大學哲學博士，現任香港科技大學人文學部講座教授及署理學部主任，研究領域為新儒學、中國語言的邏輯、比較哲學。）與蔡美麗（加拿大渥太華大學哲學博士，現任政治大學哲學系教授、現象學文化中心主任，研究領域為現象、西方當代哲學。）對於此詞之看法。

女子之情。[19]

　　勞氏結束美國會議，回港途中停留臺灣，因而有作。詞作以「征塵」、「客襟」為起，既是寫實，亦呈顯去國懷鄉的失落。勞氏早年從大陸流離至臺，又從臺灣轉赴香港。離臺甚久，對於臺灣的政局隔閡，顯然許多。而此次過境臺灣，不禁有「青萍雪絮總浮沈」的慨嘆，這是第一層的詞意；除此之外，更深一層的慨歎，應該是對於臺灣政局的演變吧！

　　下半闋為勞氏之感慨。雖然看似有遺憾之意，卻也有遺憾之後的看淡與領悟。然而，成陰之綠究竟指的是政治的？還是愛情的？

　　之所以會有這種歧異的產生，原因在於台灣社會當時正處於政治對立的局面，而其中之一的政黨代表色便是綠色，因而有如此聯想，不論是「無心插柳柳成蔭」代表著無意間的舉動，竟產生意想不到的結果，或是「有心而為」，總而言之，氣候已成，因而有此「預言」式的詞意。

　　另一方面，蔡美麗則認為此詞言綠葉成陰子滿枝，通篇寫女子。而吳師彩娥亦認為勞氏或有杜牧〈嘆花〉：「自恨尋芳到已遲，往年曾見未開時。如今風擺花狼藉，綠葉成陰子滿枝。」之詩意。[20]

---

19 蔡美麗於96年10月28日，在香港舉行之「哲學詮釋、文化批判與詩藝探索——勞思光教授八十大壽學術會議」後，曾向筆者說明與馮耀明向勞先生拜年時，勞先生將此詞作示之，因而引發「政治」與「愛情」的不同詮釋觀點。

20 吳師彩娥，政治大學國文研究所博士，現為彰化師範大學國文學系教授。吳師於第十五屆詩學會議（95年5月27日）擔任筆者〈文化人的情意與詞心——論韋齋詞的生命情境與懷抱〉一文之特約討論。會後提供筆者本闋詞論釋觀點之意見。《唐詩紀事・卷五十六・杜牧》一條，曾記載唐代杜牧遊湖州時，曾與一位十餘歲少女相遇，並與其母相約十年內將前來迎娶。十四年後，杜牧為湖州刺史，而此女已嫁，並育有二子因作〈歎花詩〉之事。之後便以綠葉成陰比喻女子嫁人生子。

另一說法，或可說是人事變化的傷感嘆息。一如杜詩所言，以「嘆花」寄寓情懷，當「天涯會見綠成陰」之時，總有惆悵之失意之慨。因而此詞或是懊悔時間無情，有歲月催人、人事已非的無奈感傷。

詩無達詁，此詞筆者以為可以有兩種含義：一指臺灣政局、一指人生情感。不論如何，此詞表現的是——事在人為，然而懊悔總來自於未及掌握之心念與行動，若要歸因於「龜筮」之「搜尋」的命定，何不省察自身當初的決定？（或者說，時局已成，無法變異）。[21]

雖然「衍義」已非作者本意，可容有或多或少的讀者創造成分，然而，貼近作者本意，仍是十分重要的。筆者以為，若從「典故」與「衍義」等兩個面向連結來討論此作，或許更能接近作者本意。

此闋詞的「爭論」在於「政治」或「愛情」。

馮耀明以其研究哲學的背景，強調儒學現代化等問題，並且曾提出「黑金政治」、「富人當『官』不理政」[22]等觀點，因而由其學術背景所關懷的面向，「理性探討」與「管理眾人之事」的政治面有貼合之處，自然對於勞氏的「天涯會見綠成陰」有臺灣政治情勢的解讀。同時，以當今政權多為男性掌握的現狀來看，「男性」所具有的「理性」觀點，將詞意引向政治，是十分自然的事。

---

21 就「時局已成，無法變異。」的政治觀點來看，當時正處於政黨形勢及氣候消長之關鍵年代，故先生此言似可指為是政治環境之影射。本論文審查學者曾提供意見「『天涯會見綠成陰』似指台獨勢力已成氣候。「天際」暗指台灣，「會」者「行將」之意，預測之詞。此詞作於1992，時間正合。」提供筆者詮釋此詞之觀點。

22 馮耀明於2002年10月31日於學習時報曾發表〈資源型地區村民自治中的一個問題〉論文，討論政治問題，見http://big5.china.com.cn/chinese/zhuanti/xxsb/914229.htm

　　而蔡美麗討論現象學，《紅樓夢》、「情慾解放」、「愛情觀」均是探討的材料或觀點[23]，在哲學的討論中，亦觸及「情感」面向，因而由其學術背景所關懷的面向，「在理性探討中亦有感性成分」與「永恆的愛情主題」有貼合之處，自然對於勞氏的「天涯會見綠成陰」有愛情觀點的解讀。同時，以「女性」的「情感」特質來看，將詞意引向愛情，亦是十分自然的事。

　　以上嘗試說明了筆者以為馮蔡二人以其學術背景及性別意識，分別對於此詞的意涵進行不同詮釋的可能。

　　其次，就「典故」來看，勞氏的詩詞作品共有的特色便是大量運用典故。筆者曾於〈文化人的情意與詞心——論韋齋詞的生命情境與懷抱〉一文中提到：「先生對於詩歌意在言外的審美特性是有相當自覺的，故而先生運用典故，除了是自如的運用之外，重要的是表現隱曲委婉的意義，具有暗示性的效果，『不盡之意，見於言外。』」[24]勞氏運用典故，信手拈來，未見有刻意或蹇澀之感，同時，因其家學傳承與自身好學之故，用典之精準與允當，自然沒有罅漏。那麼「天涯會見綠成陰」之典故既然來自於杜牧的〈嘆花詩〉，而嘆花詩又是杜牧與女子邂逅之事，當然此詞書寫「愛情」的可能性也就比「政治」大了。

23　蔡美麗於2004年2月1日曾發表〈中國古典生活世界之多重架構—《紅樓夢》之現象學式解讀〉於當代雜誌；1997年12月發表〈從資本主義的文化特質談「情慾解放」的雙面性〉於當代雜誌。並曾於自由時報發表〈海貍善營巢--論西蒙‧德‧波瓦的愛情觀〉。

24　同註2一文，頁371。

伍、結論

韓作榮說：「社會與文化，精神與情感，是詩的底蘊，但詩作為語言藝術，其動人處更在於其鮮活、靈動中所呈現的詩性意義。詩所需要的不是理念，而是意趣；……不是哲思，而是洞悟。」[25] 勞氏雖以哲學名世，卻有別於理性思致的詞作，讓哲學的勞思光之外，亦呈現一個感情豐沛的、文學心靈的勞思光。

從記憶出發，有助於作者從個人過去生命過程的還原中，尋找心靈震顫。藉由與現實的連結，構成一種新的認識與領悟，在過去、現在與未來之間，進行生命情感的書寫。因而，勞氏的詞作取材方向，多從記憶出發，原因在於自我的生命體驗是作真摯而深刻的，包含了文化、地域、人物、風情以及生存價值等，都是勞氏主體精神選擇的結果，所體現的創作意志，也就更為深刻。

因為時代造成敵對，地理上的分割所導致的孤獨，和一帆風順的人生情境相較，對於生命存在的反省具有更大的意義。疏離的時空勢必要藉由心理的時空重新構建與連結，因而，當勞氏必須孤寂地在港島為文化的振興付出心力的同時，雖然不能免於家國何在的傷感情懷，卻也呈顯著孤寂背後的追尋意義——因為孤單，因而可以不受到太多功利紛擾與世俗意見的牽絆；因為獨我，才能讓自我絕對的存在意識通透而完整，對於追求自由主義的意識會更為堅定而自在。

勞氏在詞作中表現人性的深度和廣度，所展示的情感世界，小到花之開落、進而是個人的思鄉情懷，大到對於人生短暫永恆、

---

25 韓作榮：《詩歌講稿》（北京：昆侖出版社，2007年1月），頁339。

變與不變的制約或真理。故而可說，勞氏的詞作，展示的不僅是個人豐富的情意世界，更能引發讀者對於人生情感的體悟與共鳴；同時，勞氏以講求邏輯論理的學者身份，書寫盡是凝聚人情的詞作，非但無妨其哲學大師的地位與形象，反而是凸顯勞氏的文人氣質與風度。進一步說，當「哲學」的理智與「文學」的感性共存於勞氏的文化個體中時，一個專注於文化發展與前途的碩儒之士和表現人生真實情態的性情文人於焉呈顯。

在勞氏的心靈深處，一方面雖然因為感受和意識到生命的遺憾而憂傷；另一方面，卻又不願使自身在面對缺憾只能空自嘆惜，因而將悲傷轉化為對未來的期許。因著使命感，在憂傷之後，卻又能超越、平靜。

勞氏的詞作，超越了個人的情感侷限，展示了對於文化斲傷的憂慮，呈顯深度的生命意識，這是一種藝術的實踐，也是一種生命的實踐，從詞意中尋找勞氏的生命方式與人生理想，領受個體生命力的超越。

發表於《華梵人文學報》，第九期，九十七年一月。

國家圖書館出版品預行編目資料

文學心靈與生命實踐／王隆升 著. -- 初版. -- 臺北
市：萬卷樓, 2009.11
　　面；　　　公分
　　ISBN 978－957－739－665－5 (平裝)
　1. 中國文學　2.文集
802.7　　　　　　　　　　　　98021309

文學心靈與生命實踐

著　　　者：王隆升

發 行 人：陳滿銘

出 版 者：萬卷樓圖書股份有限公司

　　　　　　臺北市羅斯福路二段 41 號 6 樓之 3

　　　　　　電話(02)23216565・23952992

　　　　　　傳真(02)23944113

　　　　　　劃撥帳號 15624015

出版登記證：新聞局局版臺業字第 5655 號

網　　　址：http://www.wanjuan.com.tw

E - mail　：wanjuan@tpts5.seed.net.tw

定　　　價：280 元

出 版 日 期：2009 年 7 月初版

ISBN：978－957－739－665－5